ro
ro
ro

Aharon Appelfeld wurde 1932 in Czernowitz geboren, der Hauptstadt der Bukowina, damals zu Rumänien, heute zur Ukraine gehörig. Nach sechs Jahren Verfolgung und Krieg, die er zuerst im Ghetto und im Lager, dann in den ukrainischen Wäldern und zuletzt als Küchenjunge der Roten Armee überlebte, kam er 1946 nach Palästina. Seine international hochgelobten Romane erscheinen in vielen Sprachen. Aharon Appelfeld, u. a. ausgezeichnet mit dem National Jewish Book Award, dem Prix Médicis und dem Nelly-Sachs-Preis, lebt in Jerusalem.

Im Rowohlt Taschenbuch Verlag sind außerdem von ihm erschienen: «Der eiserne Pfad» (rororo 24146), «Geschichte eines Lebens» (rororo 24247), «Die Eismine» (rororo 24421) und «Bis der Tag anbricht» (rororo 24214).

Aharon Appelfeld

1990 ich!

E l t e r n l a n d Roman

Schulzweg in in Galizia

Aus dem Hebräischen
von Anne Birkenhauer

Rowohlt Taschenbuch Verlag

Die hebräische Originalausgabe erschien 2005 unter dem Titel
«Polin erez jeruka» im Verlag Keter, Jerusalem.

Veröffentlicht im Rowohlt Taschenbuch Verlag,
Reinbek bei Hamburg, Oktober 2008
Copyright © der deutschsprachigen Ausgabe 2007
by Rowohlt · Berlin Verlag GmbH, Berlin
«Polin erez jeruka» Copyright © Aharon Appelfeld, 2005
All rights reserved
Umschlaggestaltung any.way, Cathrin Günther
(Foto: Andreas Reeg/buchcover.com)
Satz aus der Minion PostScript, InDesign,
von Pinkuin Satz und Datentechnik, Berlin
Druck und Bindung Druckerei C. H. Beck, Nördlingen
Printed in Germany
ISBN 978 3 499 24540 4

Elternland

1

Jakob Fein, ein stiller Mann, besonnen und von angenehmem Wesen, beschloss nach gewissen Zweifeln, seine Familie und sein florierendes Geschäft für eine Weile zu verlassen, um in das Dorf zu reisen, in dem seine Eltern geboren waren. Er entschied das ganz sachlich und versicherte, binnen zehn Tagen, höchstens zwei Wochen zur Familie und zum Laden zurückzukehren, und dann werde alles wieder so wie vorher.

Seine Frau hatte für diese Entscheidung kein Verständnis. Sie meinte, eine solche Reise solle man nicht überstürzen. Man müsse sich mit der Familie und mit Freunden beraten; erst nachdem man alles erwogen habe, dürfe man sich für eine Reise entscheiden, und auch dann mache man sie nicht allein. Man fahre nicht allein an einen unbekannten Ort. Er dagegen meinte, er wolle schon seit Jahren dorthin fahren, habe die Reise aber des Ladens und der Kinder wegen immer wieder aufgeschoben. Jetzt habe er das Gefühl, sie nicht länger aufschieben zu können.

Jakob Fein galt nicht als Sturkopf, weshalb seine Frau glaubte, es werde ihr mit Hilfe der Kinder und der Freunde gelingen, ihn von seinem Vorhaben abzubringen. Natürlich hatte sie sich getäuscht. Hinter seinem umgänglichen Wesen und seiner Freundlichkeit gegen jedermann lebte das Sturköpfige. Zugegeben, dieses Sturköpfige lebte abgeschieden und im Verborgenen und trat nur selten in Erscheinung, doch jedes Mal, wenn es aus seinem Versteck hervorkam, zeigte es sich unbeirrbar.

Die täglichen Überredungsversuche fruchteten nicht. Im Gegenteil, von Tag zu Tag wurde Jakob Fein entschlossener, und entsprechend handelte er auch: ein Flugticket nach Warschau, eine

Bahnkarte von Warschau nach Krakau, und ab Krakau wollte er ein Taxi nehmen, direkt nach Schidowze. In den letzten Wochen hatte er viele Nachforschungen betrieben, um wenigstens einen Überlebenden zu finden, der ihm etwas über das Dorf und das, was dort während des Kriegs passiert war, erzählen könnte. Seine Bemühungen waren vergeblich.

Als er ein Kind gewesen war, hatten einige Leute aus dem Dorf der Eltern sie immer wieder in ihrer Wohnung in der schönen und schattigen Melchett-Straße besucht. Sie sahen anders aus als andere Menschen: kleingewachsen, kräftig und verschlossen. Die Eltern freuten sich, wenn sie kamen. Dann saßen sie zwei, drei Stunden zusammen, unterhielten sich über Kaufleute und Ware, ließen Erinnerungen aufsteigen, schwiegen dabei aber die meiste Zeit. Er fühlte sich mit ihnen nicht wohl, doch da sie einmal im Monat zu Besuch kamen, schlichen sie sich unbemerkt in seine Träume, in seine Albträume, genauer gesagt.

Auch die Eltern waren verschlossene Leute, jedoch nicht ihm gegenüber. Jakob, ihr einziger Sohn, lebte in seiner eigenen Welt und hielt Abstand zu allem, was mit ihrer Welt zu tun hatte. Die Eltern waren ihm immer schon fremd gewesen. Diese Fremdheit herrschte überall: zu Hause, im Geschäft, in der Synagoge und besonders natürlich auf der alljährlichen Gedenkfeier am 5. Dezember. Es war eine Gedenkfeier in kleinem Rahmen, sie bekamen gerade einmal zehn Männer zusammen, begannen mit dem Nachmittagsgebet, und danach saß man um den großen Tisch im Wohnzimmer.

Diese bescheidenen Zusammenkünfte veränderten das Haus auf einen Schlag. Schon wenige Böen aus dem fernen Dorf, aus dem sie stammten, vertrieben die hiesigen Gerüche und wehten durch alle Zimmer. Böen der Kälte, durchdrungen von dem Geruch dampfender Suppe. Manchmal mischte sich auch der Duft eines billigen Frauenparfüms hinein. Diese Invasion weckte in ihm das Gefühl, dass gleich auch seine Eltern ihre Sachen packen und sich gemeinsam mit allen anderen in einem langen Zug zu dem Dorf aufmachen würden, wo sie geboren und ihre Eltern umgekommen waren und wo sie einen Teil von sich zurückgelassen hatten.

Nach dem Tod seiner Eltern verkaufte Jakob die Wohnung und die alten Möbel. Das Geschirr, auch das besondere Pessachgeschirr, die Kleider und die religiösen Bücher vermachte er einer wohltätigen Einrichtung. Er tat dies schnell und effizient und behielt nichts für sich zurück, in der festen Überzeugung, dass dieser Schnitt notwendig war. Und mit Notwendigkeiten haderte man nicht.

Doch der gutgehende Laden, den er geerbt hatte, bewies ihm jeden Tag neu: Seine Eltern hatten hier noch einen Fuß in der Tür. Stammkunden machten ihm gegenüber immer wieder Anspielungen, dass nicht er dieses Geschäft aufgebaut habe. Und nicht nur das. Wohltätige Einrichtungen, denen die Eltern gespendet hatten, erinnerten ihn an ihre Freigebigkeit, ebenso die Beter aus der Synagoge. Die gedachten seines Vaters mit großer Zuneigung, erwähnten immer wieder, was für ein anständiger, großherziger Mann er gewesen sei, wie er die Tradition seiner Vorfahren bewahrt und der Gemeinde die Treue gehalten habe. Die meisten Renovierungsarbeiten in der Synagoge hatte er bezahlt.

Selbstverständlich nahm Jakob in Israel mehr am Leben teil als seine Eltern. Er hatte das Gymnasium abgeschlossen, es beim Militär bis zum Hauptmann gebracht und sogar ein Jahr an der Universität studiert. Und trotzdem fehlte etwas. Diesen Mangel oder wie auch immer man es nennen soll, hatte er in seiner Jugend noch nicht gespürt. Nach dem Tod der Eltern wollte er das Geschäft erweitern, ausbauen und dem Geschmack der Zeit anpassen. So verwandelte es sich in ein Geschäft für moderne Damenbekleidung; es wurde heller, angenehmer und eleganter, und binnen weniger Jahre hatte er die heimische Vertrautheit seiner Eltern auch aus dem hintersten Winkel vertrieben. Wären seine Eltern von den Toten auferstanden, sie hätten ihren Laden nicht wiedererkannt. «Das Geschäft ist schöner geworden», pflegte Jakob stolz zu sagen.

Dies war sein Wunsch gewesen, und er hatte ihn mit großem Geschick verwirklicht. Einen anderen hätte es glücklich gemacht, doch Jakob spürte: Das Erbe, das seine Eltern ihm hinterlassen hatten, brachte ihm kein Glück. Er hatte das Gefühl, es sich erschwindelt zu haben. Wäre er wirklich anständig gewesen, hätte er so wie die Haushaltsgegenstände, die Kleider und religiösen Bücher auch das geerbte Geld einer wohltätigen Einrichtung gespendet und selbst noch einmal von vorne angefangen. Diese öfter wiederkehrende Empfindung hatte sich in ihm festgesetzt, tief in seiner Seele.

Um das Quälende dieser Last zu betäuben, ging er ab und zu nach Ladenschluss am Strand entlang, nahm den Anblick des Meeres in sich auf und kehrte dann zurück in die Straßen der Stadt. Er mochte das Durcheinander aus Einheimischen und Neueinwanderern, die orientalischen Gerüche von Schawarma und Falafel und die billigen Brausegetränke. Wenn er nach Hause kam, fragte Rivka ihn: «Wo bist du gewesen?»

«Am Strand.»

«Das sagst du immer.»

Grundlos verdächtigte sie ihn. Nicht zu Frauen floh er in jenen Jahren. Zugegeben, hin und wieder hatte eine Frau ihn mit auf ihr Zimmer genommen, oder er hatte die Initiative ergriffen und eine Frau für eine Nacht zu sich geholt. Dies waren letztlich belanglose Vergnügungen gewesen, die schnell vorübergingen. Was seine Seele quälte, war seinem Verstand verborgen, doch es rumorte in langen Albträumen.

Manchmal hatte er den Eindruck, er müsse sein Leben ändern,

er müsse sich lossagen, in ein Dorf ziehen und eine Weile abgeschieden von Menschen leben. Diesen Gedanken ließ er nicht einmal eine Stunde zu. Und mit Rivka an einem Ort zu sein, an dem keine anderen Menschen waren, das erschien ihm wie ein Gefängnis, in dem sie seinen Leib Tag und Nacht peinigen würden. Nie dachte er daran, sich von allem, was er aufgebaut hatte, zu trennen. Es waren die Töchter, die sich all die Jahre darum bemühten, den familiären Zusammenhalt zu bewahren und zu festigen. Mit der praktischen Klugheit ihrer Mutter ausgestattet, waren sie stets darauf gefasst, dass ihr Vater eines Tages aufstehen und die Fesseln sprengen würde. Sie passten auf wie Gefängniswärterinnen und machten ihm immer wieder deutlich: Wir werden nicht zulassen, dass du das, was du mit eigenen Händen aufgebaut hast, aufgibst. Jakob hatte es zwar hin und wieder versucht, doch jeder neue Anlauf scheiterte an ihrer Entschiedenheit. Sie waren wie eine Mauer.

Als die Töchter geheiratet hatten und aus dem Haus waren, spürte er die erstickende Enge noch stärker. Erst überlegte er sich, nach London zu fahren, begriff aber schnell: Nicht dorthin zog es ihn. Eines Nachts stand er auf und sagte, so als habe er endlich einen Ausweg gefunden: «Ich fahre nach Schidowze.»

Für einige Tage hielt er die Sache geheim. Schließlich teilte er Rivka mit: «Ich fahre ins Dorf meiner Eltern.»

«Wohin?», fragte sie und versuchte, die Fassung wiederzugewinnen.

«Ins Dorf meiner Eltern», wiederholte er.

«Auf einmal?»

«Ich muss.»

Aus allen Richtungen wurde er mit Bitten und Warnungen überschüttet. Sogar Kunden im Laden fühlten sich bemüßigt, ihm Ratschläge zu geben und ihn vor übereilten Entscheidungen zu warnen.

Doch dieser organisierte Aufstand entmutigte ihn nicht. Mit jedem Tag wuchs in ihm die Gewissheit, dass er fahren musste, komme, was da wolle.

Als die Argumente und alles Drängen nichts halfen, wurde Rivka laut und schrie ihn an: «Das ist doch Spinnerei!»

«Vielleicht.»

«Wo bleibt die Vernunft? Was willst du da denn finden?»

«Alles!», schmetterte Jakob ihr entgegen; er beherrschte sich nicht länger.

Sie war immer sachlicher gewesen als er, doch in den letzten Jahren war dieser Zug noch stärker geworden und bestimmte ihr Wesen ganz. Auch ihm fehlte es nicht am Sinn fürs Praktische, aber er war nicht konsequent. Immer wieder war er bereit, aus seinen festen Gewohnheiten auszubrechen, Preise zu senken, auch wenn kein Ausverkauf anstand, oder einem bedürftigen Menschen freigebig zu helfen, und seit dem letzten Jahr schlief er manchmal ganze Tage durch. Sie nannte das «die Spinnereien meines Mannes». Ab und zu schimpfte sie deshalb, bekam einen Wutausbruch oder beleidigte ihn einfach. Dann hielt auch er sich nicht zurück.

Dieses Leben war nun zu einem Halt gekommen. Er packte seinen Koffer und die Reisetasche. Die Mädchen kamen sich verabschieden. Immer wieder baten sie ihn, die Reise aufzuschieben. Ihnen gegenüber verhielt er sich freundlicher. Er gab zu, dass er sich über den Grund dieser Reise eigentlich nicht im Klaren war, aber manchmal, sagte er, müsse man einer Laune des Herzens folgen und sie ausleben.

Die Mädchen ähnelten ihrer Mutter, sie waren genauso abwägend und patent, doch insgeheim mochten sie ihren Vater. Den musste man einfach mögen. Er hatte ihnen noch nie etwas abgeschlagen, hatte sie nie bestraft, und wenn sie etwas Teures brauchten, hatte er es ihnen gekauft. Die Mutter verzieh ihm diese großzügigen Einkäufe natürlich nicht. Sie wiederholte, dass man so keine Kinder erziehe. Kindern müsse man Grenzen setzen. Und wenn sie wütend war, fügte sie hinzu: «Du willst dir ja nur ihre Liebe erkaufen.» Am Ende waren die Mädchen ihr aber doch näher. Die Logik der Mutter hatte eine Macht, die sie in Bann zog.

Sie wollten ihn zum Flughafen begleiten, doch das ließ er nicht zu. «Ich möchte ohne Aufregung wegfahren.» Jetzt trat seine Entschlossenheit offen zutage, und sie gaben auf. Wie immer bei so plötzlichen Veränderungen fielen Worte, die man vielleicht nicht hatte sagen wollen. Die Mutter hob den Kopf und murmelte: «Ich verstehe gar nichts mehr. Schlagt mich tot, aber ich verstehe gar nichts mehr.» Sie verbarg ihr Gesicht in den Händen, so als wolle sie gleich schreien. Doch das sah nur so aus – schon kehrte ihre wahre Stimme zurück, und sie sagte ganz nüchtern: «Pass auf dich auf, pass auf dein Handgepäck auf, ruf an, schreib eine Karte, geh nirgends hin, wo es gefährlich ist.» Die letzten Sätze gingen im Durcheinander unter, denn einige Bekannte waren gekommen, zwei Stammkundinnen und der Rabbiner der Synagoge, der sich als Stellvertreter von Jakobs Vaters betrachtete.

2

Der Flug nach Warschau war nicht anders als Flüge nach Rom oder Madrid, doch als er in Warschau ankam, den Flughafen verließ und sich zum Bahnhof aufmachte, spürte er, die Luft war anders, feucht und etwas duftend. Sofort rief sie Erinnerungen an seine Eltern wach, die immer wieder gesagt hatten: Was für eine Luft, was für ein Wasser! Er hatte diese Nostalgie nicht ausstehen können. Er mochte Großstädte, er mochte Tel Aviv; alles, was außerhalb der Großstadt lag, wirkte auf ihn erbärmlich, und ebendiese Erbärmlichkeit hatten seine Eltern für ihn verkörpert: die Sehnsucht nach dem, was längst vorbei war, das Festhalten an den Geboten der Religion.

Oft hatte er gesagt: «Ich werde nie verstehen, wie man nach der Schoah noch an Gott glauben kann.» Im Geiste dessen, was er in der Schule und später in der Jugendbewegung mitbekam, hatte er seine Eltern mit langen rhetorischen Sätzen gequält und behauptet: «Ihr lebt ja noch in eurem Dorf. Nichts habt ihr aus der Geschichte gelernt.» Hierin glich er seinen Klassenkameraden. Auch die setzten ihren Eltern mit solchen Vorwürfen zu. Doch andere Eltern widersprachen, untermauerten das, was sie sagten, mit Beweisen, verteidigten sich mit Geschrei. Jakobs Eltern stritten nicht mit ihm; sie versuchten nicht, ihm irgendetwas zu beweisen. Und gerade ihr Schweigen machte ihn wahnsinnig. «Das übersteigt mein Verständnis», pflegte er sehr gestelzt zu sagen und war sich sicher, dass sie ihn nicht verstehen konnten.

Die Eisenbahn fuhr los, er spürte, wie ihre Räder ihn trugen. Noch nie war er in einem so vollen Zug gefahren, und vielleicht erlebte er das, was er sah, deshalb anders und als wäre es etwas Besonderes. Neben ihm saßen Bauern, die Bier tranken und sich laut unterhielten. Zu seiner Verwunderung verstand er beinahe jedes Wort. Als er klein gewesen war, hatten die Eltern zu Hause Jiddisch gesprochen, aber abends, damit er nichts verstand, stundenlang Polnisch. Er hatte das Gefühl gehabt, sie wollten vor ihm im Schutz der fremden Sprache Geheimnisse in Steuerangelegenheiten verbergen. Auch als er größer war, sprachen sie miteinander Polnisch, doch inzwischen meinte er, dass sie sich über verbotene intime Dinge unterhielten. Jedenfalls hatte er aus diesem Geflüster nicht nur Wörter, sondern auch den Rhythmus der Sprache aufgenommen. Nun zeigte sich, dass sich Dinge, die der Mensch in der Kindheit hört, nicht so leicht verwischen, selbst wenn es nur Bruchstücke von Geheimnissen sind.

Die Eisenbahn fuhr langsam, hielt, ließ Leute aus- oder einsteigen. Je länger er fuhr, umso mehr spürte er, wie er sich von seinem bisherigen Leben entfernte. Aus dem Zug erschien ihm Tel Aviv unwirklich und fern, so als dämmere die Stadt in seinem weit zurückliegenden Leben irgendwo vor sich hin.

Groß war sein Drang, einen der Bauern nach dem Dorf Schidowze zu fragen, doch ihm fielen nicht alle Wörter dafür ein. Merkwürdig, die Bauern wirkten auf ihn weder grobschlächtig noch feindselig. Sie tranken und waren fröhlich. Besonders fiel ihm die Fröhlichkeit der Frauen auf, ihr endloses Geplapper. Sie forderten heraus, machten Scherze und sagten ab und zu ein keckes Wort, das großes Gelächter auslöste.

In seiner Kindheit hatte die Mutter ihm vom Leben im Dorf erzählt, von den Jahreszeiten und dem Bestellen der Felder. Gerne hatte er ihrer Stimme gelauscht, doch dann verdrängten die Schule, die Jugendbewegung und das Militär aus seiner Seele all das, was ihm die Mutter damals offenbart hatte. Jetzt kamen diese verborgenen Bilder aus ihrem Versteck, und wie überraschend:

Sie entsprachen dem, was seine Augen sahen. Lebenslustige Bauern, die anders als die Juden wussten, wie man fröhlich war.

Ein Mann wandte sich zu ihm und fragte ihn auf Jiddisch: «Jude?»

«Stimmt», antwortete Jakob sofort, erstaunt, dass man es erkannt hatte.

«Wohin fahren Sie?»

«Nach Krakau.»

Jiddisch zu reden fiel Jakob schwer, aber mit etwas Mühe kratzte er ein paar Wörter zusammen. Der Jude erzählte ihm, er wohne in einer kleinen Stadt nicht weit von Krakau.

«Seit wann wohnen Sie da?»

«Immer schon», sagte der Jude und lächelte.

Seine kleine Gestalt und die Einzelheiten, die Jakob aus ihm herausbekam, ließen in ihm das Bild seines Vaters aufsteigen. Auch der hatte so gesprochen und dabei genau auf dieselbe Art den Kopf geneigt.

«Und was haben Sie in Krakau vor?», fragte der Jude freundlich.

«Ich fahre weiter nach Schidowze.»

«Das ist ein sehr kleines Dorf.»

Jakob erzählte, dass er zwar in Tel Aviv geboren sei, seine Eltern aber aus Schidowze stammten und er diesen Ort sehen wolle.

«Es gibt dort keine Juden. Gar nichts gibt es dort.»

«Ich weiß. Vielleicht finde ich ja Reste des Friedhofs oder das Haus der Großmutter, aber wenn ich nichts finde, werde ich mich mit den Tälern und Brunnen begnügen, und wenn ein Bauer mir alte Schabbatleuchter verkaufen will, werde ich sie kaufen.» Er entriss seiner Erinnerung all die jiddischen Wörter, die darin aufgehäuft lagen, und siehe, welch ein Wunder, der andere verstand ihn.

«Merkwürdig», sagte der in einem sehr jüdischen Ton.

«Was ist merkwürdig?», wollte Jakob wissen.

«Ihre Reise.»

«Was ist daran merkwürdig?»

«An einen Ort zu fahren, wo es nichts gibt.»

«Meine Eltern haben ihr Leben lang von Schidowze gesprochen. Kein Tag, an dem sie nicht von ihrem Dorf erzählt haben. Unmöglich, dass es da nichts mehr gibt. Viele Generationen von Juden haben dort gewohnt, immer nur ein paar, meine Eltern, die Großeltern, die Urgroßeltern, und ich nehme an, auch die Ururgroßeltern. Darf man etwa sagen, dass sie alle verschwunden sind? Dass sie alle ausgelöscht wurden?» Jakob verwendete Worte, die nicht von ihm stammten, und er sprach mit einer Erregung, die nicht die seine war.

«Ich verstehe», sagte der Jude mit einem skeptischen Nicken und staunte über den unbeholfenen Wortschwall, der auf ihn niedergegangen war.

«Ich fahre an einen Ort voller Leben», sagte Jakob, ohne zu verstehen, was ihm da über die Lippen kam.

«Mag sein», sagte der Jude und beendete das Gespräch. Als der Zug anhielt, entschuldigte er sich, gestört zu haben, wünschte Jakob eine gute Weiterfahrt, sagte: «Hier wohne ich», und verschwand.

Noch lange schwebte sein Bild Jakob vor Augen. Er hatte ausgesehen wie die Leute aus dem Dorf, die früher die Eltern besucht hatten, obwohl sie Jakob irdischer erschienen waren als dieser Mann.

Dann war er wieder allein, und er freute sich, mit sich allein zu sein.

Er erinnerte sich an die Vorbereitungen für seine Bar-Mizwa-Feier. Ein Albtraum, der sich über acht Monate hingezogen hatte. Der Vater hatte einen Toralehrer alter Schule ins Haus geholt, damit er Jakob den Wochenabschnitt aus der Bibel und die Prophetenlesung beibrachte. Einen kleingewachsenen, klugen Juden, der genau wusste, dass der Junge das, was er lehrte, nicht annehmen wollte. Jakob rebellierte, weigerte sich mitzuarbeiten, und nach langen Verhandlungen wurde der Unterricht auf eine Stunde pro Woche gekürzt. Der Lehrer erfüllte seine Aufgabe getreu, versuchte mit allerlei Tricks, Jakobs Neugierde zu wecken. Doch Jakob sperrte die Ohren zu oder stellte Fragen, die den Lehrer ärgern sollten. Der Alte beherrschte sich, schimpfte nicht und kam jeden Montag wieder.

Der Vater war hilflos und traurig. All die Argumente, die er ins Feld führte, fruchteten nicht, und als er sah, dass er seinen Sohn nicht überzeugen konnte, sagte er: «Du wirst es noch bereuen.»

«Was?»

«Dass du nicht lernen willst.»

«Darauf bin ich stolz», sagte Jakob und reckte frech den Hals.

Ab diesem Moment versuchte es der Vater nicht mehr länger. Die Mutter weinte insgeheim, doch auch ihr Weinen erweichte das Herz des Jungen nicht. Schließlich wurde die Bar-Mizwa-Feier abgesagt.

Lange klaffte im Haus der Eltern diese Wunde. Sie sprachen aber nicht darüber, bedrängten ihn nicht. Stattdessen verbarrikadierten sie sich in ihrem Alltag, hinter ihrem wirtschaftlichen Erfolg. Mit jedem Jahr wurde die Mauer höher. Zwar waren sie stolz und freuten sich, als er das Gymnasium gut abschloss und dann den Offizierskurs beendete, und kaum hatte er sich an der Universität eingeschrieben, bot ihm sein Vater an, die Kosten zu übernehmen, damit er sich ganz dem Studium widmen könne. Dennoch war da ein Geheimnis, das sie trennte. Der Vater pflegte seine Gefühle auf bloße vier Wörter zu reduzieren: «So ist es eben.» Die Mutter stieß manchmal einen Seufzer aus, doch auch sie hatte sich mit dem Willen ihres Sohnes abgefunden. «Er ist anders als wir», sagte sie dann, «und vielleicht ist das auch gut so.»

Der Eisenbahnwagen füllte sich mit Bauern. Sie mussten gemerkt haben, dass er nicht von hier stammte, denn sie sprachen ihn nicht an. Die Fremdheit umhüllte ihn immer mehr, und das war ihm angenehm. Ich kehre zurück nach Schidowze, freute er sich und begriff sofort, wie töricht diese Freude war.

Vor Jahren, als er noch klein gewesen war, hatten die Eltern in ihr Dorf zurückfahren wollen und sogar schon gewisse Vorbereitungen getroffen, doch der Mutter wegen war aus der Reise nichts geworden. Sie hatte Angst gehabt, an den Ort zurückzukehren, an dem ihre Mutter und ihre Schwester umgekommen waren. Der Vater hatte versucht, ihre Ängste zu zerstreuen, doch zum Schluss hatte er nachgegeben, und sie waren nicht gefahren.

Aber das Dorf hatte in ihnen weitergelebt. Je älter sie wurden, desto gegenwärtiger war es. Ab und an sagte der Vater: «Eines Tages werden wir hinfahren.» Das war sein Herzenswunsch, der von Jahr zu Jahr schwächer wurde. Am Ende war er im Alltag und in ihrem Schmerz völlig untergegangen, und das Thema war vom Tisch.

Die fernen Tage seiner Kindheit in der Melchett-Straße erschienen ihm jetzt anders, als sie ihm viele Jahre vorgekommen waren. Besonders sein Vater. Der, etwas kleiner als die Mutter und ein hartnäckiger Schweiger, war nicht auf seine Ehre, dafür umso mehr auf sein Schweigen bedacht. Sein Gesicht drückte all die Jahre aus: Was man sagen müsste, kann man eh nicht sagen, da hilft es auch nicht, mit dem Kopf durch die Wand zu wollen. Besser zuhören als reden. Diesen Gesichtsausdruck kannte Jakob in allen Nuancen; er hatte sich ihm als die Essenz vom Wesen seines Vaters eingeprägt. Manchmal hatte der Vater wochenlang nicht mit ihm gesprochen. Die Mutter war anders gewesen. Gelassener. Auch sie sprach nicht von den Gräueltaten, aber ab und zu sagte sie: «Ich habe sie vor Augen», und das ließ ihn erschaudern.

Die Gymnasialzeit hatte er im «Nest» der sozialistischen Jugendbewegung verbracht. Die nächtlichen Begegnungen, die Gespräche, die Mädchen, all das hatte ihn ausgefüllt. Sein Elternhaus aber wirkte auf ihn beklemmend und voller Geheimnisse. Sogar das gutgehende Geschäft schien für ihn einer längst veralteten Welt anzugehören.

Auf dem Gymnasium entwickelte er gegenüber seinen Eltern ein Gefühl der Überlegenheit, doch sie begegneten ihm ihrerseits niemals feindselig. Jedes Mal, wenn er eine kritische Bemerkung machte, sagte das Schweigen der Mutter: Du bist der Sieger, du bist der Begabte, du bist das Genie und die Zukunft, nimm es uns nicht übel, wir sind eben vergänglich.

Der Vater starb sehr plötzlich, beim Bedienen seiner Kunden im Laden. Die Mutter starb direkt nach ihm, so als habe sie Angst gehabt, dass ihr Sohn, falls sie erkranken sollte, sie nicht pflegen würde.

Gegen Abend erreichte Jakob Krakau. Er hatte vorgehabt, gleich ein Taxi zu nehmen und nach Schidowze zu fahren, doch er sagte sich, dass es dort bestimmt keine Herberge gebe, und änderte seinen Plan. Lieber hier ein Hotel nehmen, schlafen und Kraft schöpfen. Die Zeit drängte letztlich nicht. Das Tageslicht war ein besserer Wegweiser, wenn man sich an einen unbekannten Ort begab. Die Nacht beeinträchtigte das Urteilsvermögen. Mit diesen Gedanken zog er seinen Koffer zu einem Taxi, mit dem er, ohne dass er um den Preis feilschte, ins Hotel «Neues Krakau» fuhr.

3

Am nächsten Tag stand er früh auf, reiste aber noch nicht weiter. Er saß auf dem Balkon des Hotels wie einer, den es aus dem stürmischen Meer auf einen fremden Erdteil verschlagen hat. Um ihn herum rauschte es von Menschen und Autos. Es kam ihm vor, als sei sein Körper noch immer in Bewegung. Der Eindruck, sich zu entfernen, wurde jetzt noch greifbarer.

Noch vor ein paar Tagen hatte ihn das Leben in Tel Aviv ganz und gar in Atem gehalten: all die Kunden, Händler, Importeure, die Cafés, ganz zu schweigen von den politischen Ereignissen. Der Lärm ringsum hatte ihn aufgesogen, und er hatte darin gelebt, war mitgeschwommen, hatte den geschäftlichen Erfolg genossen, neue Kunden geworben, jedes Jahr eine Immobilie dazugekauft und in dem guten Gefühl gelebt, sich auszubreiten und zu blühen.

Sicher, dann und wann übermannte ihn Trübsinn, verlangsamte sein Tun, verdunkelte seine Tage und streckte ihn unerwartet nieder. Jakob blieb ein, zwei Tage im Bett, kehrte in den Laden zurück, sagte: «Das war bloß ein kleiner Urlaub», und arbeitete weiter.

Über solche Momente der Schwäche sprach er nicht mit seiner Frau. Auch sie stammte aus einer Familie von Kaufleuten, die überlebt und sich in Israel etwas Neues aufgebaut hatten. Auch sie war ein Einzelkind, auch ihr hatten die Eltern ein gutgehendes Geschäft vermacht, einen Laden für Haushaltsartikel, sowie Geld und Immobilien.

Rivka hatte er zufällig bei Freunden kennengelernt. Sie war hochgewachsen, hübsch und in der örtlichen Gesellschaft zu

Hause. Nicht nur in geschäftlichen Fragen hatte sie eine klare Meinung. Sie kleidete sich modern, las Journale und ab und zu ein Buch, über das man redete, sie ging in Konzerte. Sie gehörte der Mittelschicht an, die sich in den fünfziger und sechziger Jahren in Tel Aviv herausgebildet und etabliert hatte. Diese neue Schicht bestand aus ambitionierten Überlebenden, die ihr zweites Leben mit leeren Händen begonnen hatten und sich hocharbeiten konnten. Bald vergrößerten sie ihre alten Läden und kauften neue hinzu, führten Waren aus fernen Ländern ein und erfüllten Tel Aviv mit ihrer emsigen Betriebsamkeit.

Rivka hatte die meisten Charakterzüge ihrer Eltern geerbt: einen ausgeprägten Geschäftssinn, Fleiß und die Gabe, sich anzupassen. Jakob war damals fünfundzwanzig, und ihre Art faszinierte ihn. Er meinte, wenn seine Eltern noch am Leben wären, würde Rivka auch ihnen gefallen. Eifrig und mit Erfolg führte sie den Laden ihrer verstorbenen Eltern. Die Verlobung ließ nicht lange auf sich warten, und so kam es dann auch zu einem Diamantring und einem Anhänger von einem namhaften Künstler. Alles, was er für sie kaufte, stand ihr. Nach der Arbeit trafen sie sich, gingen ins Kino oder ins Theater. Als Tochter aus gutem Haus ließ sie es nicht zu, dass er bei ihr oder sie bei ihm übernachtete. Zunächst brachte er dafür ein gewisses Verständnis auf, doch mit der Zeit – vielleicht, weil sie begann, aus ihrer Weigerung ein Geschäft zu machen – bat er sie nicht mehr. Die Treffen am Ende des Arbeitstages verloren ihren Reiz und wurden zur Gewohnheit.

Er hätte die Hochzeit hinausschieben können, hätte es überdenken und sie absagen können, doch aus irgendeinem Grunde wollte er das, was mit der Verlobungsfeier begonnen hatte, zu Ende führen. Fünf Monate nach der Verlobung fand die prächtige Hochzeit statt. Viele Verwandte hatten sie nicht, aber Freunde schon, und die kamen und feierten mit.

Alle Zeichen standen auf Glück, doch das Glück blieb aus. Schon in den ersten Monaten der Ehe fühlte er sich in Rivkas Nähe einsam. Dieses Gefühl war ihm neu, und er glaubte fest daran, dass es vorübergehen werde. Sie arbeiteten zusammen und waren gut aufeinander abgestimmt. Rivka verkaufte das Geschäft ihrer Eltern, und von dem Geld kauften sie einen Laden in der Nähe seines Ladens. Ein Erfolg jagte den andern, und hätte ihn nicht immer wieder dieses seltsame Gefühl der Einsamkeit heimgesucht, wären seine Tage hell gewesen.

Doch letztlich war das Leben stärker. Die Mädchen kamen zur Welt, und mit ihnen stellten sich die kleinen Freuden ein. Rivka überraschte ihn mit ihrem Unternehmergeist, nun erkannte jedermann ihre Geschäftstüchtigkeit. Zwar bemerkte er mit der Zeit, dass sie alles mit Strenge und einer gewissen Härte betrieb, aber das waren Kleinigkeiten. Das Leben strömte und riss ihn mit. In ihm kämpften verschiedene Empfindungen, und manchmal taten sie ihm sogar weh, doch er beachtete sie nicht weiter. Zwischendurch staunte er darüber, dass er nicht weiterstudiert, sich nicht in der Politik engagiert hatte. Auch dieses Staunen ging vorüber. Ein Geschäftsabschluss folgte auf den anderen, das Geld sammelte sich an sicheren Orten, und die Liegenschaften vermehrten sich.

Dann kamen plötzlich, wie aus dem Hinterhalt, nachts die Träume. Jahrelang hatte er nicht geträumt. Die wenigen Träume, die durch seinen Schlaf gezogen waren, hatten sich aufgelöst und keinerlei Eindruck hinterlassen. Aber auf einmal brachen sie aus seinen Tiefen aus und machten sich über seine Nächte her. Es waren vollständige, klare Träume. Albträume.

Meist erschien ihm die Mutter, wie sie im Laden oder zu Hause arbeitete. Anders als zu Lebzeiten war sie nun nicht mehr verschlossen und zurückhaltend. Sie redete, vielmehr erzählte sie, was ihr im Krieg widerfahren war. Mehr als einmal hatte sie, als

23

sie noch lebte, davon sprechen wollen, doch der Vater hatte es ihr nicht erlaubt. Auch sich selbst hatte er strenge Beschränkungen auferlegt. Im Traum befreite sich die Mutter von diesen Fesseln und redete. In einem der Träume gestand sie ihm: «Ich wollte dir immer davon erzählen, aber dein Vater hat es nicht erlaubt. Zugegeben, auch ich habe gemeint, es sei besser, die bitteren Tatsachen zu verschweigen.»

Einmal sagte sie ihm lächelnd: «Vielleicht hätte ich die Hemmungen überwinden können, aber ich dachte, dass es dich nicht interessiert, was wir im Krieg erlebt haben. Du warst so mit der Jugendbewegung und den Mädchen dort beschäftigt, und ehrlich gesagt, habe ich mich gefreut, dass du dich für solche Dinge interessiert hast und nicht für unsere unglückliche Geschichte.»

Zu Lebzeiten hatte die Mutter kaum einen vollständigen Satz herausgebracht, doch im Traum sprach sie frei, verwendete einen reichen Wortschatz, nannte Beispiele, hütete sich, Vorwürfe zu machen, und nahm alle Missverständnisse auf ihre Kappe. Immer wieder sagte sie: «Unserem Leiden kann man keinen Sinn abgewinnen; es versinkt wohl besser im Abgrund des Vergessens. Sie haben uns ermordet, mit allen erdenklichen Mitteln haben sie uns ermordet. Das ist die Geschichte, und das ist ihre Essenz. Unsere Familie haben sie in Schidowze umgebracht. Vielleicht ist es gut so, dass es dort passiert ist. Andere Juden wurden von Ort zu Ort verschleppt, in Viehwaggons gepfercht, mussten sich ausziehen und wurden vergast. Im Vergleich dazu war der Tod in Schidowze leichter. Nein, ich korrigiere mich», sagte sie und hielt sich die Hand vor den Mund, «wer weiß schon, was leichter ist: vor einem ausgehobenen Erdloch in den Rücken geschossen zu werden oder zu ersticken.»

Es waren lange Träume, und sie zogen sich über viele Nächte. Zuerst erschien nur die Mutter, gekleidet wie immer, ihr Gesichtsausdruck verschlossen, sie kochte das Mittagessen oder

24

legte Wäsche zusammen. Das Reden bereitete ihr zu seinem Erstaunen keine Mühe. Sie sprach monoton, aber mit Nachdruck; man merkte, dass die Wörter in ihr gereift waren. Sie kamen ihr jetzt leicht, geordnet und deutlich über die Lippen.

Er versuchte sich zu erinnern, seit wann die Eltern in seinen Träumen erschienen, doch er wusste es nicht. Am Anfang hatten sie ihn erschreckt, und er hatte merkwürdige Anstrengungen unternommen, damit sie nicht zurückkämen. Er ging spät schlafen oder trank vor dem Zubettgehen ein Bier, doch die Träume, die seit Jahren ungeduldig darauf gewartet hatten, sich zu offenbaren, kamen nun jede Nacht. Vollständige Träume, wie aus der Wirklichkeit herausgeschnittene Szenen.

Aus seinem Leben wurden allmählich zwei. Das Leben im Geschäft und in der Familie sowie das Leben im Schlaf. Ein Geheimnis, von dem er niemandem erzählte. Es tat ihm gut, ein verborgenes Leben zu haben, an dem kein anderer Anteil hatte. Er wusste, wenn er nur die Augen zumachte, würde er zuerst seine Mutter sehen, nach einer Weile würde zögernd sein Vater dazukommen, und nach und nach kämen auch die Leute aus dem Dorf, die das Massaker überlebt hatten. Als sie noch lebten, war ihnen das Massaker nicht anzumerken gewesen, aber im Traum sah man die breiten und tiefen Narben auf ihren Gesichtern – sie waren nicht gut verheilt.

Er schlug die Augen auf, und für einen Moment meinte er, die Fahrt von Tel Aviv nach Krakau sei nichts anderes als ein Aufstieg aus der Tiefe gewesen. Starkes Licht überflutete den Balkon des Hotels und blendete ihn.

Später rief er zu Hause an und sagte, die Reise sei gutgegangen, er werde zwei, drei Tage in Krakau bleiben und dann weiterfahren. Aus irgendeinem Grund hatte er erwartet, dass seine Frau ihn fragen werde, wie es ihm gehe oder was er schon gesehen habe. Er hatte sich getäuscht. Sie stellte ihm ein paar Fragen zu Kundinnen und Ware. Weder Tadel noch Wut schwang in ihrer Stimme mit, als habe sie sich bereits an die neue Situation gewöhnt. Also hatte sie ihm mit ihrem ganzen Aufstand bloß etwas vorgemacht, dachte er und ging hinunter in den Speisesaal.

4

Am späteren Vormittag machte er einen Spaziergang durch die Stadt. Dass der Mai in Polen wunderschön sei, hatten ihm die Leute, die von seiner Reise nach Krakau gehört hatten, schon gesagt. Wunder hatte er noch keine gesehen, eine Ruhe aber sofort gespürt. Aus irgendeinem Grund hatte er sich Krakau als lärmende Stadt vorgestellt, voll von Bauern, Kaufleuten und Polizisten. Das gelassene Leben in den Straßen überraschte ihn. Er setzte sich in ein Café, bestellte Kaffee und Käsekuchen, staunte über die milde Sonne und das Friedliche der Altstadt.

Gut, dass ich hierhergekommen bin, sagte er sich, ohne zu wissen, warum. Für seine Eltern und Großeltern war Krakau die große Stadt gewesen, in die man ein- oder zweimal im Jahr fuhr. Im Vergleich zum fiebernden Tel Aviv wirkte sie wie eine erholsame Oase. Bäume warfen ihren Schatten auf den Gehweg. Hier und da hörte man Stimmen aus einem Hauseingang. Keine Wut, keinen Ärger, noch nicht einmal die Nervosität von Menschen in Eile.

Er saß auf seinem Platz und empfand keinerlei Bedürfnis, durch die Straßen zu schlendern. Je länger er dasaß, umso deutlicher spürte er, dass er am Tor zu einer Welt stand, die in ihm verborgen gewesen war. Diese Welt hatten die Eltern vorsichtig und mit großer List in ihn hineingesenkt.

Wie Bruchstücke mischten sich Bilder aus dem Geschäft und von zu Hause in seinem Kopf. In dem kleinen Café in der fremden Stadt nahmen die Jahre seines Lebens die Größe eines Päckchens an, das man in eine Tasche stecken konnte – und dann vergessen, dass man etwas Wertvolles mit sich herumtrug.

Seine Augen sogen ein, was er sah. Jeder Anblick begeisterte ihn in seiner Schlichtheit. Nicht weit von ihm saß eine Frau auf einer Bank und fütterte Tauben. Die Tauben hüpften auf den Pflastersteinen umher. Sie machten einen fröhlichen Eindruck. Auch die Frau freute sich, denn sie pickten ihr die Brotkrumen aus der Hand.

Und während er über diesen Anblick staunte, trat aus einer Seitengasse eine hochgewachsene Frau in einem olivgrünen Kleid und mit hohen Absätzen. Im ersten Moment glaubte er, sie werde die Straße überqueren und in die gegenüberliegende Gasse gehen. Er hatte sich geirrt. Sie betrat das Café, setzte sich nicht weit von ihm an einen Tisch, holte einen Stift und Papier aus der Tasche, wandte sich zur Kellnerin und bestellte Kaffee. Sofort bemerkte er, dass sie geschmackvoll geschminkt war. Sie trank einen Schluck, und plötzlich war ihr Blick ganz still.

Auch er hielt den Atem an. Nicht jeden Tag sah man eine so hübsche Frau. Nichts Auffälliges war an der Art, wie sie dasaß. Man merkte ihr an, dass sie den Platz mochte. Nicht weil sie von dort eine besondere Aussicht hatte, sondern weil sie da einfach sitzen und für sich sein konnte. Er senkte den Blick, um sie nicht zu stören.

Während er so verharrte, erschien vor seinem inneren Auge das Gesicht von Tante Bronka, der Schwester seines Vaters. Zu Hause hatte man nur selten über sie gesprochen, doch das wenige, das er gehört hatte, hatte sich ihm als Bild fest eingeprägt.

Mit siebzehn hatte Bronka Schidowze verlassen und war nach Krakau gegangen, um sich dort der Kommunistischen Partei anzuschließen. Obwohl ihre Eltern darüber starken Schmerz und Wut empfanden, verstießen sie sie nicht, sie schickten ihr sogar frische Lebensmittel, Kleider und Geld. Bronka wiederum schrieb ihnen lange Briefe im tiefen Glauben an eine rundum gute Welt. Sie lasen die Briefe aufmerksam und beteten, dass ihre Tochter wieder zu ihnen zurückkehren werde.

In der Wohnung in der Melchett-Straße hatte man von ihrer Schönheit, ihrem guten Geschmack und ihrem feinen Ohr für die polnische Sprache gesprochen. Ihr Polnisch, hieß es, war fehlerfrei. Juden aus den umliegenden Dörfern kamen zu ihr, damit sie für sie Briefe an die örtlichen Behörden schrieb oder an Söhne und Töchter, die inzwischen in verschiedenen Großstädten der Welt lebten. Alle waren davon überzeugt, dass sie studieren und sich für ihr Volk einsetzen werde. Doch Bronka wählte einen anderen Weg. Ein Jahr vor Kriegsausbruch wurde sie nach Moskau geschickt, und dort verlor sich ihre Spur. In der Wohnung in der Melchett-Straße hatte ihr Leben sich nach einem schmerzvollen Märchen angehört. Der Vater hatte besondere Wörter benutzt, wenn er von ihr sprach, und auch die Überlebenden aus dem Dorf hatten nur im Flüsterton über sie geredet, um ihr Andenken nicht zu verletzen.

In den fünfziger Jahren machte das Gerücht die Runde, Bronka habe überlebt, sie sei nach Polen zurückgekehrt und leite eine wichtige staatliche Einrichtung. Einige bezeugten, sie mit eigenen Augen in Krakau gesehen zu haben, und sagten, sie sei noch genauso schön wie früher. Dieses Gerücht beeinflusste für eine Weile das Leben der Eltern. Sie ließen die Wohnung streichen, kauften neue Kronleuchter und warteten darauf, etwas von ihr zu hören. Die Erwartung hielt mehrere Wochen an. Als sie nichts hörten, beschloss der Vater, nach Krakau zu fahren und Bronka in ihrem Büro aufzusuchen. Merkwürdig, dass es gerade die sonst leichtgläubige Mutter war, die meinte, es handle sich doch bloß um ein Gerücht.

Schon bald stellte sich heraus, dass zwar eine schöne Frau jüdischer Herkunft nach Krakau zurückgekehrt und an die Spitze eines wichtigen Amtes berufen worden war, sie aber nicht Bronka hieß; sie war in Warschau geboren und hatte sich demonstrativ von ihrem Judentum losgesagt. Die Enttäuschung war zu Hause zu spüren, doch das Warten ging weiter. Der Vater gab acht, ihren Namen nicht zu erwähnen, und wenn ihn Leute aus dem Dorf erwähnten, taten sie es mit großer Vorsicht, um ihre zweite Auferstehung nicht zu gefährden.

Die Eltern starben, und Bronkas Name versank zusammen mit den anderen Namen, die im Verborgenen in der Wohnung überdauert hatten. Sie erschien noch nicht einmal in Jakobs Träumen. Und jetzt, welch ein Wunder, saß sie hier plötzlich, nicht weit von ihm. Eine Frau in den Vierzigern. Ihre ganze Aufmerksamkeit war nach innen gerichtet. Diese Aufmerksamkeit verlieh ihrem Gesicht Konzentration und eine stille Schönheit, und auch als sie aufstand, sich eine Zigarette anzündete, die Papiere zusammenfaltete und in die Handtasche steckte, ging von dieser Schönheit nichts verloren.

Jakob verfolgte jede ihrer Bewegungen. Er war sich sicher, dass sie, genau wie er, niemanden in dieser Stadt hatte; gleich würde sie in ihr Büro gehen und dort eine Trennwand zwischen innen und außen errichten. Unbemerkt würde ihr Inneres verschwinden, und wenn sie vor ihren Vorgesetzten stünde, stünde dort bloß ihr Äußeres.

5

Am Abend verließ er das Hotel nicht. Nachdem er gegessen hatte, ging er in die Bar, bestellte einen Kognak, zündete sich eine Zigarette an und suchte sich einen Sessel. Die Eindrücke des Tages zogen noch einmal an ihm vorüber. Sehr klar sah er die Frau, die im Café gesessen hatte. Seine Berechnungen ergaben eindeutig, dass sie nicht Tante Bronka sein konnte, dennoch hielt er an dieser unlogischen Annahme fest.

Später kamen zwei großgewachsene Deutsche in die Bar. Sie unterhielten sich auf Deutsch, spickten ihre Rede aber mit polnischen Wörtern. Sie mussten in diesem Hotel Stammgäste sein. Die Kellnerin sprach sie auf Polnisch an, und sie antworteten ihr langsam in dieser Sprache. Jakob bekam einiges von ihrer Unterhaltung mit, verstand, dass sie geschäftlich hier waren und mindestens noch zwei Wochen bleiben würden.

Er freute sich, dass er nach Jahren als Geschäftsmann einfach dasitzen und die Leute um sich herum betrachten konnte, ohne an ihren Gesprächen teilnehmen zu müssen. Das Gläschen Kognak tat ihm gut. Er zündete sich noch eine Zigarette an und war froh, in seinem Sessel zu sitzen.

Gut, dass ich hierhergekommen bin, sagte er sich, so als sei es ihm gelungen, einen passenden Ort für den Urlaub zu finden. Die beiden Deutschen schienen mit ihrem Tagwerk zufrieden zu sein, sie redeten viel und lachten. Hier und da fing Jakob ein Wort auf, und als erfahrener Geschäftsmann folgerte er, dass sie wohl gerade ein erfolgreiches Geschäft abgeschlossen hatten.

«Woher kommen Sie?», wandte sich einer der beiden überraschend auf Englisch an ihn.

«Aus Israel.» Jakob sagte gleich die Wahrheit.

«Aus Tel Aviv?»

«Ja.»

«Ich war schon in Tel Aviv, vor Jahren. Sogar mehrmals.»

«Geschäftlich?»

«So kann man es nicht nennen», sagte er und fügte nach einer kurzen Pause hinzu: «In einer militärischen Angelegenheit, mit einer kleinen Gruppe von Offizieren, um Methoden der Terrorbekämpfung von euch zu lernen. Damals war ich aber noch sehr jung.»

«Und, wie war's?»

«Sehr gut.»

«Haben Sie etwas Neues gelernt?»

«Ja, eine Menge.»

Dieser Mann muss während des Krieges ein Baby oder ein kleines Kind gewesen sein, aber sein Vater war sicher Soldat. Wer weiß, was der getan hat, dachte Jakob.

«Und Sie?», fragte der Deutsche vorsichtig.

«Ich bin hier, um mich umzuschauen und einen Eindruck zu bekommen», sagte Jakob und erklärte nichts weiter.

«Auf welchem Gebiet?»

«Mode.»

«Und was ist Ihr Eindruck?»

«Die Frauen hier sind schön.»

Sofort waren die drei Männer sich einig. Die Frauen in Osteuropa bewahrten sich ihre Weiblichkeit, sogar gebildete Frauen machten da keine Ausnahme.

«Werden Sie die Frauen noch attraktiver einkleiden?»

«Das ist nicht nötig; die Natur hat sie mit Schönheit gesegnet.» Als er das sagte, fiel ihm auf, dass die Frauen am Morgen vor dem Café hübsch und gut gekleidet gewesen waren, dass ihm aber bei der Frau, die mit ihm im Café gesessen und seine

Aufmerksamkeit gefesselt hatte, die Kleidung gar nicht wichtig erschienen war.

«Und die Frauen in Tel Aviv?»

«Es gibt solche und solche», sagte Jakob, um objektiv zu klingen.

Das Modegeschäft interessierte die beiden. Jakob machte aus seiner Überzeugung, dass Männer darin besser als Frauen waren, kein Hehl.

«Wo haben Sie gelernt?»

«Ich habe das nicht gelernt. Wer Frauen liebt, muss das nicht lernen.»

Er bestellte noch einen Kognak, trank einen Schluck und sah sein Geschäft mit dem lauten und bunten Treiben der Kundinnen vor sich. Wenn es etwas gab, was ihm in den letzten Jahren Freude bereitete, so waren es die Frauen, die in seinen Laden kamen. Einer Frau ein Kleid zu empfehlen, das ihr stand, war fast so, als würde man sie erobern, nicht selten veränderte man sie damit völlig. Rivka wurde natürlich eifersüchtig. Sie säte Zwietracht zwischen ihm und seinen Kundinnen, beharrte auf den festgesetzten Preisen. Kein Wunder, dass sich die Frauen von ihm beraten lassen wollten. Rivka ignorierten sie. Dieser Wettbewerb oder, besser gesagt, diese Reiberei hatte in der frühen Zeit ihrer Ehe begonnen. Am Ende hatten sie sich geeinigt, dass er vormittags und sie nachmittags arbeitete.

Die beiden Deutschen wollten weitere Einzelheiten über Mode aus ihm herausfragen. Jakob war gut gelaunt, offenbarte ihnen einige Berufsgeheimnisse und bestätigte, was alle wussten: dass der gute Geschmack in letzter Zeit nicht mehr in Frankreich, sondern in Italien anzutreffen war.

Nachdem sie eine Stunde gemeinsam getrunken hatten, verabschiedeten sie sich, und jeder ging auf sein Zimmer. Auf dem Weg nach oben meinte Jakob, dass er von den Deutschen betrogen worden war, dass sie ihm persönliche Dinge entlockt und an etwas Verborgenes in ihm gerührt hatten. Ab jetzt musst du vorsichtiger sein, ermahnte er sich.

Später, als er endlich eingeschlafen war, sah er sie in deutschen Uniformen, und sie bedrohten ihn. Jakob reagierte darauf, indem er seine Pistole aus dem Gürtel zog und sie zwang, aufzustehen und die Hände zu heben. Als sie sich weigerten, gab er einen Warnschuss ab.

«Warum zielst du nicht auf uns?», fragte der eine von ihnen provozierend.

«Das mach ich gleich.»

«Wir werden ja sehen», provozierten sie ihn weiter.

Jetzt hatte er keine andere Wahl, als auf sie zu schießen, und er schoss. Die Kugeln trafen ihre Mäntel, nicht aber die Männer selbst. Er spürte den unbändigen Wunsch, weiterzuschießen, doch aus irgendeinem Grund ging die Pistole nicht mehr los. Jetzt waren sie an der Reihe. Sie zögerten nicht und schossen. Er stürzte in ein tiefes Loch und erwachte mitten in der Nacht, erstaunt, dass er noch am Leben war.

Er schlief wieder ein. Im Schlaf nahm er die Pistole auseinander und versuchte, sie zu reparieren, doch was er auch versuchte, es gelang ihm nicht. Die Waffe, die ihm beim Militär zwei Jahre lang treue Dienste geleistet, die geschossen und sehr genau gezielt hatte, ließ ihn im Stich. Merkwürdig, er beschuldigte nicht die Deutschen, sondern sich selbst. Er habe die Waffe nicht gründlich genug geprüft, bevor er losgefahren sei.

6

Am nächsten Tag, als er sich aus dem unangenehmen Schlaf herausgewunden hatte, duschte er, zog sich an und ging hinunter in den Speisesaal. Erst unten wurde ihm klar, dass er in dieser Nacht nicht nur mit seiner Pistole und den beiden Deutschen beschäftigt gewesen war, sondern dass sich auch einige Episoden seines Lebens in den Schlaf gedrängt hatten, die sich aus irgendeinem Grund aber nicht zu einem Ganzen zusammenfügen ließen. Jede Episode stand für sich. Er spürte, dass er sein Zuhause keineswegs ganz hinter sich gelassen hatte. Bei jedem Schritt, den er hier machte, und er machte kleine Schritte, schleppte er die Bilder aus Tel Aviv mit sich herum; nicht minder präsent waren ihm die Jahre seines Militärdienstes. Sechs Jahre bei der Armee, das war keine Kleinigkeit.

In einiger Entfernung von ihm saßen die Deutschen. Sie bemerkten ihn, doch er ging nicht zu ihnen hinüber, suchte ihre Gesellschaft nicht. Das Morgenlicht war voll, ergoss sich auf die Tische und den Fußboden. Nur wenige Leute saßen um diese Zeit im Speisesaal, und es herrschte Stille. Eine Vielzahl von Speisen stand auf dem Buffet.

Ich muss in das Dorf fahren, erinnerte er sich immer wieder, doch der Wunsch, noch zu bleiben, war stärker, und er ging hinaus, um wieder durch die Straßen zu streifen. Das Licht war genauso klar wie am Tag zuvor. Auch die Ruhe war dieselbe. Er lief, wohin seine Füße ihn trugen, ohne Stadtplan und ohne jemanden nach einem Weg zu fragen.

Diesmal wählte er ein Café mit Tischen im Freien. Auch hier strömte die Betriebsamkeit der Straße ruhig dahin. Die Frauen waren geschmackvoll gekleidet, man sah ihnen weder Nervosität noch Anspannung an. Die Erwartung, hier auf Spannung zu stoßen, hatte er wohl aus Tel Aviv mitgebracht, oder er hatte sie von den Eltern, die die Erinnerung an die schlimmen großen *aczias* in Krakau nicht losgeworden waren.

Die Kellnerin brachte ihm Kaffee und Käsekuchen. Auf seine Frage, ob sie Englisch verstehe, antwortete sie mit Nein.

«Sie sprechen nur Polnisch?», fragte er auf Polnisch.

«Nur Polnisch», antwortete sie und lächelte verlegen.

Sein Vater hatte immer mit Sehnsucht und mit verborgener Liebe von Krakau gesprochen. Seine ganze Jugend über hatte er in Krakau leben wollen, doch die Eltern, der Laden, der nach und nach angesammelte Besitz hatten ihn daran gehindert, und er war im Dorf geblieben. Über die Ermordung seiner Eltern sprach er nicht, doch war ihr Tod zu Hause zu spüren gewesen, nicht nur an ihrem Todestag.

Nachdem Jakob eine Stunde still dagesessen hatte, hielt er ein Taxi an und bat den Fahrer, ihn zur Remu-Synagoge zu bringen. Die Fahrt dauerte wenige Minuten, dann fand er sich vor einem niedrigen, gemauerten Gebäude wieder, das wie eine Festung wirkte. Auf dem Vorplatz standen junge Leute in kleinen Gruppen, einige ältere und Touristen aus Amerika. Die Leute sprachen laut; eine gewisse Erregung lag in der Luft.

Das Innere der Synagoge unterschied sich von den Synagogen, die er kannte. Der Raum ließ ihn an eine befestigte Stellung denken, es fehlten nur die Sandsäcke und die Schießscharten. Interessant, wie man sich hier verteidigen wollte, dachte er, als für einen Moment der Offizier in ihm erwachte.

Er ging wieder hinaus auf den Vorplatz. Die jungen Leute konnten zu seiner Überraschung Englisch. Einer von ihnen verriet ihm, dass er Halbjude sei und jeden Mittwoch hierherkomme, um seine Freunde zu treffen. Auch die seien Halbjuden.

«Und was macht ihr?»

«Wir reden.»

«Worüber redet ihr?»

«Über Bars und Mädchen.»

Er trug einen goldenen Davidstern auf der Brust, sonst hatte sein Aussehen nichts Jüdisches.

«Wärst du gern Jude?», fragte Jakob aus irgendeinem Grund.

«Ich weiß nicht.»

«Warum kommst du hierher?»

«Hier findet man immer ein hübsches Mädchen.»

Es war schwer zu sagen, ob er das so meinte oder ob etwas Zynisches in seinen Worten lag.

Ein älterer Mann trat zu Jakob und erzählte ihm auf Jiddisch seine Sorgen: Seine Frau sei krank und er selbst leide an Arteriosklerose. Jakob gab ihm zehn Dollar. Der Mann verbeugte sich und wollte ihm die Hand küssen.

Viele Menschen umringten ihn, junge Leute, auch sie mit goldenem Davidstern auf der Brust, große, kräftige, aber schlampig gekleidete Leute, die aussahen, als seien sie gerade erst aus dem Bunker gekommen. Es bestand kein Zweifel, alle hier, abgesehen von den Alten, waren Halbjuden oder Vierteljuden. Die Remu-Synagoge war für sie ein Treffpunkt für ein, zwei Stunden auf der Suche nach einer neuen Frau. Schon bald würden sie die Davidsterne abnehmen und in die Bars gehen. Dann wäre es hier leer. Für einen Moment staunte Jakob über das, was er sah, staunte, dass diese Menschen keinerlei Verlegenheit oder Trauer erkennen ließen.

Eine etwa dreißigjährige, aufreizend gekleidete Frau kam auf ihn zu und fragte ihn, ob er aus Israel sei.

«Ja», antwortete Jakob.

«Ich würde sehr gerne mal nach Israel fahren», sagte sie mit angenehmer Stimme.

«Warum?», fragte er gedankenlos.

«Ich bin Halbjüdin», antwortete sie mit einem breiten Lächeln.

«Und was möchten Sie dort machen?»

«Ich weiß nicht», sagte sie und fügte sofort hinzu: «Arbeiten und meinen Lebensunterhalt verdienen.»

Jakob wollte wieder in die Synagoge gehen, und sie kam hinter ihm her und bot ihm eine Führung durch die Altstadt an.

«Ich bin ausgebildete Stadtführerin.»

«Ich gehe lieber allein spazieren», sagte Jakob und bat sie, ihn in Ruhe zu lassen.

«Ist Ihnen meine Gesellschaft lästig?»

«Nein, ganz im Gegenteil, aber ich möchte allein sein.»

«Wir könnten uns ein paar schöne Stunden machen, an diesem Frühlingstag.» Sie hielt mit ihren Absichten nicht hinterm Berg.

«Bedaure.»

«Sie haben mir auf den ersten Blick gefallen.»

Jakob zog einen Geldschein aus der Tasche und streckte ihn ihr hin.

«Danke», sagte sie und verstand, dass die Sache hiermit beendet war.

Er ging tiefer ins jüdische Viertel hinein. Die Sonne schien warm, und die blühenden Bäume dufteten. Auf einem Platz standen einige amerikanische Touristen. Sie waren die Geburtsstadt ihrer Eltern besuchen gekommen. Der amerikanische Tonfall hob ihr Fremdsein noch mehr hervor. «Wir müssen uns unbedingt das jüdische Museum ansehen», sagte einer von ihnen laut, so als sei es ihm endlich gelungen, des Rätsels Lösung zu finden. Alle stimmten ihm zu, und sofort stürzten sie sich auf einen Passanten in der Hoffnung, er werde ihnen den Weg zum Museum zeigen.

Jakob entfernte sich von ihnen. Vergeblich suchte er die große Stadt seiner Eltern. Die meisten Häuser hier waren ein- oder zweistöckig, nur einzelne ragten noch höher empor. Später, er war schon müde und auf dem Rückweg ins Hotel, hatte er das Gefühl, dass auch er nicht anders war als die Menschen, die er hier zufällig getroffen hatte. Auch er war, wie sie, fremd an diesem Ort. Ein Ort zeigt einem Menschen nichts als das, was er dahin mitbringt. Die Pflastersteine des Bürgersteigs gaben sich jedenfalls keine besondere Mühe zu erzählen, was hier geschehen war.

Er ging zu einem Kiosk und bat um ein Glas Limonade.

«Woher kommen Sie?»

«Aus Israel.»

«Hier gibt es viel jüdische Geschichte», sagte der Verkäufer, «jeder Stein hier ist Geschichte», und das klang so, als sage er: Bei mir sind die belegten Brötchen besonders gut, warum kaufen Sie nicht auch ein Brötchen?

«Geben Sie mir ein Käsebrötchen», folgte Jakob.

«Woher haben Sie Ihr Polnisch?»

«Von zu Hause.»

«Guter Mann», sagte der Verkäufer, zufrieden, dass es ihm gelungen war, einen weiteren Kunden zu verführen.

Bis zum Hotel sprach Jakob mit keinem Menschen. Das wenige, das er gesehen hatte, und die Menschen, denen er begegnet war, füllten ihn ganz aus.

Es reute ihn, das Café, in dem er morgens gesessen hatte, verlassen zu haben. Das Gesehene und die Begegnungen hatten in ihm Unruhe gesät. Jetzt spürte er, dass er sich setzen musste, um einen Kognak zu trinken und ein bisschen im Sessel zu dösen.

7

Düster träumend verbrachte er die Nacht. Er wachte mehrere Male auf, knipste schließlich die Lampe an und las Primo Levis «Ist das ein Mensch?». Vor langer Zeit hatte er zwei Bücher von Primo Levi gekauft, außerdem «Der letzte der Gerechten» von André Schwarz-Bart und Lejb Rochmans «In deinem Blut sollst du leben». Schon seit Jahren hatte er sie lesen wollen, es aber nicht getan.

Seine Eltern waren nicht im Lager gewesen. Sie hatten sich in einem Keller, in der Kammer eines Kuhstalls und im Wald versteckt. Jeder dieser Orte hatte seinen eigenen Schrecken. Sein Vater hatte von den Verstecken mit einer Ehrfurcht gesprochen, als seien es nicht Verstecke, sondern Stationen eines langen, harten inneren Gerichts.

Am Anfang waren sie zu fünft gewesen. Vater und Mutter, die kurz vor dem Krieg geheiratet hatten, Tante Dina, die jüngere Schwester der Mutter, Großmutter Gittl, die Mutter seiner Mutter, und die kleine Sabina, die spätgeborene Tochter ihrer Nachbarn. Ein Bauer, der am Waldrand wohnte, hatte sich bereit erklärt, sie alle gegen eine feste monatliche Summe in seinem Keller zu verstecken. Einem feuchten und kalten Keller. Mitten im Winter starb Großmutter Gittl.

Im Frühjahr lief der Keller mit Wasser voll, und der Bauer brachte sie in einer Nacht weit weg, zu seinem Bruder, der im Kuhstall eine verborgene kleine Kammer hatte. Der Bruder erhöhte sofort den Preis. Jakobs Vater versuchte zu verhandeln, zahlte letztlich aber die geforderte Summe. Die Wände der Kammer hatten Löcher, nur die Leiber der Tiere wärmten sie ein bisschen. Die meiste Zeit des Tages mussten sie stehen, nachts drängten sie sich aneinander. Am Ende des Sommers bekamen sie alle Typhus. Das erste Opfer war Tante Dina. Sie starb und wurde sogleich hinter dem Kuhstall begraben.

Als sie schon sehr geschwächt waren, teilte ihnen der Bauer mit, er habe Angst, sie noch länger zu verstecken, sie müssten seine Kammer verlassen. Der Vater redete lange auf ihn ein und versprach, ihm gleich nach dem Krieg viel Geld zu bezahlen, doch der Bauer blieb hartnäckig und forderte, dass sie den Ort verließen.

Der Vater hatte keine Wahl; er bat den Bauern, ihnen im nahe gelegenen Wald einen Unterstand zu bauen, und gab ihm dafür seine goldene Armbanduhr. Der Bauer ging auf das Geschäft ein. Doch schon bald zeigte sich, dass er sie betrogen hatte – er hatte ein zu flaches Loch gegraben und es mit morschem Blech bedeckt; er hatte weder die Wände befestigt noch Abflüsse für den Regen angelegt. «Das ist alles, was ich tun konnte», sagte er und ließ sie dort allein zurück.

Von da an lebten sie im Wald. Nachts zogen sie von Scheune zu Scheune, stahlen etwas von den Feldern und warteten, dass der Tod sie holen kam. Doch aus irgendeinem Grund hatte der Tod es nicht eilig. Länger als ein Jahr lebten sie im Wald. Zum Schluss, ein paar Tage vor der Befreiung, raubte der Todesengel die kleine Sabina. So blieben nur Vater und Mutter am Leben.

Als Jakob fünf oder sechs gewesen war, hatte die Mutter ihm von diesen Verstecken erzählt. Sie hatte langsam gesprochen, so als lese sie aus einem Buch vor, und für ihn hatte sich das damals nach einer Wundergeschichte angehört. Jeden Abend erzählte sie ihm ein Kapitel, und als die Geschichte mit der Befreiung endete, wollte er sie gleich noch einmal hören. Die Mutter willigte ein, und während er sie mit hungrigen Augen ansah, verschlang er die Schreckenshandlung. Mehr als einmal sagte sie zu ihm: «Ich möchte dir aber fröhlichere Sachen erzählen», doch der Junge bestand darauf: Geheimverstecke, Geheimverstecke.

Wenn er überhaupt eine angenehme Erinnerung an jene dahingedämmerten Jahre hatte, so waren es diese Geschichten der Mutter. Sie hatte ihre Worte in den Rest von Wachheit gegossen, der ihm abends noch blieb, und schon kurz darauf mischten sie sich wie Märchen in seinen Schlaf. Im Schlaf wurden die Geschichten bunter, lebendiger und mündeten schließlich in die Träume.

Als er in die sechste Klasse kam, verlor er an den Abenteuern in den Geheimverstecken das Interesse. Die Mutter versuchte, neue Details aus der Erinnerung hochzuholen, doch was sie fand, interessierte ihn nicht mehr. Die Schule, die Jugendbewegung, die Freunde, die Fußballmannschaft, in der er spielte, das alles füllte seine Vorstellungswelt, und da blieb kein Platz mehr für die abendlichen Geschichten seiner Mutter.

Der Vater hatte, das muss man ehrlich sagen, nie versucht, dem Jungen etwas aus seiner Seele mitzuteilen. Er meinte, dass das, was ihm und seiner Frau passiert sei, nicht Teil der Erinnerung des Jungen werden müsse. Das Leiden der Schwachen habe nichts Großartiges. Sollten die doch ihren Schmerz für sich behalten, anstatt ihre Nachkommen damit zu stören.

Der Vater behielt recht. Noch vor der Bar-Mizwa-Feier begann Jakob mit seiner Revolte, die zu der Weigerung führte, sich auf die religiöse Zeremonie vorzubereiten. Mit kindlichem Hochmut wiederholte er zu Hause die Phrasen, die er in der Schule und in der Jugendbewegung gelernt hatte. Die Eltern versuchten, Sachverhalte zu begründen und zu erklären, doch zum Schluss sah auch die Mutter ein, dass es besser war, ihn seinen Weg gehen zu lassen. Ihr Leben während des Krieges und danach hatte nichts Großartiges. Warum sollte man ihn mit Geschichten von Gräueltaten belasten.

«Weißt du noch», sagte die Mutter vor ihrem Tod, «als du fünf oder sechs warst, da hab ich dir von unseren Verstecken erzählt, aber nie vom Wald. Ich wollte dir nicht vom Tod der kleinen Sabina erzählen. In der ganzen Zeit, in der wir im Wald waren, wollte die arme Sabina uns nicht zur Last fallen. Sie hat immer gesagt: ‹Ich geh ins Dorf. Da werden sie mich nicht erkennen, und nachts bring ich euch dann was zu essen.› Aber wir haben sie nicht gehen lassen. Wir haben ihr gesagt, wenn man uns bisher nicht entdeckt hat, ist das ein Zeichen, dass wir gerettet werden. Jetzt bin ich mir nicht mehr sicher, ob es richtig war, dass wir sie bei uns behalten haben. Wäre sie gegangen, hätte sich vielleicht eine Bäuerin ihrer erbarmt und sie in ihr Haus aufgenommen. Die Nächte im Wald waren sehr kalt und haben sie krank gemacht.

Sie war ein kluges, treues Kind. Sie ist flink auf Bäume geklettert, um Kirschen zu pflücken oder in den Vogelnestern nach Eiern zu suchen. Jedes Mal, wenn sie ein Stück Obst oder ein Ei gefunden hat, sagte sie: ‹Das ist für euch. Für mich finde ich etwas anderes.› All die Güte ihrer Eltern trug sie in sich. Schwer zu verstehen, wie es sein kann, dass ich lebe und sie nicht. Wäre Sabina nicht gewesen, wir hätten nicht überlebt. Sie war das Licht im Dunkel. Wir hatten gehofft, sie nach dem Krieg zu adoptieren und als unsere Tochter großzuziehen.

Aber als du klein warst, wollte ich dich nicht traurig machen, und deshalb hab ich dir nicht von ihrem Tod erzählt. Du hast immer wieder gefragt, was aus Sabina geworden ist. Ich habe dich angelogen, als ich sagte, sie sei nach Amerika gegangen. Verzeih mir diese Lüge. Sabina ist in meinen Armen gestorben, wie ein Engel.

Einen Spaten hatten wir nicht, um ihr ein Grab zu schaufeln, und so haben wir sie mit Laub und Reisig bedeckt. Vater hat sich mehrere Male in Gefahr gebracht und ist nachts zu den Dorfhäusern geschlichen, um nach einer Spitzhacke oder einem Spaten zu suchen. Er fand nichts. Anstatt weiterzuziehen, sind wir immer wieder an den Platz zurückgekommen, um sie von neuem zu bedecken. Zum Schluss haben wir doch einen Spaten aufgetrieben und ein Grab gegraben. Auf das Grab haben wir Steine und Holzpflöcke gelegt, damit wir nach dem Krieg die Stelle wiederfinden, denn wir wollten sie nach Erez Israel mitnehmen.

Nach dem Krieg sind wir dorthin zurückgekehrt, doch wir haben die Spuren nicht mehr gesehen. Der Acker war umgepflügt und für die Saat bereit. Wir haben gesucht und gesucht, aber nichts gefunden.»

Dies war der letzte Satz aus dem Mund der Mutter. Gleich darauf schloss sie die Augen und verließ diese Welt.

8

Am nächsten Morgen stand Jakob früh auf und beschloss, sofort nach dem Frühstück zum Taxistand zu gehen und sich nach Schidowze bringen zu lassen. Er fand, dass er schon zu lange geblieben war und die Abfahrt nun besser nicht weiter hinauszögern sollte. Der Beschluss befreite ihn aus dem Albtraum, in den er sich nachts verstrickt hatte, und entsprach seinem Wunsch, etwas zu tun.

Der Speisesaal war fast leer. Die beiden Deutschen, die an einem hellen Tisch am Fenster saßen, baten ihn, sich dazuzusetzen. Sie erzählten ihm von den Fortschritten ihres Projekts, er könne es sich ja einmal anschauen. Jakob dankte und entschuldigte sich, ihre Einladung ausschlagen zu müssen, denn er fahre gleich in das Geburtsdorf seiner Eltern.

«Ihre Eltern sind in Polen geboren?»

«So ist es.»

Es entstand ein Moment der Verlegenheit, den Jakob gerne durchbrochen hätte.

«Sie haben überlebt?», fragte der Wortführer der beiden.

«So ist es.»

Jakob wusste, dass man mit Deutschen besser nicht über den Zweiten Weltkrieg sprach. Entweder ergingen sie sich in Rechtfertigungen, oder sie nahmen alle Schuld auf sich und schwächten so die Abscheu vor ihnen ab. Die beiden schienen das ähnlich zu sehen; sie hielten sich zurück und fragten nicht weiter.

Jakob fühlte sich unwohl, er beendete das Frühstück schnell, empfahl sich und ging hinaus. Nur zweieinhalb Tage hatte er sich hier aufgehalten, und schon kam ihm der Ort so vertraut vor, als gehöre er zu seinem Leben. Beim Militär, in Zeiten von Manövern und tagelangen Fußmärschen, war sogar ein zugiges Zelt mit einem Feldbett eine Art Zuhause für ihn gewesen, ein Ort, nach dem er sich sehnte.

Nicht weit vom Hotel standen Taxis und Sammeltaxis. Jakob trat zu einem der Fahrer und fragte ihn nach Schidowze. Der hatte den Namen noch nie gehört, fragte einen Kollegen, und auch der kannte das Dorf nicht. Sofort kamen die anderen Fahrer aus ihren Autos, redeten, wunderten sich, äußerten Vermutungen, gelangten aber zu keinem Ergebnis. Schließlich brachte einer von ihnen eine ausgeblichene Landkarte, breitete sie auf dem Dach seines Wagens aus und zeigte auf den Ort.

«Das ist noch nicht einmal ein Dorf, das ist nur ein Name, ein paar Felder ohne Menschen», sagte einer der Fahrer.

Die anderen wetteiferten nun im Schlechtmachen des Orts. Zum Schluss fragten sie Jakob: «Was wollen Sie da überhaupt?»

Jakob sagte: «Mir den Ort ansehen.»

«Das sind von hier fünfzig bis sechzig Kilometer, die meisten Straßen sind noch nicht mal geteert», sagte ein Fahrer und holte das Märchen in die Wirklichkeit.

«Wie viel würde es kosten?»

«Mindestens fünfzig Dollar.»

Jakob wusste, dass der Preis zu hoch war, aber zum Handeln hatte er keine Lust.

«Wann soll es losgehen?»

«In zwei Stunden», schlug Jakob vor, und der Fahrer willigte ein.

Also hatte er noch zwei Stunden, und die wollte er nutzen. Er ging denselben Weg, den er am ersten Tag gegangen war, und natürlich zog es ihn in dasselbe Café.

Schon aus der Ferne sah er, dass die Frau, die er für Tante Bronka gehalten hatte, wieder an ihrem Platz saß. Sie hatte Papiere vor sich und schrieb. Das überraschte ihn nun doch. Er ging schneller und setzte sich im Café an den Tisch, an dem er auch zwei Tage zuvor gesessen hatte, bestellte einen Kaffee, sah sich ein wenig um und schaute sie an. Zu ihrer Schönheit gesellte sich jetzt eine gewisse Strenge. Sie schrieb langsam und war ganz versunken. So eine Frau hatte er noch nicht gesehen: Weiblichkeit und Vergeistigung in einer Person. Nach einer Weile überwand er sein Zögern und stand auf. Er ging zu ihr hin, entschuldigte sich und fragte auf Englisch: «Sind Sie vielleicht Bronka Fein?»

«Nein.»

«Verzeihen Sie.»

«Das kommt vor.»

«Ich hatte eine Verwandte, Bronka Fein, die ist im Krieg verschwunden. Ich hatte so ein Gefühl, dass Sie das sein könnten. Doch hat mein Gefühl mich wohl getäuscht. Entschuldigen Sie bitte.»

«Woher sind Sie?»

«Aus Israel.»

«Viele Leute aus Israel kommen hierher», sagte sie und zündete sich eine Zigarette an.

«Polen war bis vor fünfzig Jahren die Heimat vieler Juden», sagte er plötzlich in einem Ton, der nicht seiner war.

«Ich weiß», sagte sie leise.

«Es ist schwer, sich ein Land aus dem Herzen zu reißen, in dem die Familie über Generationen hinweg gelebt hat», sagte er und fügte sofort hinzu: «Sind Sie Journalistin?»

«Nein, ich schreibe Gedichte.»

«Entschuldigen Sie vielmals», sagte er, als habe er sich verbrannt, und wich ein paar Schritte zurück. «Ich fahre in zwei Stunden in das Geburtsdorf meiner Eltern.»

«Ist es weit von hier?» Sie sah ihm in die Augen.

«Fünfzig Kilometer, hat man mir gesagt.»

«Wie heißt es?»

«Schidowze.»

«Da war ich noch nie.»

«Waren Sie schon mal in Israel?»

«Nein, aber ich möchte da gern einmal hin. Ich möchte nach Jerusalem und Nazareth und im Jordan untertauchen.»

«Ich war jahrelang Soldat und habe an diesen Orten Wache geschoben.»

«Merkwürdig», sagte sie mit einem dünnen Lächeln, das nicht verflog.

«Was ist merkwürdig?»

«Heilige Stätten stellt man sich immer so vor, als hätten sie nichts Irdisches.»

«An diesen Orten leben Menschen. Und wo es Menschen gibt, da gibt es Streit.»

«Sind Sie ein religiöser Mensch?»

«Nein. Und Sie, wenn ich fragen darf?»

«Ein Leben ohne Gott hat keinen Sinn.»

Schönheit und Glaube an Gott hatte er immer für Gegensätze gehalten, aber, da staunte er, die Frau, die ihm gegenübersaß, widerlegte das.

«Seit dem Krieg hat die Gottesfurcht immer mehr abgenommen, oder?» Jakob wollte prüfen, wie fest ihr Glaube war.

«Das liegt daran, dass Gott sein Antlitz verbirgt», sagte sie, «Gott offenbart sich jeder Generation in dem Maß, in dem die Herzen seiner Geschöpfe für ihn empfänglich sind. Vor einer Generation verschlossener Herzen verbirgt er sich in seiner Wohnung.»

Jakob zögerte und sagte schließlich: «Ich hoffe, Sie haben recht.»

«Gott mag es nicht, wenn man an seiner Gerechtigkeit zweifelt», durchschnitt sie plötzlich, wie mit einem scharfen Messer, das Gespräch.

Der letzte Satz hatte wie ein Tadel geklungen, und Jakob reagierte unwillkürlich mit einem Schulterzucken, verneigte sich, bat um Verzeihung und ging hinaus.

Es ärgerte ihn, dass sie ihm eine Moralpredigt gehalten und ihn indirekt gerügt hatte, und genauso ärgerte es ihn, dass er beschämt vor ihr zurückgewichen war, statt ihr zu antworten, dass die Juden ihrem Gott immer treu gewesen seien, das Leben unter blutrünstigen Völkern ihren Glauben aber geschwächt habe. Macht nichts, sagte er sich, so wie er es, wenn er gescheitert war oder eine Enttäuschung hinnehmen musste, sich immer sagte. Er machte sich auf den Rückweg zum Hotel. Seltsam, es erschien ihm für einen Moment wie ein Ort der Zuflucht.

9

Nun war er unterwegs ins Unbekannte. Feine, tiefhängende Wolken begleiteten seine Fahrt und gaben der Landschaft etwas Ruhiges, Zartes. Eigentümlicherweise war sein Kopf gedankenleer, er spürte nur den starken Wunsch nach einer Tasse Kaffee.

«Gibt es in der Gegend ein Café?»

«Ja, nicht weit von hier; wenn Sie wollen, halte ich da an.»

«Danke, ich lade Sie ein.»

Jedes Mal, wenn Jakob ein paar Worte auf Polnisch sagte, erschien ihm vor seinen Augen das Bild seines Vaters und seiner Mutter. Wenn sie miteinander Polnisch gesprochen hatten, hatten sie anders ausgesehen, manchmal so, als hätten sie sich plötzlich feierlich angezogen, manchmal so, als wären sie als Bauern verkleidet gewesen.

«Sind Sie noch nie in Schidowze vorbeigekommen?», fragte er, um ein Gespräch mit dem Fahrer zu beginnen.

«Noch nie. Heute ist das erste Mal.»

Sie hielten an einem Dorfcafé, das wie ein ländlicher Laden aussah. Am Eingang stand eine Wanne mit geräuchertem Fisch, und darüber baumelten Würste in Kränzen. Drinnen standen ein paar Holztische und aus dicken Brettern gezimmerte Stühle, in der Ecke hing ein Bild der Madonna mit dem Kind.

Jakob bestellte eine Tasse Kaffee und der Fahrer ein Wurstbrot und ein Bier.

«Wie viel haben wir schon hinter uns?»

«Nicht viel.»

«Es eilt ja nicht», sagte Jakob aus irgendeinem Grund.

Tief im Herzen wollte er die Fahrt in die Länge ziehen. Die Begegnung mit der hübschen Dichterin, die ihren Glauben so deutlich betonte, hatte bei ihm einen unangenehmen Nachgeschmack hinterlassen. Es kam ihm so vor, als habe sie ihm eigentlich ein paar Wahrheiten über die Juden und ihren Glauben sagen wollen, sich dann aber doch beherrscht. Das Zusammenspiel von Weiblichkeit und Glaube brachte ihn durcheinander und verschlug ihm die Sprache. Dennoch rumorte es in ihm.

Sie fuhren weiter. Die grünen Ebenen erstreckten sich bis zum Horizont, und darauf standen, wundervoll verstreut, ein paar kleine Häuser, Kühe, Schafe und Pferde.

«Kennen Sie Juden?», rutschte es Jakob heraus.

«Ich kannte welche», antwortete der Fahrer kurz, doch dann ließ er seiner Zunge freien Lauf. «Vor dem Krieg haben in unserem Viertel viele Juden gewohnt. Ich habe mit ihren Kindern draußen Fußball gespielt. Manchmal habe ich auch die Schule geschwänzt, um bei den Juden zu arbeiten. Sie hatten große Warenhäuser, die ganze Straße entlang und mehrere Stockwerke hoch. Die Alten waren schwarz gekleidet, und am Samstag trugen sie komische Hüte, aber ihre Kinder waren wie wir, sprachen wie wir und spielten wie wir.»

«Denken Sie noch manchmal an sie?»

«Juden kann man nicht vergessen», sagte er lächelnd, «sobald Sie einmal einen gesehen haben, werden Sie ihn nicht mehr los.» Plötzlich änderte sich sein Ton, und er fragte: «Sind Sie Jude?»

«Ich bin aus Israel.»

«Sie haben eine starke Armee», gab der Fahrer sogleich zurück.

«Das stimmt.»

«Sind die Israelis denn Juden? Sie sehen gar nicht wie Juden aus.»

«Es sind Juden», sagte Jakob mit klarer Stimme.

«Ich dachte, Juden dürften nicht in ihrem eigenen Land leben.»

«Sie sind wie alle anderen Menschen auch. Da gibt es keinen Unterschied.»

«Wir haben immer gedacht, die Juden sind anders.»

«Wieso?»

«Wegen ihrer Religion zum Beispiel.»

«Sie finden aber auch, dass man sie nicht umbringen darf.»

«Gewiss, das ist verboten. Natürlich ist es verboten zu töten.»

«Warum hat man sie dann umgebracht?», fragte Jakob und zückte gleichsam das Schwert.

«Nicht die Polen haben das getan, das waren die Deutschen. In Polen wird man zur Barmherzigkeit erzogen. Bei uns heißt es, der Mensch ist nach dem Bilde Gottes geschaffen. Es stimmt schon, die Deutschen, die waren sehr grausam, aber nicht die Polen. Die Polen haben zusammen mit den Juden gelitten.»

Jakob fragte nicht weiter. Die Landschaft zog seinen Blick auf sich. Sie fuhren jetzt durch grüne Felder und blühende Obstgärten. Bäuerinnen arbeiteten in den Beeten, Kinder jauchzten beim Anblick des schwarzen Wagens. Die Eltern hatten ihrem Sohn, wie sich jetzt zeigte, nicht nur Abscheu gegenüber Polen ins Herz gepflanzt, sondern auch die Liebe zu dieser Landschaft. Immerzu hatten sie gesagt: Diese weiten Felder, diese hohen Bäume, dieses klare Wasser in den Brunnen! Mit wie viel Sehnsucht waren diese Worte getränkt. Oft hatte er sich über seine Eltern aufgeregt, weil sie sich weiterhin nach dem Land gesehnt hatten, von dem sie hinausgeworfen worden waren, doch jetzt war er dabei, sich selbst in diesem Netz zu verfangen.

Die Straße endete, und sie bogen auf einen gewundenen Feldweg ab. Der Fahrer konzentrierte sich aufs Fahren und fluchte ab und zu über die Schlaglöcher. Schließlich hielt er den Wagen an und sagte: «Ich hätte nicht gedacht, dass es in Polen noch solche Straßen gibt.»

Sie setzten sich an den Weg. Jakob spürte den Atem der Felder in der Mittagssonne. Anders als in Israel brannte einem die Sonne hier nicht auf den Kopf. Die Hitze kam in angenehm milden Wellen angerollt. Der Fahrer stand auf, verfluchte den kurvenreichen Weg, stieg ins Auto und ließ es an.

«Warum fahren Sie an so einen gottverlassenen Ort?» Er konnte diese Frage wohl nicht länger unterdrücken.

«Meine Eltern haben hier gelebt.»

«Wann?»

«Bis zum Krieg.»

«Ich würde nicht an einen Ort fahren, wo es nichts gibt. Man fährt seine Eltern auf dem Friedhof besuchen, aber an einem Ort, wo nichts ist, wen können Sie da besuchen?»

«Ich möchte den Ort sehen.» Jakob merkte, dass er sich verteidigte.

Als sie weiterfuhren, bemerkte er ein kleines Schild mit dem Namen Schidowze. Er blickte auf das Schild, und der Atem stockte ihm.

«Sehen Sie, nichts gibt es hier. Und dieser Weg wird mir noch mein Auto ruinieren. Wo soll ich Sie jetzt hinbringen?»

«Wir halten an einem Haus und fragen.» Jakob ließ sich nicht beeindrucken. Sechs Jahre in der Armee hatten ihn gelehrt, sich geduldig bereitzuhalten, um im richtigen Moment schnell hervorzuspringen. Er fürchtete sich nicht vor dem offenen Feld und nicht vor den Menschen, die er treffen würde. Mit jedem Augenblick wurde das Gefühl in ihm stärker: Dies ist kein unbekanntes Terrain. Wenn ich für die Nacht eine Unterkunft suchen muss, werde ich das tun, und ich werde auch eine finden. Wenn meine Eltern im Wald überlebt haben, dann kann ich das auch.

«Gar nichts gibt es hier», wiederholte der Fahrer. Vermutlich wollte er gleich sagen: Ich habe Sie nach Schidowze gebracht. Ab hier machen Sie, was Sie wollen, ich kehre um.

Jakob spürte, dass die Geduld des Fahrers am Ende war, und bat ihn: «Bringen Sie mich zu dem Haus mit dem roten Dach dahinten. Ich lege Ihnen noch etwas drauf.»

«Ich bringe Sie hin», erwiderte der andere lächelnd.

Sie fuhren wortlos weiter. Der Weg schlängelte sich durch Maisfelder und Wiesen voller blühender Bäume. In der Ferne erstreckten sich Weiden mit braunen Kühen. In dieser undurchdringlichen Ruhe stand das Haus mit dem roten Dach. Davor sah man zwei Frauen, eine ältere und eine junge.

«Fragen Sie sie, ob das Schidowze ist.»

Der Fahrer fragte, und sie bestätigten es.

«Fragen Sie sie, ob ich ein paar Nächte bei ihnen übernachten kann.»

Die Antwort kam prompt: «Kann er schon, wenn er bezahlt.»

«Ich werde bezahlen.»

Der Fahrer reichte ihm den Koffer und die Tasche, und Jakob gab ihm das Geld. Für einen Moment kam es ihm vor, als habe ihn ein breiter, wilder Fluss über mehrere Tage hierhergetragen und ihn nun an diesem grünen Ufer abgesetzt.

10

Das ist das Zimmer», sagte die Frau und nannte sofort den Preis für Übernachtung und Mahlzeiten. Es war ein großer, heller Raum. Neben einem der Fenster stand ein quadratisches Bauernbett mit einem dicken Kissen und einem Federbett. Ein Geruch von Sägemehl und getrockneten Blumen lag in der Luft. «Wir haben keine Toilette im Haus. Die ist draußen, im Häuschen»; sie lächelte scheu und zog die Gardine zur Seite, damit er es sehen konnte.

«Vielen Dank», sagte Jakob.

«Hier sind die Waschschüssel und der Wasserkrug, zum Händewaschen und fürs Gesicht. Im Schuppen haben wir eine große Wanne zum Baden. Noch etwas? Sie sind bestimmt müde von der Reise. Ruhen Sie sich ein bisschen aus, ich mache inzwischen das Abendessen.»

«Vielen Dank», sagte er noch einmal.

«Übrigens, ich heiße Magda. Einfach Magda.»

Erst vor wenigen Stunden hatte er das Hotel verlassen und war doch bereits in einer anderen Welt. Licht und Stille fluteten durch die beiden Fenster herein. Er trat an dasjenige, das auf den Hinterhof hinausging, und sah einen blühenden Apfelbaum, daneben eine Pappel und dahinter Gemüsebeete. Das Zimmer und das, was es umgab, war so vollkommen, dass er für einen Augenblick meinte, er sei in ein fremdes Gebiet eingedrungen, in das er nicht gehörte.

Er zog sich aus, legte sich, ohne den Koffer geöffnet zu haben, ins Bett und schlief zwei Stunden am Stück. Als er aufwachte, dämmerte es draußen schon in feurigen Farben. Rauch stieg aus den Schornsteinen der Häuser. Alles, was ihm seit der Abreise von zu Hause passiert war, lag wie in einem feinen Nebel. Doch dieser Nebel vermochte nicht, das Gesicht der hübschen Frau zu verwischen, die er für Tante Bronka gehalten hatte, und auch nicht die der jungen Männer und Frauen, die sich auf dem Vorplatz der Synagoge versammelt hatten. Der Abstand ließ die Züge jedes Einzelnen eher noch deutlicher hervortreten.

Er zog sich an, wusch sein Gesicht und trat wieder ans Fenster. Noch nie hatte er in einem Dorf gewohnt. Die Eltern hatten den Umkreis ihrer Wohnung und des Geschäfts nur selten verlassen. In seiner Kindheit waren sie einmal im Jahr für eine Woche nach Naharia gefahren, und das war ihm sehr weit weg und wunderbar erschienen.

Lange stand er dem Abend gegenüber. Aus der zähen Stille drang das Gebell von Hunden, das Muhen von Kühen. Nicht laut oder nervös, sondern wie die Sehnsucht nach der Weide und nach den Menschen, die die Tiere nun sich selbst überließen.

Als er die Tür zum Speisezimmer öffnete, war der Tisch schon gedeckt.

«Wie haben Sie geschlafen?»

«Ausgezeichnet.»

«Wir haben Ihnen ein ländliches Abendessen zubereitet.»

In der Mitte des Tisches lag ein großer brauner Laib Brot, um ihn herum standen ein Teller mit Gemüse, ein Schälchen saure Sahne, hartgekochte Eier, Butter und Käse. Alles sah frisch und hausgemacht aus.

«Greifen Sie zu, der Kaffee ist auch gleich fertig. Ich weiß, die Leute aus der Stadt mögen abends keine schweren Fleischgerichte.»

Jetzt sah er sich die Wirtin näher an. Sie war füllig und hatte das Haar hinten zusammengenommen, was Hals und Brust betonte. «Das ist meine Tochter Maria», sagte sie und trat zur Seite, damit er die junge Frau sehen konnte. Man erkannte sofort, dass es die Tochter war, etwa fünfundzwanzig, genauso füllig wie die Mutter.

Magda fragte nicht, was er vorhabe und wie lange er bleiben wolle. Jakob war froh, dass er nicht gefragt wurde. Er wollte sich sammeln und erst später vorsichtig den Schleier lüften und seinen Namen preisgeben. Zuerst musste er sich mit der Umgebung, den Gewohnheiten und Umgangsformen vertraut machen.

Den Kaffee servierte ihm die Tochter. Er sah sie zum zweiten Mal an. Sie ähnelte ihrer Mutter sehr. Ihre Kleider rochen nach einem angenehmen Parfum. Merkwürdig, er war erst ein paar Tage in Polen, und schon klang ihm die fremde Sprache vertraut. Es fiel ihm schwer, einen vollständigen Satz zu bauen, doch die Wörter, die er hörte, wohnten gleichsam schon seit Jahren in ihm.

Die Mutter fragte: «Mögen Sie noch etwas?»

«Nein danke, alles ist ausgezeichnet.»

«Von wo sind Sie zu uns gekommen?»

«Aus Krakau», sagte er und freute sich, dass er sich nicht hatte drängen lassen, sein Geheimnis zu verraten. Gleich darauf sagte er: «Ich werde noch ein bisschen spazieren gehen.»

«Bei uns gibt es nichts. Nur Bäume und nochmal Bäume», sagte sie, und ihre Schüchternheit war zurückgekehrt.

«Ich mag Bäume. Und wo ist der Fluss?»

«Nicht weit. Wenn Sie da geradeaus gehen, kommen Sie hin.»

Die Sonne war schon untergegangen, doch der Horizont leuchtete noch in feurigen Farben. Die gelb-grauen Flammen reichten bis mitten in den Himmel. Der Tag weigerte sich zu vergehen, unter den Büschen aber verdichtete sich bereits das Dunkel.

Jakob ging weiter. Ein Wagen, vollbeladen mit Futterklee, kam ihm entgegen. Auf dem Haufen saß ein sehr alter Bauer und rauchte Pfeife.

«Guten Abend», rief Jakob.

«Einen gesegneten Abend», rief der Bauer aus der Höhe zurück.

Es duftete nach geerntetem Klee. Hier und da ging hinter einem Fenster ein Licht an. Aus dem Gebüsch hörte man Raubvögel schreien. Die Flammen am Firmament wurden schwächer, und blaue Bahnen des Himmelszeltes entrollten sich, übersät von Sternen, die zu ihm herunterschauten.

Im Gehen roch er plötzlich Wasser. Der Schrinez. Der Name blitzte in seiner Erinnerung auf. Viel hatte die Mutter ihm von diesem Fluss erzählt, doch in seinem Kopf hatte sich nur eine besondere Zeremonie festgesetzt: Die neun jüdischen Familien, die im Dorf wohnten, gingen am ersten Tag des Neujahrsfestes gemeinsam an den Fluss, beteten dort und warfen ihre Sünden in das fließende Wasser. Der Vater hatte ihm das in allen Einzelheiten so beschrieben, als hätten sich in diesen Momenten der Himmel, die Juden und das Wasser zu einem betenden Wesen vereint. Die christlichen Nachbarn standen auf der Straße und sahen aus der Ferne zu, wie die Juden zum Fluss gingen; sie beobachteten sie beim Beten, und als sie von der Zeremonie zurückkamen, klatschten sie, so als hätten die Juden eine Aufgabe erfüllt, die sie auf sich genommen hatten.

Er hob den Kopf und sah vor sich den Schrinez. Ein schmaler Fluss, gesäumt von Hecken und hohen Weiden. Jakob hörte das Plätschern. Auf der Brücke blieb er stehen und verfolgte den Lauf des Wassers. Je länger er sich dort befand, umso mehr begriff er, dass da, wo er jetzt stand, auch sein Vater und seine Mutter gestanden hatten. Von dieser Empfindung plötzlich angetrieben, überquerte er die Brücke ganz. Vor ihm breiteten sich die halbdunklen Wiesen aus. Darüber lag schon der frische Hauch der Nacht. Lange stand Jakob dort. Die Eindrücke, die er im Lauf des Tages aufgenommen hatte, verschwammen immer mehr, und er sah vor sich nur noch den Abend, bevor dieser bei der Nacht einkehrte.

Auf dem Rückweg lief er schnell wie ein Fliehender. Die Frau, die Mutter, öffnete ihm, begrüßte ihn und bot ihm sogleich etwas Warmes zu trinken an. «Hier gibt es nichts», sagte sie wieder, mit einem Lächeln, als habe sie die Schande dieses Ortes preisgegeben.

«Ich mag Bäume», wiederholte auch er, was er schon gesagt hatte.

Jakob fiel auf, dass sie sich inzwischen umgezogen hatte. Frisiert und geschminkt sah sie nun jünger aus. Auch im Dorf vergisst eine Frau nicht, dass sie eine Frau ist, ging es ihm durch den Kopf.

Sie brachte ihm eine Tasse Tee und ein Stück Kirschkuchen.

«Danke», sagte er und hob den Blick.

«Keine Ursache. Ich habe Ihnen einen Krug Wasser und etwas Konfitüre auf die Kommode gestellt. Da liegt auch eine Taschenlampe. Gute Nacht. Im Dorf geht man früh zu Bett.»

«Vielen Dank.»

Er machte den Koffer auf, holte Schlafanzug, Zahnbürste und Rasierzeug heraus. Der schon etwas trübe Spiegel, der über dem Wasserbehälter hing, hatte am Rand einige blinde Flecken; er zeugte davon, dass man hier auch ausgediente Dinge aufbewahrte. Später, schon im Bett, bemerkte er an der Wand gegenüber eine junge Madonna mit Kind.

11

Die Nacht war lang und angefüllt mit Träumen. Er war in Tel Aviv, und er war hier, vor allem aber staunte er, dass ein Mädchen auftauchte, das ihn in der elften Klasse wie Luft behandelt hatte. Er hatte sie im Kibbuz bei einem Arbeitseinsatz in den Orangenplantagen kennengelernt. Sie war ein Mädchen, in das man sich leicht verlieben konnte, hübsch, kräftig, braungebrannt und, das Wichtigste: Sie stammte aus einem Kibbuz. Der Kibbuz erschien ihm damals, vielleicht wegen der hübschen Mädchen, als ein Ort der Lebensfülle. Und Dalia, so hieß sie, war die Schönste von allen. In den letzten Jahren war sie aus seinen Träumen verschwunden, und siehe, welch ein Wunder, hier tauchte sie wieder auf.

Zuerst meinte er, dass ihm im Café eine junge Frau gegenübersaß, die Kleider aus der Kollektion seines Ladens trug, doch als er sie aus der Nähe betrachtete, sah er, dass es niemand anders als Dalia war. Sie trat ihm in ihrer ganzen jugendlichen Pracht aus den Plantagen heraus entgegen.

«Dalia, was machst du hier?»

«Ich arbeite in den Obstanlagen, in den Äpfeln.»

«Wie bist du hierhergekommen?»

«Ich arbeite schon ein ganzes Jahr hier.»

«Schade, dass ich das nicht wusste. Bist du allein?»

«Nein, mit meinem Freund. Es war das Dorf seiner Eltern, und es fällt ihm schwer, diesen Ort wieder zu verlassen.»

«Es ist auch das Dorf meiner Eltern.»

«Ich hätte nicht gedacht, dass ich hier jemanden aus meinem früheren Leben treffe», sagte sie und machte ihre schönen Augen weit auf.

«Aus welchem früheren Leben?»

«Dem Leben im Kibbuz.»

«Ich muss dich jetzt einfach fragen: Warum hast du mich damals ignoriert?»

Sie senkte den Kopf. «Ich habe alle Städter verachtet. Das waren in meinen Augen Schwächlinge, kleine Exiljuden», sagte sie und kicherte.

«Merkwürdig, ich habe mich selbst immer als waschechten Israeli empfunden.»

«Willst du das Dorf sehen?», fragte sie und überging seinen letzten Satz.

«Sehr gerne.»

«Ich kann es dir zeigen. Ich hoffe, du suchst nicht, was die meisten Menschen suchen. Ich sage es dir gleich: Es gibt hier nichts Besonderes.»

«Aber was gibt es dann?»

«Alles und nichts.»

«Das verstehe ich nicht.»

«Es gibt hier zwischen sanften Hügelketten zauberhafte Ebenen, aber das ist nicht die Hauptsache. Du stehst hier und nimmst den Himmel in dich auf. In meinem früheren Leben habe ich nur auf die Erde geachtet, ich war davon überzeugt, dass die Erde das A und O ist. Den Himmel habe ich für eine hübsche Überdachung gehalten, aber nicht für die Quelle des Lebens. Verstehst du?»

«Ich versuche es.»

«Hier habe ich den Himmel entdeckt. Hier habe ich gelernt, den Blick zum Himmel zu heben.»

«Und was ist dann mit dem ‹nichts›?»

«Mein Freund ist hierhergekommen, um Überreste zu finden. Er wollte archäologische Grabungen machen. Aber wenn du hier gräbst, findest du nur schwarze Erde und nochmal schwarze Erde.»

«Nichts, was an die Juden erinnert?»

«Es gibt hier gar nichts mehr. Nur noch dich selbst. Nur noch deine Seele.»

«Dann habe ich mich geirrt.»

«Nicht unbedingt. Der Mensch muss zu seinen Vorfahren zurückkehren, aber er sollte keine großen Erwartungen haben. Er muss versuchen, sie mit dem Herzen zu verstehen.»

«Du überraschst mich.»

«Diese Schlichtheit habe ich hier gelernt.»

«Ich stehe noch ganz am Anfang.»

«Du stehst nicht am Anfang. Du bist schon unterwegs», sagte sie und fasste nach seinem Arm.

«Darf ich dir einen Kuss geben?»

«Genau das habe ich mir gewünscht», sagte sie, wunderbar offen, und lachte dabei.

Als er ihren Körper hielt und seine Lippen auf ihre drückte, sah er, dass es nicht Dalia war, sondern die Frau, die Mutter, die ihm das Abendessen gebracht hatte. Ihr Körper war kräftig und füllig wie der eines jungen Mädchens, und die Küsse ihres Mundes waren forsch und schmeckten nach Kirschen.

Das Morgenlicht weckte ihn auf. Er erhob sich, wusch sich das Gesicht, rasierte sich, und als er die Tür öffnete, stand das Frühstück schon fertig auf dem Tisch.

«Wir im Dorf beginnen den Tag mit Haferbrei.»

«Das ist gut.»

Auf dem Tisch lagen ein paar Scheiben Schwarzbrot, dazu gab es Sauerrahm, Erdbeeren, Butter und Spiegeleier. Für einen Moment hatte er vergessen, wozu er hergekommen war. Die Frau und die Köstlichkeiten, die sie ihm servierte, schienen ihm das Wichtigste zu sein. Wo ist Maria, hätte er beinahe gefragt, doch er hielt sich zurück.

Magda servierte ihm einen einfachen Kaffee, der ihm besonders gut schmeckte. Der helle Morgen, die Ruhe, die Schatten, die auf dem Fensterbrett bebten, das alles stand für Magdas volles Leben. Hier braucht man keine Worte, dachte er sich.

Als sie ihm die zweite Tasse Kaffee brachte, fiel ihm der Traum ein und Dalias schönes Gesicht. Ihre Feststellung, dass hier nicht die Erde, sondern der Himmel die Hauptsache sei, klang für ihn nicht mehr wie eine Erkenntnis der Vernunft, sondern wie eine bittere Erfahrung.

«Ich gehe ein bisschen spazieren», sagte er.

«Gehen Sie in Frieden. Um ein Uhr gibt es Mittagessen. Wir kochen Ihnen etwas Leckeres, etwas, was Sie noch nie gegessen haben.» Man merkte, wie sie sich freute, dass der Sommer ihr einen Gast beschert hatte.

12

Jakob war froh, aufzubrechen und allein zu sein. In der Nacht hatte es wohl geregnet. Ein paar kleine Pfützen glänzten auf dem Feldweg, und aus den Gärten hob sich ein feiner Morgendunst. Die langen nächtlichen Träume lösten sich langsam auf. Er ging dort weiter, wo er am Vortag gewesen war. Denselben Weg, konnte er annehmen, waren Vater und Mutter und Großvater Jakob gegangen. Dies war ihre Heimat und das der Himmel, der über ihnen ausgespannt war, dachte er. Ein paar Kühe käuten am Wegrand. Nichts war zu hören.

Schon bald stand er wieder am Fluss. Das Wasser war jetzt klar und durchsichtig, Licht glitzerte auf der Oberfläche. Dieser einfache Anblick hatte nichts Besonderes, und doch schien es ihm, als verberge sich in diesem Strömen ein verstecktes Leben.

Lange stand er so da. Schließlich entdeckte er einen Feldweg, der in das anliegende Wäldchen hinein- und bis auf die andere Seite hindurchführte. Auch in dem Wäldchen gab es nichts. Es war wohl schon immer da gewesen, als Beute für den Wind und gewalttätigen Wanderern ausgeliefert. Einigen Bäumen fehlten die Äste, von anderen standen nur noch die Stümpfe.

Als er aus dem Wald hinaustrat, sah er auf einem Stein einen sehr alten Bauern sitzen und Pfeife rauchen. Er ging zu ihm hin und fragte: «Ist das Schidowze?»

«Ganz recht.»

«Gibt es hier einen Laden?»

«Ja, Sie müssen nur geradeaus weitergehen. Was wollen Sie denn kaufen?»

«Haushaltsdinge.»

«Dort werden Sie alles bekommen.»

Das Gesicht des Alten war zerfurcht, sein Haar ganz weiß. Seine schrundigen Hände bezeugten, dass er sein Leben lang auf dem Feld gearbeitet hatte.

«Eine halbe Stunde zu Fuß, weiter ist es nicht», fügte er freundlich hinzu.

«Danke», sagte Jakob und wandte sich zum Gehen.

«Was machen Sie bei uns?», fragte der Bauer, um ihn aufzuhalten.

«Die Gräber meiner Vorfahren besuchen.»

«Gott segne Sie», antwortete der Alte und fragte nicht weiter.

Jakob freute sich, dass er bisher sein Geheimnis nicht hatte preisgeben müssen. Wieder befand er sich auf offenem Feld, zu seiner Rechten und Linken erstreckten sich große weite Flächen mit hohem, grünem Mais. Man sah sofort, dass der Boden fett, gut gepflügt und ausreichend feucht war.

Was er hier tun und wie seine Unternehmung weitergehen würde – er wusste es nicht. Für einen Augenblick schien es ihm, als gebe es hier keine Vergangenheit. Alles war in Jahreszeiten eingeteilt, die kamen und gingen. Menschen, die das Land bestellten, waren gern gesehen, alle anderen waren bloß Durchreisende, heute hier, morgen bereits woanders.

Er ging auf ein Gebäude zu, vor dem Wagen und Pferde standen, und erkannte ein Wirtshaus, daneben einen Laden. Er trank gerne mal ein Bier, aber nicht jetzt. An einem fremden Ort muss man vorsichtig sein und einen klaren Kopf behalten, sagte er sich.

Er betrat den Laden und fand zu seiner Überraschung Schokolade, Bonbonnieren, Kosmetik, Spielsachen und sogar Obst aus fernen Ländern. Er füllte seinen Korb mit allem, was ihm gut und schön erschien, und reichte ihn wortlos dem Verkäufer. Der wickelte die Ware vorsichtig ein und übergab sie ihm in zwei Spankörbchen.

Er bezahlte und ging wieder los. Der Bauer, der auf dem Stein gesessen hatte, war schon aufgebrochen. Ein Pferdewagen kam ihm entgegen, vollbeladen mit Holzbalken. Jakob fühlte sich, als kehre er von einer Mission zurück, auf die man ihn geschickt hatte: zwei volle Spankörbchen in den Händen.

Inzwischen war die Ruhe noch zäher geworden. Er setzte sich ans Ufer des Flusses. Die wenigen Tage im fremden Land hatten ihn seinem festgefahrenen Tel Aviver Lebenswandel entrückt.

Um Viertel nach eins stand er an der Haustür.

«Was haben Sie denn da», begrüßte ihn die Wirtin.

«Ich habe ein kleines Geschenk für Sie», sagte er und streckte ihr die Körbchen hin.

Sie stellte sie ab und rief: «Maria, komm, schau, was der Herr uns mitgebracht hat.»

Dann nahm sie alles aus den Körben und legte die Sachen ins Regal.

«Das ist zu viel», murmelte sie, «warum so viel Geld ausgeben?»

«Mögen Sie es nicht?»

«Sie haben zu viel für uns ausgegeben», schalt ihn die Mutter.

Sie bat ihn, sich zu setzen. Die Sitzecke wirkte aus irgendeinem Grund verändert, vielleicht lag es an der bunten Tischdecke. Der Duft von gutem Essen erfüllte die Luft.

Schon bei der ersten Mahlzeit hatte ihm die Art gefallen, wie Magda das Essen zubereitete und wie sie es auftrug. Sie kochte und servierte gerne, und das merkte man ihr an. Einige ihrer Bewegungen erinnerten ihn an seine Mutter, doch anders als seine Mutter war Magda voller Leben und Tatendrang; sie bewegte sich flink und lächelte.

Als Vorspeise gab es Gemüsesuppe, als Hauptgang Fisch mit gedünstetem Gemüse. Man schmeckte, woher die Zutaten kamen, bei der Suppe den Garten und beim Fisch den Fluss.

«Von wo sind Sie zu uns gekommen?», fragte Magda überraschend.

«Aus dem Ausland», sagte er, um nicht zu viel preiszugeben.

«Und woher stammt Ihr Polnisch?»

«Von zu Hause. Bei uns zu Hause wurde ab und zu Polnisch gesprochen.»

«Merkwürdig, ich dachte, Sie wären aus Deutschland.»

«Nein, ich bin von hier.»

«Das verstehe ich nicht.»

«Meine Eltern und Großeltern sind in Schidowze geboren. Vielleicht haben Sie Familie Fein gekannt?»

«Großer Gott», rief Magda und hielt sich den Kopf mit beiden Händen, «ich glaube, ich höre nicht recht.»

«Sie haben sie gekannt?»

«Und ob ich sie gekannt habe. Besser als meine eigenen Eltern habe ich sie gekannt. Als Mädchen habe ich bei den Großeltern zu Hause und im Geschäft gearbeitet.»

Mit einem Mal war die vitale Person, die ihm ein vorzügliches Mittagessen serviert hatte, verschwunden, und an ihrer Stelle stand da eine von Entsetzen geschüttelte Frau, eingeholt von einer fernen Vergangenheit, die plötzlich aus ihrem Versteck gekrochen war. Sie fragte nicht weiter nach, sondern murmelte nur immer wieder: «Ich kann es nicht glauben.»

Maria ging zu ihr hin und fragte: «Mama, was ist denn passiert?»

«Nichts. Das verstehst du nicht.»

«Ich wollte schon lange hierherkommen, aber es gab Verzögerungen. Es tut mir leid, dass ich nicht früher gekommen bin», sagte er ohne erkennbaren Zusammenhang.

«Großer Gott», rief Magda wieder, schlug die Hände vors Gesicht und weinte. Das Weinen kam aus den innersten Tiefen und schüttelte ihren ganzen Körper. «Entschuldigen Sie mich, ich muss einen Moment allein sein. Ich muss für mich sein», sagte sie und ging ins Nebenzimmer. Ihr Weinen wurde schwächer und verstummte schließlich, so als sei es in sie eingesunken.

«Was ist passiert?», fragte Jakob.

«Ich weiß nicht», sagte Maria. Auch sie staunte.

13

Entschuldigen Sie, ich hatte mich nicht in der Gewalt», sagte Magda, als sie aus dem Nebenzimmer trat. Sie hatte sich gekämmt und frisch geschminkt. «Mir ist etwas passiert, was mir noch nie passiert ist.»

«Ich verstehe», sagte Jakob, wusste aber sofort, wie töricht es war, was er sagte.

«Jetzt sehe ich es. Sie ähneln Ihrem Vater. Ich habe seinen jüdischen Namen vergessen. Hier nannte man ihn Henrik. Auch er hatte ein längliches Gesicht. Ihre Mutter Guste hatte ein rundes Gesicht. Ich habe Ihre Familie besser gekannt als meine eigenen Eltern. Leben Ihre Eltern noch?»

«Nein.»

«Das ist traurig. Aber ich freue mich so, dass ich Sie in meinem Haus bewirten kann. Ich hätte mir nie im Leben träumen lassen, nochmal einen von euch zu sehen. Gott hat Sie zu mir geschickt.»

«Ist das Haus der Großeltern weit von hier?»

«Nein, gar nicht», sagte sie lächelnd, «eine Viertelstunde zu Fuß. Als ich klein war, bin ich gerannt und habe es in zehn Minuten geschafft. Das Haus Ihres Großvaters war das prächtigste im ganzen Dorf. Es war zweigeteilt, eine Hälfte für den Laden, die andere zum Wohnen. Und was machen Sie? Erzählen Sie doch.»

«Ich habe ein Geschäft für moderne Damenbekleidung. Die beiden Töchter sind schon verheiratet. Seit Jahren wollte ich hierherkommen, aber aus irgendeinem Grund hat es nie geklappt», sagte er kurz und hastig.

«Gut, dass Sie da sind. Ich bin jeden Tag im Haus Ihrer Großeltern gewesen. Sie waren für mich wie Eltern. Sie haben mich immer gefragt: Was machst du? Brauchst du was?, und mir immer etwas zum Anziehen oder ein Buch gegeben. Die Bücher, die ich habe, sind fast alle Geschenke von ihnen. Ich habe ihnen zu Hause und im Laden geholfen. Wenn reinegemacht werden musste, habe ich geputzt, gewaschen und die Wäsche im Hof aufgehängt. Ihre Großmutter hat mir Waschen und Bügeln beigebracht.»

«Sprechen Sie Jiddisch?», fragte Jakob plötzlich.

«Ich habe es ganz gut gesprochen, aber inzwischen habe ich es vergessen», sagte sie und schob schnell hinterher: «Trotzdem, vormachen können Sie mir auf Jiddisch nichts.»

Jakob bemerkte: Seit sie geweint hatte, hatte sich ihr Gesicht verändert. Auf einmal lag darin etwas Staunendes. Die wenigen jiddischen Wörter aus ihrem Mund zeugten davon, dass sie die Sprache als Kind aufgeschnappt hatte. Ihre Aussprache erschien ihm fehlerfrei.

Aus irgendeinem Grund sagte Magda noch: «Sie haben uns zu viele Geschenke gemacht. Diese Großzügigkeit kommt bestimmt von Ihren Eltern.»

«Lassen Sie es gut sein. Übrigens, haben Sie auch meine Tante Bronka gekannt?»

«Was heißt gekannt? Bronka war meine engste Freundin. Von ihr kann ich Ihnen ganze Nächte lang erzählen. Sie war sehr, sehr hübsch und gebildet, und schon als Mädchen wollte sie das Dorf verlassen. Sie meinte, sie würde hier ersticken. Alles, worüber sie nicht mit ihren Eltern und ihrem Bruder sprach, davon hat sie mir erzählt. Sie hat ihre Eltern geliebt, aber sie hatte andere Ansichten. Sie träumte vom Kommunismus, von der Abschaffung der Religion und von Völkerfreundschaft. Aber ihre Eltern lebten treu nach dem Glauben ihrer Vorfahren.

Zum Schluss ist sie abgehauen. Lange hat man nichts von ihr

gehört. Für die Eltern brach eine Welt zusammen. Ihr Großvater fuhr jede Woche nach Krakau, um sie zu suchen, und fand sie schließlich auch. Aber sie weigerte sich, zurück ins Dorf zu kommen. Kein Bitten half. Tagsüber arbeitete sie in einer Kerzenfabrik, nachts für die Partei. Die schwere Arbeit hat ihren Körper geschwächt, sie wurde krank und kam ins Krankenhaus. Da habe ich sie ein paarmal besucht, einmal im Auftrag ihres Großvaters und mehrmals, weil ich sie so vermisst habe. Ich habe ihr gesagt: ‹Bronka, komm wieder nach Hause. Man darf den Eltern nicht so wehtun. Die Eltern sind wichtiger als die Partei. Parteien kommen und gehen. Eltern wie deine gibt es nur einmal auf der Welt.› Doch mein Reden nützte nichts. Sie war dem kommunistischen Glauben ganz und gar verfallen, da konnte man sie nicht herausholen.

So eine große Seele, was habe ich sie geliebt. Bis auf den heutigen Tag trage ich sie im Herzen.

Viele Juden sind dem Glauben an den Kommunismus aufgesessen. Die Juden sind klug und empfindsam, sie wissen, was in der Welt passiert, doch es ist erstaunlich: Man kann sie leicht betrügen. So leicht kann man sie blenden. Unsere Bauern sind ungebildet, aber sie sind vorsichtig wie Chamäleons. Die kannst du nicht so einfach übers Ohr hauen. Die kannst du auch nicht vom Glauben ihrer Väter abbringen und ihnen einen anderen Glauben einpflanzen. Ungebildet zu sein zahlt sich anscheinend aus», sagte sie und lachte.

Jakob merkte, wie viele Wörter und Begriffe sich diese einfache Frau angeeignet hatte und dass sie sie ganz richtig verwendete. «Wo haben Sie das alles gelernt?», fragte er.

«Ich war vier Jahre in der Schule, dann bin ich arbeiten gegangen. Die Bauern schonen ihre Kinder nicht. Sie warten nur auf den Moment, wo sie mit der Schule fertig sind, und spannen sie sofort ein. Ich habe viel von Ihrer Tante Bronka gelernt. Sie hat mir Rechnen und Geschichte beigebracht und mit mir sogar ein Buch von Émile Zola gelesen. Den Titel weiß ich jetzt nicht mehr. Wir haben zusammen am Fluss gesessen, gelesen und uns unterhalten. Das waren die schönen Stunden meines Lebens.

Bronka hat mir immer wieder gesagt: ‹Du musst lernen und dann hinaus in die große Welt›, aber Gott wollte es wohl anders. Ich habe sehr jung geheiratet. Weh dem, der in so einer Ehe lebt. Viele Jahre habe ich mit einem brutalen Säufer unter einem Dach gewohnt. Schließlich, nach langem Kampf, konnte ich mich von ihm scheiden lassen. Ich will nicht davon reden. Lieber über Dinge reden, die einem das Herz weit machen. Dank sei Gott, dass er uns die Gabe des Vergessens gegeben hat. Sogar so eine gewalttätige Ehe wie meine vergisst man mit den Jahren. Aber ich habe schon zu viel geplappert. Was möchten Sie trinken?»

«Nichts, danke, ich gehe noch ein bisschen spazieren.»

«Entschuldigen Sie, dass ich Sie ermüdet habe. Sie haben mir eine ganze Welt zurückgebracht. All die Jahre war ich in diesem dunklen Loch. Ich hatte vergessen, dass ich eine andere Welt kannte, dass es hier Juden gab, dass Bronka, Pinka und Blanka hier gelebt haben. Solche seltenen Blumen. Möge Gott mir mein Vergessen verzeihen. Erlauben Sie mir, Ihnen einen Kuss zu geben. Es ist ja nur der Kuss einer alten Frau.» Und sofort umarmte sie ihn und gab ihm einen Kuss.

14

Feldwege federn so schön, sagte sich Jakob, als er losging. Durch das Gespräch mit Magda hatte er abermals Bronka vor Augen: Sie saß am Ufer des Flusses und brachte Magda etwas Geschichte bei. Seine Mutter hatte mit großer Sehnsucht und innerer Verbundenheit vom Schrinez gesprochen, ihm immer wieder die Stimmungen des Flusses beschrieben. Nach der Schneeschmelze glich er einem reißenden Wolf, und tatsächlich riss er eine Menge Menschen mit. Im Spätfrühling hatte er wilde Wellen, war aber weniger gefährlich. Im Sommer war er schön anzuschauen, dann tat er der Seele gut.

Plötzlich hörte Jakob die Stimme der Mutter, wie sie immer wieder sagte: «Kostbarkeiten gab es im Dorf keine, doch das wenige, was es gab, das hielten wir für sehr wertvoll und bewahrten es im Herzen auf. Vor allem den Schrinez. Der Schrinez war die Seele des Dorfes, er gab jedem, was er brauchte.»

Jakob war erst zwei Tage hier und doch kein Fremder mehr auf diesem Feldweg. In den Jahren beim Militär, auf den langen Märschen tagsüber und nachts, hatte er gelernt, Entfernungen und Richtungen einzuschätzen und seine Soldaten, die Granatwerfer und Munition sicher an einen bestimmten Ort zu bringen. Gewiss, mehr als einmal hatte er sich in der Orientierung vertan, hatte sich von unzuverlässigen Helfern in die Irre führen lassen. Doch zum Schluss meisterte er all diese Hindernisse und erreichte heil sein Ziel. Diese Märsche hatten ihm äußerste Konzentration abverlangt. Er war Dutzende von Kilometern gelaufen, ohne stehenzubleiben und ohne sich zu fragen, was seine Augen eigentlich sahen.

Das hier war ein völlig anderes Unterwegssein. Alle paar Meter blieb er stehen und schaute genau hin, so als seien dies nicht ganz gewöhnliche, von Menschenhand gepflanzte Büsche und ganz gewöhnliche Kühe, die man zum Abend wieder in den Stall trieb, sondern geradezu eine Kette von Wundern.

Schließlich betrat Jakob das Wirtshaus. Es war leer, und er ging an die Theke und bestellte ein Bier. Die Kellnerin bot ihm eine Brotzeit an, doch er begnügte sich mit dem Bier. Der Raum war groß, geschmückt mit der Malerei eines Dorfkünstlers. An einer Wand hing ein breites Bild – leicht bekleidete Männer und Frauen mit Bierkrügen in der Hand, die tanzten und feierten. An einer anderen Wand hing eines mit braunen Pferden, im Galopp auf grünen Wiesen. Besonders beeindruckten ihn die Bilder der Frauen: Üppige Frauen, barfuß, mit Blumen im Haar, inmitten von farbenfrohen Pflanzen, und man sieht, die Tiere um sie herum sind in sie verliebt.

Das Bier war trüb und schwer, aber nicht ohne Geschmack. Ein Mann und zwei Frauen saßen, ein jeder für sich, an den Fenstern. Man merkte ihnen an, dass sie schon ein paar Halbe getrunken hatten und sich nun in der besten aller Welten befanden. Die Wirtin kam an seinen Tisch und fragte: «Zu Gast hier?»

«Zu Gast.»

«Bei uns gibt es nichts. Hier stirbt man vor Einöde», sagte sie lachend und zeigte ihre schwarzen Zähne. «Gestern ist hier ein Mann mit vierzig Jahren gestorben. Vor Einöde. Verstehen Sie?» Man hörte ihr an, dass sie selbst schon einiges getrunken hatte. «Was macht ein Mann im Dorf? Er arbeitet von morgens bis abends wie ein Tier, und dann kommt er zu mir, damit ich ihm zu trinken gebe. Er trinkt und trinkt, bis er betrunken ist, sein Gesicht wird rot, sein Blick glasig, und er ist nur noch ein Klumpen Mensch. Sie verstehen mich doch, oder? Der, von dem ich gerade gesprochen habe, der ist hier vor Einöde gestorben. Das

Bier kann die Wüste in dir nicht wegmachen. Die grüne Wüste setzt sich in dir fest und frisst dich schließlich von innen auf, so wie sie den Kerill aufgefressen hat. Das Dorf ist ein Fluch. Ich sage allen Leuten: ‹Geht weg, geht, wohin ihr wollt, aber bleibt nicht hier. Hier herrscht das Nichts, hier fressen die Kühe dein Leben allmählich auf. Sie verstehen mich doch, mein Herr? Von wo sind Sie zu uns gekommen?»

«Aus Krakau.»

«Eine große Stadt. Eine schöne Stadt. Dort sollte ich leben, nicht hier. Dieses Dorf ist verflucht. Ich weiß nicht warum. Hier stirbt man am Nichts oder am Wahnsinn. In anderen Dörfern lebt und stirbt man still, aber hier wird alles zu einem großen Aufstand, es passieren merkwürdige Dinge, plötzliche Ausbrüche, endlose Feindseligkeiten, und die Todesarten sind absonderlich. Ich sage Ihnen, auf uns lastet ein Fluch.»

In der Zwischenzeit hatten einige Bauern das Wirtshaus betreten. Die Frau sagte: «Entschuldigen Sie mich», und ging zurück an die Theke. Jakob betrachtete die Rücken der Bauern: groß, breit und voll Staub von ihrem Tagwerk. Ihr Reden klang eher wie ein Brummen, und man spürte, dass sie die Erde und das Vieh, mit dem sie seit dem Morgen zusammen gewesen waren, mit hereinbrachten.

Lange saß er da und sah sie an. Er versuchte, etwas von ihrem Gespräch mitzubekommen, doch er verstand nicht viel, obgleich der Klang der Worte ihm vertraut war.

Als er aufstand, drehte sich alles in seinem Kopf; er bezwang den Schwindel und trat hinaus. Es dämmerte schon. Die Hirten holten die Kühe und Ziegen von der Weide. Die Bauern zogen mit geschulterter Sense durch die Felder nach Hause. Plötzlich läuteten die Kirchenglocken. Jakob wusste nicht, ob dies ein Zeichen der Freude oder der Trauer war, doch der Anblick und die Klänge, die sich mit dem goldenen Licht vermischten, machten

75

ihm deutlich: Er war hier nicht geboren, doch seine Eltern hatten ihm die Geschmäcker des Dorfes mitgegeben, als sie in der Melchett-Straße am Tisch saßen, beteten oder ihre Erinnerungen aufsteigen ließen.

Lange ging er am Fluss entlang. Die Worte «Auf diesem Dorf lastet ein Fluch» hallten in ihm wider, so, wie er sie gehört hatte. Was bedeutet der Fluch?, fragte er sich. Wer hat ihn ausgesprochen? Aus irgendeinem Grund stellte er sich bei diesem Wort einen Mann vor, der misshandelt worden war, und dachte dann, wie dieser Armselige mit letzter Kraft das Dorf verlässt und einen schlimmen Fluch ausstößt.

Dunst stieg von den Weiden auf, die nun still und verlassen dalagen. Aus den fernen Höfen hörte man menschliche Stimmen und das Muhen von Kühen. Jetzt war es ganz dunkel, und die Melodie des Abends drang langsam in Jakob ein. Er hatte das Gefühl, als seien die großen Wellen, die ihn bis hierher getragen hatten, plötzlich ruhiger geworden. Der Gedanke, dass er auf dem Heimweg war und schon bald Magdas leuchtendes Gesicht sehen würde, machte ihm Freude, und er beschleunigte seinen Schritt.

15

Als er nach Hause kam, hatten sich die Frauen schon für den Abend umgezogen, der Tisch war gedeckt, Vasen mit Blumen standen auch in den Ecken des Zimmers.

«Ich habe niemandem erzählt, dass Sie hier sind», flüsterte Magda.

«Warum nicht?»

«Weil ich möchte, dass Sie nur uns gehören», sagte sie und lachte.

Später erklärte sie ihm: «Die Leute im Dorf fürchten, dass die Juden wiederkommen und ihren Besitz zurückverlangen. Erst einmal ist es besser zu schweigen. Dürfen wir uns zum Essen zu Ihnen setzen?», fragte sie vorsichtig.

«Gerne.»

«Wenn zwei Frauen allein zu Hause sind, kommt keine Stimmung auf.»

«Ist heute denn ein Fest?»

«Jetzt ist Schabbatausgang. Und Sie sind hier.»

Jakob wollte ihnen von seinem Aufenthalt im Wirtshaus erzählen und sie nach der Wirtin fragen, doch Magda kam ihm zuvor und sagte: «Der Schabbat der Juden hat festliche Farben ins Dorf gebracht. Das fing freitags gegen Abend mit dem Lichteranzünden und dem Besuch der Synagoge an, dann die Schabbatgesänge nach dem Essen, die ‹Semirot› – wie viele Jahre habe ich dieses Wort nicht gehört. Am Schabbatmorgen sind sie dann wieder in die Synagoge gegangen. Die Männer ganz in Schwarz, mit Pelzhüten, die man ‹Schtreimel› nannte. Die Frauen schlicht, aber festlich angezogen. Die jüngeren trugen schon normale Kleidung.

Immer waren die Juden fremd gewesen, immer hat man sie ganz genau beobachtet, immer gab es einen, der sie verflucht hat oder ihnen einen Stein ins Fenster warf. Aber warum vor dem Essen über traurige Sachen reden? Ich möchte von Ihnen hören. Was machen Sie? Sie sehen Ihrem Vater sehr ähnlich. Der war ein gutaussehender Mann und Ihre Mutter eine richtig schöne Frau. Ich bin auf ihrer Hochzeit gewesen. Das war kurz vor dem Unglück. Schlimme Gerüchte rumorten schon in allen Ecken. Hat Ihre Mutter Ihnen davon erzählt?»

«Als ich klein war, hat sie mir gern davon erzählt, dann gab es einen Bruch. Ich war mit meinen Dingen beschäftigt, und Mutter verschloss sich. Spricht man im Dorf noch von den Juden?»

«Immerzu spricht man von ihnen.»

«Und was sagt man so?»

«Um die Zeit der Feiertage erscheinen die Juden ganz von allein, und die Leute erinnern sich an sie. Es ist unmöglich, nicht an sie zu denken. Ich war damals acht oder neun, und ich war noch dumm. Tante Bronka hat mir verschiedene Dinge erzählt und erklärt, aber ich war zu beschränkt. Ich habe gespürt, dass eine Gefahr nahte, aber ihr Ausmaß habe ich nicht erahnt. Auch Bronka war hier im Dorf geboren, doch sie hatte Flügel. Sie hat nie von sich selbst gesprochen, sondern von der Befreiung der Armen und Bedrückten. Hat Ihre Mutter Ihnen das nicht erzählt?»

«Doch.»

«Ihre Mutter hatte einen langen, dicken Zopf. Sie saß oft in ihrem Zimmer und hat gelesen. Im Schweigen war sie ganz groß. Ich erinnere mich nicht daran, dass sie gesprochen hat.»

«Und was hat sie gelesen?»

«Romane, Reisebeschreibungen, und sie hat für externe Prüfungen gelernt. In jedem jüdischen Haus war wenigstens einer, der sich auf Prüfungen vorbereitete. Die Jüngeren nahmen es mit der Religion nicht mehr so ernst, sie gingen studieren oder schlossen sich der kommunistischen Bewegung an. – Aber jetzt erzählen Sie mir von sich. Und fühlen Sie sich zu Hause. Hier sind Sie nicht fremd.»

«Was soll ich erzählen?»

«Was Sie wollen.»

‹Ich hatte ein ganz normales Leben.»

«Das glaube ich nicht, Juden führen kein normales Leben; Polen bringt man nicht um, weil sie Polen sind. Ein Pole geht nachts auf die Straße, und ihm passiert nichts. Ein Jude ist immer in Gefahr. Oder täusche ich mich da?»

Jakob sah Magda am Eingang zu einer geheimnisvollen Welt stehen, sie hielt die Schlüssel in der Hand, und gleich würde sie sagen, komm, lass uns hinuntergehen, ich werde dir Dinge zeigen, die du noch nie gesehen und von denen du noch nie gehört hast. Doch statt die Tür zu dieser verborgenen Welt zu öffnen, sagte sie: «Ich habe vegetarisch gekocht. Ich weiß, die Juden essen ‹koscher›. So heißt das, glaube ich, oder irre ich mich? Schon über fünfzig Jahre habe ich kein jüdisches Wort gehört. ‹Koscher›, nicht wahr?»

Magdas Gemüsesuppe schmeckte genau wie die seiner Mutter. Außerdem gab es Spinatauflauf, Salat und einen Kirschkuchen zum Nachtisch, alles so, als habe seine Mutter es zubereitet.

Als er jung war, hatte er den Geschmack dieser traditionellen Speisen nicht gemocht. Er fand sie altmodisch, langweilig und fad. Lieber aß er an einem Straßenstand unter schwitzenden Menschen Schawarma und Falafel.

«Genau wie das, was meine Mutter gekocht hat», sagte er. Er konnte es nicht zurückhalten.

«So isst man im Dorf. Ich habe von Ihrer Großmutter kochen gelernt. Die Speisen der Juden sind denen der Dorfleute sehr ähnlich, nur etwas verfeinert. Im Dorf achtet man nicht auf so was. Und die Juden essen kleinere Portionen.»

Die Tochter mischte sich nicht ein, sie hörte mit gesenktem Blick zu. Dann und wann wandte sich die Mutter ihr zu und fragte sie nach ihrer Meinung, oder sie unterbrach sich selbst und sagte: «Ich hab dir ja immer von den Juden erzählt. Deine Generation hat sie nicht mehr erlebt, aber ich habe dir immer gesagt, dass die Juden auch nicht anders sind als wir.»

«Jetzt kannst du es selbst sehen», sagte Jakob, und sie lachten.

Sie zogen die Mahlzeit in die Länge. Zum Schluss sang Magda «Rosinen und Mandeln». Sie sang mit geschlossenen Augen, so wie die Leute aus dem Dorf, wenn sie zu Jakobs Eltern in der Melchett-Straße gekommen waren.

Jakob war aufgewühlt. Er stand auf, gab Magda einen Kuss und sagte: «Wer hätte gedacht, dass sich diese jüdischen Melodien in Schidowze erhalten haben.»

«Ich war mehr bei euch als im Haus meiner Eltern», sagte Magda. «Nichts Jüdisches ist mir fremd. In meinem Körper stecken eure Wörter und Melodien. Ich muss mich nur hinsetzen und die Augen schließen, dann steigen sie von alleine wieder auf.»

16

Am Sonntag weckte Jakob das Glockenläuten. Er wählte den Sommeranzug, zog sich an, rasierte sich, und als er die Tür aufmachte, sah er Magda und ihre Tochter bereits in traditioneller Festkleidung. Sie wirkten jetzt nicht wie Mutter und Tochter, sondern wie Schwestern.

Das Frühstück stand auf dem Tisch. «Wir trinken nur einen Kaffee zu einem Stück Kuchen und essen erst, wenn wir aus der Kirche zurückkommen. Aber bitte, greifen Sie zu, und wenn Sie sonst noch etwas möchten – es steht alles in der Speisekammer.»

Jakob setzte sich an den Tisch und beobachtete ihren Aufbruch. Plötzlich hatte er die Wohnung in der Melchett-Straße vor Augen, nach der Beerdigung der Mutter. Drei Bekannte aus dem Dorf hatten ihn begleitet und bereiteten die Wohnung für die Trauerwoche vor. Zu ihnen gesellten sich einige Leute aus der Synagoge. Bald waren zehn Männer zusammen, und sie begannen zu beten.

Jakob war verlegen, er vertat sich bei der Aussprache des aramäischen Kaddisch-Gebets, entschuldigte sich, wollte sich klein machen und nicht im Mittelpunkt stehen, doch wie um ihn zu ärgern, umringten sie ihn alle, sprachen mit ihm, belehrten ihn über die Trauerbräuche. Die Frauen servierten Kaffee in kleinen Tässchen und erzählten ihm etwas aus Mutters Jugend. Erst spätabends gingen sie alle, und er blieb allein zurück.

Lange saß er dann da. Nach der Beerdigung, den Gebeten und dem vielen Reden fühlte er sich leer. Für einen Moment schien es ihm, wenn er nur sitzen bliebe, würde sein Kopf auf die Sofalehne sinken, und er könnte einschlafen. Doch er hatte sich geirrt. Aus allen Ecken der Wohnung traten Bilder hervor und stellten sich vor ihm auf. Hier waren Vater und Mutter, wie sie in Schweigen gehüllt am Esstisch saßen. Die Zeit im Wald und im Versteck hatte sie das Stillsein gelehrt. Als er jünger gewesen war, hatte ihn das stärker aufgebracht. Er war sich sicher gewesen, dass sie deshalb nichts sagten, weil es ihnen an Worten und Gedanken fehlte. Auch als er erwachsen wurde, hatte er die Tiefe ihres Schweigens nicht begriffen.

Jetzt standen sie vor ihm und staunten über die plötzliche Betriebsamkeit in der Wohnung. Jakob konnte ihre Blicke nicht ertragen, und so erhob er sich und ging hinaus. Er wusste, dass ein Trauernder den Platz, an dem er saß, nicht zu verlassen hatte, beschloss aber trotzdem, die Nacht am Strand zu verbringen.

Er hatte vergessen, dass die Kioske Ende November geschlossen waren und der Strand menschenleer dalag. Nur die schwarzen Wellen bäumten sich auf und eroberten das Ufer. Er fasste Mut und stürzte sich, wie zu seiner Militärzeit, ins Dunkel und rannte den Strand entlang. Er rannte eine ganze Stunde, wurde müde und ging nach Hause zurück.

Bei seiner Rückkehr waren die Bilder verschwunden. Jakob zog die Schuhe aus und setzte sich aufs Sofa.

Während der ganzen Trauerwoche leisteten ihm die Überlebenden aus dem Dorf Gesellschaft. Sie sprachen von den Eltern, den Großeltern und Urgroßeltern. Es fiel ihm schwer, sich die vielen Namen der Leute und der Orte zu merken, doch sie ließen nicht von ihm ab. Es war, als sagten sie: Wir wissen, dass dir das, was wir erzählen, fremd ist und dass es dich bedrückt, aber wir sind dazu verpflichtet, jetzt darüber zu reden. Während der Trauerzeit bittet man die Vorfahren des Verstorbenen, oben ein gutes Wort für ihn einzulegen. Die Leute aus dem Dorf waren einfache Leute, doch ihr Reden besaß eine erstaunliche Macht.

In der Trauerwoche kamen auch einige seiner Freunde aus der Armee vorbei. Sie waren unsicher und wussten nicht, was sie sagen sollten. Die Leute aus dem Dorf reichten jedem von ihnen ein Psalmenbuch und gaben ihnen zu verstehen, dass man im Trauerhaus wenig rede, man lese vielmehr. Das Lesen bewahre einen vor leichtfertigem Geschwätz, gleichzeitig kämen einem sinnvolle Gedanken.

Die Wohnung veränderte sich in der Trauerwoche. Sie glich nun eher einem Bethaus. Morgens und abends kamen zehn Männer zusammen. Die Frauen servierten ihnen Kaffee und Kekse. Immer wieder musste Jakob das Kaddisch sprechen. Er gab sich Mühe, keine Fehler zu machen, doch Fehler ließen sich nicht vermeiden, und schon waren da Verlegenheit und Scham.

Die Tage begannen frühmorgens mit Gebet und endeten erst am späten Abend. Jeden Tag hielt es aufs Neue jemand für nötig, sich zu ihm zu setzen und ihm etwas über seinen Vater oder seine Mutter zu erzählen. So erfuhr er, dass seine Mutter es wenige Monate vor dem Einmarsch der Deutschen in Polen noch geschafft hatte, ihre externen Prüfungen abzulegen, und zur höheren Handelsschule zugelassen wurde. Der Vater hatte sein Examen ein Jahr zuvor abgelegt und wollte Ingenieur werden.

All die Jahre über waren sie bemüht gewesen, nicht von sich selbst zu reden. Jakob hatte geglaubt, dass es in ihrem Leben gar nichts gebe, was ihn beeindrucken könnte. Es erschien ihm leidbeladen, voll trauriger Erinnerungen. Ihr Tod änderte nichts an der Fremdheit, die er ihnen gegenüber empfand. Doch gesellte sich noch ein trübes Schuldgefühl hinzu.

Am letzten Tag der Trauerwoche kam eine Frau zu ihm und sagte: «Ihre Mutter war eine ganz besondere Frau.»

«Worin war sie so besonders?», fragte er der Höflichkeit halber.

«Es fällt mir schwer, Ihnen das zu erklären. Sie hatte einen inneren Adel.»

«Ich verstehe nicht.» Jakob blieb beharrlich.

«Ich wusste, dass Sie das nicht verstehen würden», sagte die Frau, als habe sie sich verbrannt.

Einen Monat später verkaufte Jakob das Haus und glaubte sicher, dass sein Leben nun die Sackgasse verlassen und in Fahrt kommen würde.

Die beiden Frauen waren aus der Kirche zurück, und Magda entschuldigte sich für die Verspätung. Der Priester habe länger gepredigt, und nach dem Gottesdienst hätten sie sich noch mit den Nachbarn unterhalten.

«Wir lassen unseren Gast hier noch verhungern», sagte Magda und machte sich daran, das Essen zuzubereiten. Maria band sich eine Schürze um, und binnen weniger Minuten sah der Tisch festlich aus. «Sonntags essen wir ein doppeltes Mahl, Frühstück und Mittag in einem», erklärte Magda. Aus der Kirche hatte sie neue Freude mitgebracht. Auch die bisher scheue Tochter war wie verändert und plauderte über den Chor, der einen Fehler gemacht und denselben Choral mehrmals hatte singen müssen.

Nach dem Essen erzählte Magda Jakob, dass seine Mutter in ihrer Jugend in einen Studenten verliebt gewesen sei, der die Sommerferien in Schidowze verbracht habe, doch sei aus dieser Jugendliebe nichts geworden. «Ihre Mutter hat nächtelang um ihn geweint, und Ihre Großmutter, eine gute und praktische Frau, hat ihr gesagt: ‹Man darf nicht weinen. So, wie es ist, hat es anscheinend der Himmel für uns beschlossen. Und mit dem Urteil des Himmels hadern wir nicht.›»

Tag für Tag erfuhr Jakob neue Einzelheiten aus dem Leben seiner Eltern. Magda erinnerte sich genau an deren Jugend, was sie getan und wovon sie geträumt hatten, sogar an ihre Kleidung. Wenn Magda von seinen Eltern und Großeltern erzählte, legte sich ein jugendlicher Ausdruck über ihr Gesicht. Sie war damals ein Mädchen gewesen und hatte unvoreingenommen beobachtet. «Zugegeben, die Juden waren anders», sagte Magda, «aber sie waren bunt. Es zog sie in die großen Städte, zu den gefährlichen Bewegungen. Nicht ohne Grund habe ich sie geliebt. Ich hatte immer Angst, dass ihnen etwas zustößt.»

17

Am nächsten Morgen fragte er Magda: «Wo wohnt Nikolai?»
«Welcher Nikolai?»

«Der, der meine Eltern gerettet hat.»

«Der ist schon sehr alt. Und verwirrt ist er auch. Warum wollen Sie ihn sehen?»

«Ich würde ihm gern ein Geschenk überreichen.»

«Ich bezweifle, dass er das zu schätzen weiß, aber wenn Sie möchten – er wohnt am Waldrand, eine halbe Stunde vom Dorfladen, in einem verwahrlosten Haus.»

Es war zehn Uhr morgens, und Jakob machte sich auf. Von Nikolai hatte die Mutter in seiner Kindheit viel gesprochen. Oft pries sie seinen Mut, denn er hatte sie in seinem Keller versteckt. Doch später erzählte sie auch, dass sie ihm dafür ein Vermögen bezahlen mussten. Der Vater versuchte, den Preis herunterzuhandeln, doch Nikolai drohte, wenn sie das zusätzliche Geld nicht sofort bezahlten, übergäbe er sie der Polizei. Die ganze Zeit schwebte über ihnen die Angst, dass er sie ausliefern würde. Im Grunde waren sie seine Gefangenen. Später versteckten sie sich dann bei seinem Bruder. Auch der forderte mit der Zeit immer mehr Geld und drohte, sie auffliegen zu lassen. Zum Schluss betrog er sie auch noch. Er versprach, ihnen ein Versteck im Wald zu bauen, doch das war nicht mehr als ein mit einem Blech bedecktes Erdloch.

Der Vater hatte das Verhältnis zu ihren Rettern so beschrieben: «Sie hätten uns auch umbringen und hinter dem Kuhstall verscharren können; niemand hätte es erfahren. Die Tatsache, dass sie immer mehr Geld verlangt, uns erpresst und betrogen haben, zeigt, dass noch ein Funken Menschlichkeit in ihnen war.»

All die Jahre waren ihm seine Eltern so erschöpft und an ihre erbärmliche Welt geklammert vorgekommen – hier erstanden sie zu neuem Leben. Dass die Mutter in einen Studenten verliebt gewesen war und nächtelang um diese verlorene Liebe geweint hatte, ließ sie Jakob in einem anderen Licht erscheinen. Es war, als richteten sich die Eltern in ihrer Heimat auf. Sie wurden wieder zu dem, was sie früher gewesen waren, ohne das drückende Schweigen, das der Krieg in sie gepflanzt hatte.

Er ging zwischen Mais- und Weizenfeldern, und der Gedanke, dass es hier immer so ausgesehen hatte, auch als die Eltern und Großeltern jung gewesen waren, wurde immer konkreter.

Bald erreichte er das Wirtshaus und den Laden. Obwohl er große Lust verspürte, einen Krug Bier zu trinken und mit der Wirtin zu plaudern, hielt er sich nicht auf und folgte dem Feldweg.

Nach etwa zwanzig Minuten sah er ein von hohem Gras umwachsenes Haus, dessen Zaun eingerissen war. Vor der Haustür saß ein alter Mann mit einem zerfledderten Strohhut auf dem Kopf, die Hände auf den Knien.

«Guten Morgen, Herr Nikolai», begann Jakob.

«Wer sind Sie?», kam es prompt zurück.

«Ich bin der Sohn von Henrik und Guste.»

Der Alte grübelte einen Augenblick und fragte nach: «Von Henrik und Guste?»

«Ja.»

«Was machen Sie hier?»

«Ich bin gekommen, um das Land zu sehen, in dem meine Eltern geboren wurden.»

«Leben sie noch?»

«Nein.»

Ein Moment aufmerksamen Schweigens. Gleich darauf zitterte ein Lächeln auf den Lippen des Alten, und er sagte: «Ich habe sie versteckt. Überall wurden die Juden ermordet, aber ich habe mich in Gefahr gebracht und sie versteckt. Wer dabei erwischt wurde, wurde erschossen. Verstehen Sie?»

«Ich bin hier, um Ihnen zu danken», sagte Jakob mit klarer Stimme.

Das Lächeln kehrte auf das Gesicht des Alten zurück, und er sagte: «Ihre Eltern haben versprochen, mir nach dem Krieg viel Geld zu geben. Ich habe nie wieder von ihnen gehört.» Nach einer Pause fügte er hinzu: «Sie müssen wissen, die Menschen sind undankbare Geschöpfe. An einem Tag versprechen sie etwas, und am anderen haben sie es schon vergessen. Keiner wollte damals Juden schützen. Die Juden haben gebettelt, versteckt uns doch, aber niemand hat sie in sein Haus aufgenommen.»

«Vater hat Sie nicht bezahlt?»

«Ein paar Groschen hat er mir gegeben und dabei noch gefeilscht. Ich hätte denen ihr ganzes Geld und Gold abnehmen und sie dann verpfeifen können. Das haben alle gemacht. Aber ich habe mir gesagt: Auch die hat Gott geschaffen. Ich darf sie nicht umbringen. Meine Frau, Gott habe sie selig, sah das anders. Sie meinte, wenn es Gottes Urteil ist, dass sie sterben müssen, dann dürfen wir uns da nicht einmischen. Gott weiß schon, was er tut.»

«Ich habe Ihnen ein kleines Geschenk mitgebracht. Einen Fotoapparat.»

«Ich brauche keinen Fotoapparat. Wen soll ich noch fotografieren? Mich selbst?»

«Was brauchen Sie denn?»

«Dollars.»

«Ich gebe Ihnen fünfhundert.»

«Wie viel?», fragte er und legte den Kopf schräg. «Sie sind

besser als Ihre Eltern», sagte er dann und steckte die Scheine in seine Manteltasche.

«Haben Sie sie schon vor dem Krieg gekannt?»

«Natürlich, sogar gut. Ich kannte Ihren Vater, Ihren Großvater und Ihren Urgroßvater, Itsche-Meir. Ich habe bei ihnen auf dem Hof gearbeitet.»

«Waren es anständige Menschen?»

«Ja.»

«Warum hat man sie dann ermordet?»

«Weil sie Juden waren», sagte er mit jenem Lächeln alter Männer, die ihre Gesichtszüge nicht mehr unter Kontrolle haben. «Auch im Ersten Weltkrieg hat man sie umgebracht. Sind Sie getauft?»

«Nein.»

«An Ihrer Stelle würde ich mich taufen lassen. Man kann Gott nicht die ganze Zeit verärgern. Es ist an der Zeit, dass Sie endlich sagen, wir haben uns geirrt, wir haben uns geweigert, die Wahrheit zu sehen.»

«Und wenn wir das sagen?»

«Dann wird Ihnen keiner mehr was antun. Ein Mensch bringt einen anderen nicht einfach so um. Nur die, die sich gegen Gott erheben, die werden verfolgt und umgebracht. Und wenn wir schon darüber reden, dann lege ich jetzt auch alle Karten auf den Tisch. Die Juden haben sich nicht nur gegen Gott und seinen Gesalbten erhoben. Sie haben auch den Kommunismus über die Welt gebracht, die größte Gotteslästerung überhaupt. Aus jeder jüdischen Familie sind mindestens ein oder zwei Kommunisten hervorgegangen. Eine solche Lästerung vergibt Gott nicht so leicht.»

«Und wenn sie Christen werden würden, würde man ihnen dann vergeben?»

«Ja sicher.»

«Aber jetzt haben die Juden einen Staat.» Jakob konnte sich diesen Satz nicht verkneifen.

«Das tut nichts zur Sache. Man darf sich nicht gegen Gott auflehnen. Wer sich auflehnt, den wird Gottes langer Arm überall zu fassen bekommen.»

Die Vorstellung, dass Nikolai schon genauso gedacht hatte, als er auf dem Hof der Großeltern arbeitete, trieb Jakob um; er wollte den Alten aus der Fassung bringen und sagte: «Jesus war Jude, nicht wahr?»

Das Gesicht des Alten wurde ernst und erstarrte, dann sagte er: «Das ist eitel und Haschen nach Wind. Jesus und Gott sind eins, man kann sie nicht trennen. Wer von einer Mutter geboren und von einem Vater gezeugt wurde, ist, sagen wir, Pole oder Russe. Jesus wurde vom Heiligen Geist gezeugt. Er und Gottvater sind eins.»

Für einen Moment begriff Jakob, was Glauben bedeutet. Die Judenfeindschaft, von der er auf dem Gymnasium und in der Armee viel gehört hatte, war für ihn immer historisch und abstrakt geblieben. Jetzt offenbarte sie sich in einem Menschen. Aus dem Mund des Alten sprachen Generationen von Dorfbewohnern, und in seinen Reden steckte eine ungeheure Kraft.

«Nehmen Sie bitte den Fotoapparat.»

«Den brauche ich nicht», wiederholte der Alte, mit einem Unterton, der sagte: Versuchen Sie nicht, mich zu bestechen, mich besticht man nicht mit Spielzeug.

Jakob wollte ihn noch weiter nach seiner Familie befragen, doch er stand stumm da. Er wusste, all das war ein Missverständnis, war Verwirrung, sinnloser Hass, dummer Irrglauben, aber er wusste ebenso, dass Worte nicht ausreichen würden, um das Gesagte richtigzustellen oder zu widerlegen. Wie es war, so würde es immer bleiben.

«Friede mit Euch, Herr Nikolai.»

«Geh hin in Frieden», sagte der Alte auf eine Art, die von Glaubensstärke zeugte.

Jakob machte sich auf den Weg, und als er sich noch einmal umdrehte, sah er den Alten ruhig auf seinem Platz sitzen. Er denkt sicher über mich nach, sagte er sich und ging weiter.

18

Als er zurückkam, traf er Magda und Maria in Arbeitskleidung an. Ihr Hof war, wie sich herausstellte, gar nicht klein. Sie besaßen ein paar Kühe, Schafe, einen Hühnerstall, einen Acker, einen Obst- und einen Gemüsegarten. Das Haus und die Ländereien hatte Magda von den Eltern geerbt. Ihre beiden Brüder waren als Kinder gestorben.

Magda sah in der Arbeitskleidung jung aus, ihr Gesicht war von der Sonne gebräunt, ihr Gang energisch, ihre Hände hatten Kraft. Die Tochter sagte nur selten ein Wort. Schwer zu wissen, was in ihr vorging. Jakob fühlte sich schon zur Familie gehörig. Sein Wortschatz wuchs von Tag zu Tag.

«Wir haben auf dem Feld gegessen. Für Sie habe ich Maisbrei mit Pilzen in Sahnesauce gekocht und quarkgefüllte Pfannkuchen. Es ist so schön, dass Sie bei uns sind», sagte Magda und lachte. Wenn sie lachte, kam ihre Lebensfreude zum Ausdruck und ließ ihr Gesicht leuchten. «Und was hat Ihnen Nikolai erzählt?»

«Er behauptet, er und sein Bruder seien die Einzigen gewesen, die Juden versteckt haben.»

«Das stimmt. Die Leute hatten Angst.»

«Ist er ein guter Mensch?»

«Das würde ich nicht sagen.»

«Warum nicht?»

«Er hat Ihre Eltern für sehr viel Geld versteckt. Ihr Großvater hatte im Dorf verschiedene geheime Depots. Alle zwei Monate hat Ihr Vater Nikolai eins verraten. Hätten sie die Depots nicht gehabt, Nikolai hätte sie verpfiffen. Er wollte ihnen erst ihr ganzes Geld abnehmen und sie dann verpfeifen.»

«Woher wissen Sie das?»

«Im Dorf gibt es keine Geheimnisse. Auf einmal war er sehr reich und hat sich ein paar besonders gute Felder gekauft, seinen Kuhstall modernisiert und ein neues Haus gebaut. Wo soll er das ganze Geld hergehabt haben?»

«Er hat sich aber geweigert, das Geschenk anzunehmen, das ich ihm mitgebracht habe.»

«Jetzt ist er alt und verwirrt. Vor ein paar Jahren hat er noch behauptet, alles Übel der Welt komme von den Juden. Und wenn man ihm sagte: ‹Aber jetzt gibt es hier doch gar keine Juden mehr, man hat sie umgebracht›, beharrte er weiter darauf: ‹Es gibt sie wohl. Sie verstecken sich bloß, ihr werdet noch von ihnen hören.› Jahrelang hat er im Wirtshaus gesessen und sich das Maul verrissen. Er ist listig wie eine Schlange. Und für etwas Geld würde er seine Seele dem Teufel verkaufen.»

«Würden Sie mir das Haus meines Großvaters Jakob zeigen?», fragte Jakob.

«Es ist nicht weit von hier. Da wohnt jetzt ein Mann, der früher der Sekretär der Kommunistischen Partei in diesem Bezirk gewesen ist. Wenn Sie an der Kreuzung vor dem Laden rechts abbiegen, gehen Sie genau darauf zu. Das prächtigste Haus im Dorf.»

«Meinen Sie, ich kann es mir auch von innen anschauen?»

«Ich glaube nicht, dass er Sie reinlassen wird. Ich habe Ihnen ja schon gesagt, die Leute haben Angst, dass die Juden kommen und ihren Besitz zurückfordern. Viele Ländereien hier haben Juden gehört.»

«Und was ist von den Juden im Dorf übrig geblieben?»

«Das Haus von Ihrem Großvater, ich glaube, das ist alles.»

«Ein Friedhof?»

«Den Friedhof haben sie während des Krieges zerstört. Sie haben die Grabsteine herausgerissen und mit einem Teil davon den

Platz vor dem Rathaus gepflastert. Danach haben sie ihn umgegraben. Entschuldigen Sie, aber das ist die Wahrheit. Ich kann Sie ja nicht anlügen.»

Jakob war beeindruckt von Magdas Direktheit. Wenn sie erzählte oder etwas beschrieb, war ihr ganzer Körper daran beteiligt, und obwohl sie damals ein kleines Mädchen gewesen war, wusste sie viel über die Juden des Dorfes; einige der jüdischen Kinder hatte sie in der Schule kennengelernt. Jakob fragte vorsichtig weiter. Tief im Herzen wusste er, dass er sich damit in einen langen, dunklen Tunnel begab. Zwar hatte er eine Führerin an seiner Seite, aber auch der fiel der Weg nicht leicht. Immer wenn ihr ein wichtiges Detail in den Sinn kam, fasste sie sich an den Kopf und sagte: «Wie konnte ich das nur vergessen?», oder: «Wie kann es sein, dass ich Ihnen das noch nicht erzählt habe?», oder: «Entschuldigen Sie, dass ich Ihnen das so berichte.»

An diesem Abend erzählte sie ihm: «Ihr Großvater hat nicht nur wegen Bronka sehr gelitten, nachdem sie sich den Kommunisten angeschlossen hatte. Auch Ihr Onkel Laschek ist aus dem Dorf weggegangen. Er hat sich in der Stadt Zamosz niedergelassen, seinen Namen geändert, eine christliche Frau genommen und ist ganz und gar zu einem Polen geworden. Nur Ihr Vater hat seinen Eltern die Treue gehalten, er blieb zu Hause und half ihnen im Laden. Ich verstehe nicht, wie die jungen Juden ihre Eltern und den Glauben ihrer Vorväter aufgeben konnten. Was haben die Eltern ihnen denn getan? Auch bei uns wenden sich viele vom Glauben ab, aber meistens nicht für lange. Sie kehren wieder zurück, versöhnen sich mit Gott. Die Kirche ist sonntags immer voll.»

Was hat den Juden ihr Glaube geholfen, als man sie umbrachte?, wollte Jakob erwidern, aber er schwieg. Er spürte, Magda hatte das nicht gesagt, um zu sticheln oder um ihn zu ärgern, sondern weil sie sich Gedanken über das Schicksal der Menschen machte, die sie geliebt hatte.

Gleich nach dem Abendessen überkam ihn eine große Müdigkeit, und er fiel in tiefen Schlaf. Im Traum war er zu Hause und in seinem Geschäft in Tel Aviv. Die Wohnung war leer, doch im Laden warteten viele Kundinnen und lächelten. Als er eintrat, standen sie in einer Ecke und schauten ihn fragend an. Er verriet ihnen nicht, was er in den Tagen seiner Abwesenheit getan und gesehen hatte, aber die Kundinnen waren neugierig und drängten ihn zu erzählen. Rivka und die Mädchen hatten ihn nicht abgeholt, und er fragte auch nicht nach ihnen.

Jakob staunte über den warmen Empfang und sagte: «Ich war sehr weit weg, im Haus meiner Eltern. Das hat sich ein Sekretär der Kommunistischen Partei unter den Nagel gerissen, aber keine Sorge, meine Eltern und meine Großeltern leben dort in jedem Baum und jedem Strauch fort. Und es gibt dort eine Frau mit Namen Magda, die vor dem Krieg als Mädchen im Haus meiner Großeltern ausgeholfen hat. Sie erinnert sich an alles, so wie man sich nur an Dinge erinnert, die man als Kind gesehen hat. Sie war ein fremdes Mädchen in ihrem Haus, und doch weiß sie mehr über die Großeltern als ich. Das ist die Wahrheit. Ich kann es nicht bestreiten, auch wenn es wehtut.»

Als die Kundinnen das hörten, umringten sie ihn. Es waren hochgewachsene Frauen, sie trugen die Kleider, die sie bei ihm gekauft hatten. Unter ihnen war eine Frau, Alisa Hoffmann, die lange hin und her überlegt hatte, bevor sie sich für das Kleid, das sie nun anhatte, entschied. Jakob hatte sie seinerzeit überzeugt, dass ihr das Kleid gut stand. Jetzt sah er, wie richtig das gewesen war. Die Frau sagte: «Ich danke Ihnen, dass Sie mir dieses Kleid empfohlen haben. Alle bewundern es. Zum ersten Mal im Leben bekomme ich Komplimente. Ich möchte Ihnen für diese treue Beratung danken. Ich weiß, das ist nicht der richtige Moment dafür, aber bevor alle anfangen, Sie mit Fragen zu bestürmen, nehmen Sie bitte diese kleine Aufmerksamkeit von mir entgegen», sagte sie und reichte ihm einen Blumenstrauß.

19

Am nächsten Tag ging Jakob nicht zum Haus seines Großvaters, sondern zu der greisen Wanda. Von Wanda hatte er zu Hause viel gehört. Schon vor dem Krieg war sie dafür bekannt gewesen, dass sie hinter die Dinge sah. Gott hatte ihr ein langes Leben geschenkt, und nun hütete sie für das Dorf die Erinnerungen. Wer etwas über seine Vorfahren wissen wollte, kam zu ihr, sie erzählte ihm alle Einzelheiten. Demnächst würde sie hundert werden. Ihre Enkel wollten ihr zu Ehren ein Festessen veranstalten, doch Wanda hatte es ihnen untersagt.

Ihr Haus, gar nicht groß, stand mitten in einem Maisfeld, umgeben von Sträuchern und Blumen. Die Tür war offen, und Jakob trat ein. Wanda lag, an zwei Kissen gelehnt, im Bett. Ihr Gesicht leuchtete auf, als sie seine Schritte hörte.

«Wer bist du, mein Sohn?»

«Ich bin der Sohn von Henrik und Guste.»

«Gott im Himmel! So viele Jahre sind vergangen, seit ich sie zuletzt gesehen habe. Sind sie noch in dieser Welt?»

«Nein.»

«Sie haben sehr jung geheiratet, kurz vor dem Unglück. Die Hochzeit fand in der Synagoge statt, aber das Festmahl war im Freien. Dazu hatten sie auch Gojim eingeladen, so nannten sie die Nichtjuden damals, ich selbst war unter den Gästen. Das Paar sah sehr schön aus, und die Freude war groß. Keiner ahnte, was draußen schon lauerte.»

«Habt Ihr sie gut gekannt?»

«Sie hätten meine Kinder sein können. Was für ein hübsches Paar. Ich habe ihnen zur Hochzeit eine selbstbestickte Tischdecke geschenkt. – Sie sind schon in der Welt der Wahrheit, sagst du? In meiner Vorstellung sind sie noch so jung. Ich habe sie alle gekannt, deine Eltern, die Eltern deiner Eltern und auch Itsche-Meir, den Vater deines Großvaters. Du musst wissen, Itsche-Meir war ein gottesfürchtiger Mann. Juden und Nichtjuden gingen zu ihm und fragten ihn um Rat. Als er dann alt und schon blind war, kamen sie, um seinen Segen zu erbitten. Er hat Gott treu gedient, und was er sagte, kam von oben. Er brauchte kein überflüssiges Wort. Alles bei ihm war ausgewogen und richtig bemessen. Einmal bin ich zu ihm gegangen, er hat mich sanft gesegnet, und diesen Segen spüre ich bis auf den heutigen Tag. Und woher kommst du zu uns, mein Sohn?»

«Aus dem Heiligen Land, Mutter Wanda.»

«Nicht jedem Menschen ist es vergönnt, im Heiligen Land zu leben.» Sie schloss die Augen und sagte: «Itsche-Meir war ein ganz besonderer Mann. Aus jeder seiner Bewegungen sprach Gottesfurcht. Seine Söhne sind ihm auf seinem Weg gefolgt, doch waren sie nicht stark genug, es ihrem Vater gleichzutun. Große Väter werfen ihren Schatten auf die Nachkommen. Da kann man nichts machen. Itsche-Meir war es noch beschert, in Frieden zu sterben. Ich erinnere mich an seine Beerdigung, Hunderte sind hinter seinem Sarg hergegangen, Juden und Nichtjuden. Du musst wissen, mein Sohn, die Juden mochte man damals nicht, aber Itsche-Meir war die Ausnahme. Die Leute sahen in ihm einen Mann Gottes. Haben deine Eltern dir von ihm erzählt?»

«Ja, das haben sie.»

«Man muss von allem erzählen, was er in seinem Leben getan hat, man darf keine Kleinigkeit vergessen. Womit er früh am Morgen, am Mittag und abends beschäftigt gewesen ist, worüber er geredet und worüber er nicht geredet hat. Er wies den Juden den Weg, aber auch Nichtjuden kamen, um von ihm zu lernen. Er hat den Leuten beigebracht, dass Gott überall und an jedem

Ort wohnt, man müsse nur die Augen aufmachen und die Ohren spitzen. Wer Itsche-Meir einmal gesehen hat, konnte ihn nicht vergessen. Und was machst du, mein Sohn?»

«Ich arbeite, um meinen Lebensunteralt zu verdienen.»

«Ich dachte in meiner Einfalt, im Heiligen Land dient man nur Gott.»

«Was soll man machen. Auch der Körper fordert seinen Teil.»

«Leider hast du recht. Ich kannte auch die Kinder von Itsche-Meir. Seinen Sohn Jakob, den Vater deines Vaters, einen anständigen und aufrechten Mann. Er hat seine Geschäfte sehr erfolgreich geführt, aber, Gott verzeih mir, mit seinem Vater konnte er sich nicht messen.»

«Er ist zusammen mit allen andern umgekommen?»

«Ja.»

«Meine Eltern haben mir nicht genau erzählt, wie die Juden von Schidowze umgekommen sind.»

«Kein Wunder, dass sie das nicht erzählt haben. Solche Gräueltaten hatte bis dahin noch niemand erfunden. Ich habe nicht alle Gräuel mit angesehen, aber was ich gesehen habe, das werde ich mein Lebtag nicht vergessen können. Was soll ich dir sagen, Gottes Ratschluss ist unerklärlich.»

«Und was habt Ihr gesehen, Mutter Wanda?»

«Lass mir etwas Zeit, die Schreckensbilder heraufzuholen. – Sie haben die Juden auf dem Vorplatz der Synagoge zusammengetrieben. Die Männer brachten sie in den Wald, die Frauen, Kinder und Alten in die Synagoge. Ich wusste, jetzt würde etwas Schlimmes passieren. Die Befehle der Soldaten und das Bellen der Hunde hallten durch das Dorf. Ich wusste es, und gleichzeitig wusste ich es nicht. Die Grausamkeit der Menschen kennt keine Grenzen.

Die Männer brachten sie in den Wald, dort mussten sie Gruben schaufeln. Als sie fertig waren, hat man sie in einer Reihe aufgestellt und erschossen. Ein paar Männer hat man übriggelassen, damit sie die Gruben zuschütten, und anschließend hat man diese Männer auch erschossen.»

Sie riss die Augen weit auf und fuhr fort: «Die ganze Zeit über waren die Frauen, die Kinder und die Alten in der Synagoge eingesperrt. Sie haben gebettelt: ‹Gebt uns etwas Wasser›, aber niemand durfte zu ihnen. Zum Schluss haben sie die Wände der Synagoge mit Benzin begossen und Streichhölzer hineingeworfen. Das Feuer breitete sich bis in alle Ecken aus. Die Schreie aus der Synagoge werden mir bis zu meinem letzten Tag nicht aus dem Kopf gehen. Wenn das die Menschen sind, wozu soll man dann leben? Raubtiere sind im Vergleich dazu noch menschlich.

Ein paar Juden sind der Festnahme entgangen, die versuchten zu fliehen, aber niemand war bereit, sie zu verstecken, und die Niederträchtigen unter uns haben sie ausgeliefert. Ich war mir sicher, dass nach diesem entsetzlichen Morden ein Erdbeben kommen und das Dorf mitsamt seinen Bewohnern verschlingen wird. Kann man nach so einem Grauen weiterleben? Man kann. Das hat sich gezeigt. Das Leben geht weiter. Die Bäume blühen, das Korn wird gelb, und der Bauer geht ins Wirtshaus und besäuft sich. Der Mensch passt sich an. Keine noch so entsetzlichen Gräuel werden ihn aus seiner Selbstsucht herausreißen. Er verkriecht sich in sein Schneckenhaus und sagt: Ich habe nichts gesehen, ich habe nichts gehört. – Warum setzt du dich nicht? Nimm dir einen Stuhl und setz dich zu mir. Deine Großmutter Henja war eine gute Freundin von mir, wir sind in dieselbe Klasse gegangen. Sie war eine bessere Schülerin als ich. Bei den Juden kommt immer das Lernen an erster Stelle. Als Mädchen war Henja kränklich, und man brachte sie zu Ärzten in Krakau. Erst mit fünfzehn hat sie ihre Krankheit überwunden, ist dann aufgeblüht. Henja war unter denen, die verbrannt sind. Einige haben versucht, die Fenster der Synagoge zu zerschlagen, die hat man erschossen. Am Abend lagen dort nur noch ein paar glühende Scheite. Deine Eltern waren fast noch Kinder, sie hatten gerade geheiratet. Ich sehe sie vor meinen Augen.

Ohne Juden ist das Dorf öde. Es gibt keinen Schabbat, kein Chanukka, kein Purim und kein Pessach mehr. Wir kannten die Feste der Juden genauso gut wie unsere. Die Juden waren nur wenige, aber ihr Leben war mit unserem verwoben. Man hat immer gesagt: Die Juden schlagen ihre Frauen und Kinder nicht und sind sparsam. Über ihre Sparsamkeit hat man sich lustig gemacht. Man hat gesagt, sie sparen aus Angst. Der Pöbel hat die Synagoge geschändet und Schmähungen auf die Grabsteine geschmiert, und wenn jemand auf einem abgelegenen Weg einem Juden begegnet ist, hat er ihn verprügelt. Hast du keine Angst?»

«Wovor?»

«Davor, Jude zu sein und dich hier aufzuhalten.»

«Ich bin Offizier. Offiziere sollten keine Angst haben.»

«Seltsam.»

«Was ist seltsam?»

«Ich stelle mir die Juden nicht als Soldaten vor. Ich kann sie mir als Diener Gottes vorstellen oder als Ärzte, Lehrer, Kaufleute, aber nicht als Soldaten.»

«Ich bin Hauptmann bei der Armee.»

«Ich wäre trotzdem vorsichtig.»

«Sogar hier?»

«Ja, sogar hier.»

«Was habe ich denn getan?»

«Aus irgendeinem Grund rühren die Juden an das Düstere im Menschen. Nimm einen ruhigen, höflichen Menschen – sag ihm, dass ein Jude etwas bei ihm kaufen oder ihm etwas verkaufen oder mit ihm in die Stadt fahren will, und sofort erwacht in ihm das Raubtier. Warum das so ist, das weiß ich nicht.»

«Und das wird sich auch nicht ändern?»

«Ich glaube nicht.»

«Ich bin nicht gekommen, um etwas zu kaufen oder zu verkaufen. Ich möchte sehen, wo meine Eltern geboren sind und wo meine Vorfahren gelebt haben.»

«Verzeih, dass ich dich warne. Wer gesehen hat, wie man eine Synagoge voller Juden verbrennt, während alle drum herumstehen und nichts tun, der hat das Recht zu warnen.»

«Machen die toten Juden den Leuten Angst?»

«Wenn einer von uns das Wort ‹Jude› hört, verändert sich sofort etwas in ihm.»

«Ich habe keine Angst, Mutter Wanda.»

«Dein Urgroßvater Itsche-Meir hat gesagt, man darf sich nicht fürchten. Angst ist ein schlechter Charakterzug. Nur Gott soll man fürchten. Er ist der König, sein ist das Reich. Ich freue mich, dass du diesen Charakterzug von ihm geerbt hast. Mir ist es nicht gelungen, die Angst in mir zu entwurzeln. Seit ich die Synagoge brennen sah, ist die Angst in mir nur größer geworden.»

Jakob stand auf und sagte: «Ich gehe jetzt, Mutter Wanda.»

«Werde ich dich wiedersehen?»

«Bevor ich wegfahre, komme ich Euch nochmal besuchen.»

«Mein teurer Sohn, pass auf dich auf. Ich weiß, man soll den Menschen keine Angst ins Herz pflanzen, aber was kann man machen, wenn die Juden doch in dauernder Gefahr sind?»

20

Als er aus Wandas Haus trat, schlug ihm die Sonne ins Gesicht. Was ihm die greise Frau gesagt hatte, ging ihm durch den Kopf. Es gelang ihm nicht, seine Gedanken zu sortieren. Eine solche Frau hatte er noch nicht getroffen. Wie ein erfahrener Segler segelte sie zurück in die fernen Zeiten. Die Bilder, die in ihr aufstiegen, waren wohlgeordnet und genau. Man fühlte sich neben ihr etwas dürftig.

Ich gehe ins Wirtshaus und trinke ein Bier, beschloss er und machte sich gleich auf den Weg. Die wenigen Tage, die er hier verbracht hatte, die Bilder und Menschen nahmen ihn vollständig ein. Rivka, die Mädchen, das Geschäft, Tel Aviv, das alles wurde in ein dunkles Kämmerchen verdrängt. Er war ganz und gar hier, gleichsam verbunden mit der Pflanzenwelt und dem Licht. Die Leute, die er traf, erschienen ihm schwerfällig, als bewegten sie sich in einem zähen Traum, sie waren unwirklich und zugleich irdisch und voller Kraft.

Die Wirtin erinnerte sich an ihn. Sie begrüßte ihn freundlich und brachte ihm sofort ein Bier.

«Und, wie ist es so bei uns?», fragte sie in einem leichten Ton.

«Angenehm», sagte er, weil dieses Wort ihm als erstes in den Sinn kam.

«Stimmt es, was die Leute sagen?»

«Was?»

«Dass Sie Jude sind.»

«Das stimmt.»

«Ich habe noch keine Juden kennengelernt, aber viel von ihnen gehört.»

«Sie sind noch jung», schmeichelte er ihr.

«So jung nicht mehr.»

«Und was hat man Ihnen von den Juden erzählt?»

«Vieles. Jedes Mal etwas anderes.»

«Gutes?»

«Das ist schwer zu sagen. Die Betrunkenen übertreiben oder bringen alles durcheinander. Sie vermischen Wirklichkeit und Phantasie. Die Wirtschaft ist ein Haus der Träume – und manchmal ein Haus der Albträume. Ich arbeite hier seit zwanzig Jahren. Seit meine Eltern tot sind.»

In der Gaststube saßen um diese Zeit einige Leute, aber der Raum war nicht voll. Die Nachricht von Jakobs Ankunft hatte im Dorf die Runde gemacht. Die Bauern beobachteten ihn, gingen aber nicht auf ihn zu. Er betrachtete wieder die Bilder an den Wänden. Das Dorf, wie es lebt. Männer, Frauen, Tiere, bunt durchmischt. Eine reiche, ungezügelte Sinnlichkeit. Einen Moment lang faszinierte ihn diese Farbenfreude.

Ein Mann trat an seinen Tisch und fragte: «Sind Sie Jude?»

«Ja.»

«Was hat Sie hierhergebracht?»

«Meine Eltern sind in Schidowze geboren. Ich wollte mir den Ort anschauen.»

«Ich verstehe.»

«Stört Sie das vielleicht?»

«Nein, jeder kann kommen und sich unser Dorf anschauen, warum auch nicht. Früher haben hier Juden gelebt.»

«Haben Sie sie gekannt?»

«Das war vor meiner Zeit. Aber meine Eltern und Großeltern haben sie gut gekannt und uns viel von ihnen erzählt.»

«Was zum Beispiel?»

«Sie sind gerissen. Du wirst sie niemals überlisten können. Sie werden dich immer übers Ohr hauen. Du sagst etwas, und sofort zeigen sie dir deinen Fehler auf. Sie sind klug und schlau.»

«Hat man Ihnen erzählt, wie sie umgekommen sind?»

«Über den Tod redet man besser nicht. Wenn du vom Tod sprichst, steht er plötzlich vor dir. Der Tod ist Gottes Geschäft, nicht Sache der Menschen. Was er bestimmt, müssen wir annehmen, wir dürfen uns ja nicht beschweren. Wie ist das bei den Juden?»

«Wie bei allen Menschen.»

«Und trotzdem sind sie ein bisschen anders.»

«Sie sind nicht anders.»

«Warum sagen dann alle, dass sie anders sind?»

«Es kommt vor, dass alle sich irren.» Jakob versuchte, den Mann von seiner gewohnten Bahn abzubringen.

«Jetzt haben Sie mich verwirrt.»

«Was ist so verwirrend?»

«Sie sagen: ‹Es kommt vor, dass alle sich irren.› Was bedeutet das? Die ganze Welt sagt, dass die Juden anders sind, also soll die ganze Welt sich irren? Alle liegen falsch, und nur die Juden haben recht? Das klingt nicht besonders vernünftig.»

Man merkte dem Bauern an, dass er schon einiges getrunken hatte. Seine Augen waren trüb, und seine Hände zitterten, doch was er sprach, war vollkommen klar.

«Ich schwöre es, die Juden sind anders», sagte er noch einmal und schlug auf den Tisch. Die Geste erinnerte an die eines ungeübten Kartenspielers.

«Wenn Sie schwören, heißt das, dass Sie sich sehr sicher sind.»

«Hundert Prozent.»

Jakob wollte ihm etwas erwidern, doch die Wörter fügten sich nicht zu Sätzen zusammen. Noch nie im Leben war ihm jemand begegnet, der so redete, und er war perplex. Schließlich fragte er: «Wie viele Juden haben seinerzeit in Schidowze gelebt?»

«Viele.»

«Hunderte? Tausende?»

«Ich kann Ihnen keine genauen Zahlen sagen. Aber es waren sehr viele. Und sie hatten viele Kinder. Auch heute sind es noch viele. Sie sind überall, sie sind jetzt nur schwerer zu erkennen. Sie sehen den Deutschen ein bisschen ähnlich und den Polen auch. Sie verheimlichen ihre Abstammung, und das ist ein schlechter Zug. Wenn du Pole bist, dann sag, dass du Pole bist. Und wenn du Jude bist, sag, ich bin Jude. Sie zum Beispiel, Sie sind ganz in Ordnung. Sie haben mir sofort gesagt: ‹Ich bin Jude.› In Polen gibt es jetzt Tausende von Juden. Sie leben im Untergrund. Nach außen hin Polen, aber insgeheim sind sie Juden.»

Jakob stand auf, reichte ihm die Hand und sagte: «Es hat mich gefreut, Sie kennenzulernen.»

«Woher sind Sie, wenn ich fragen darf?»

«Aus Israel.»

«Israel. Israel ist eine der Großmächte. Egal, was du mit den Juden machst, sie stehen immer wieder von den Toten auf. Die kommen immer wieder auf die Beine. Man sagt ‹Israelis›, als ob das ein anderes Volk wäre. Dabei sind Israelis Juden. Hier gibt es ein paar Dummköpfe, die behaupten, die Israelis sind ein anderes Volk, und ich sage ihnen immer wieder: ‹Die Israelis sind Juden.› Die Juden haben die Atombombe erfunden. Stimmt das nicht? Und was haben Sie als Nächstes vor?»

«Die Welt zu erobern», sagte Jakob im Scherz.

«Das ist aber nicht so leicht. Die Franzosen haben es versucht und nicht geschafft, die Deutschen haben es versucht und nicht geschafft, aber wer weiß. Bei den Juden weiß man nie.»

«Keine Sorge. Schidowze werden wir verschonen, ich sorge schon dafür. Dies ist das Dorf meiner Eltern und Vorfahren. Sie können ganz ruhig schlafen», sagte Jakob und reichte ihm nochmals die Hand.

«Nett von Ihnen», sagte der Bauer lächelnd.

Auf dem Rückweg zu Magda ging Jakob langsam. Das Gespräch mit dem Betrunkenen hatte ihn erheitert. Es beunruhigte ihn aber auch. Er spürte, dass es an etwas sehr Belastendes, Dunkles rührte, an was genau, das wusste er nicht. Er freute sich auf Magdas Haus. Gleich würde sie die Tür aufmachen, die schwarzen Schatten würden fliehen, und Magda würde ihn mit offenen Armen empfangen.

21

Sie kommen gerade richtig, das Essen ist fertig. Was für Abenteuer hat Ihnen dieser Morgen beschert?» Magda sprach mit ihm wie mit einem Verwandten, der für einen kurzen Besuch ins Dorf gekommen war.

«Ich war bei Wanda.»

«Die macht einem Angst. Ich habe sie einmal besucht und würde nicht noch einmal hingehen.»

«Was an ihr ist so unheimlich?»

«Ihre Erinnerung. Sie weiß mehr über dich als du selbst. Sie erinnert sich, glaube ich, an alle im Dorf, auch an die Juden. Ihr bohrender Blick dringt in deine verborgensten Tiefen.»

«Ist sie eine gute Frau?»

«Sie ist gar keine Frau. Sie ist eine wiedergekehrte Seele. Mir macht sie Angst. Ich habe mich neben ihr hilflos gefühlt.»

«Genau das habe ich auch empfunden. Sie hat mir die Synagoge beschrieben, die Frauen und Kinder, die nach Wasser geschrien haben. Meine Eltern haben mir nie davon erzählt. Aus Angst, ich würde mich von ihnen abwenden.»

«Das verstehe ich nicht.»

«In guter Absicht haben sie mir die schlimmsten Dinge verheimlicht und mich damit von ihrem Leben ferngehalten. Gut, dass ich hierhergekommen bin. All die Jahre konnte ich sie nicht verstehen.»

«Ich habe sie geliebt.»

«Sie zu lieben, das muss ich noch lernen.»

«Und was haben Sie an diesem Morgen sonst noch unternommen?»

«Ich war im Wirtshaus und habe ein Bier getrunken. Viel los war da nicht. Ich habe den Eindruck, das Dorf weiß, dass ich hier bin.»

«Nikolai hat das wohl verbreitet. Irgendwann werden Sie sagen müssen, dass Sie nicht gekommen sind, um den Besitz Ihrer Eltern zurückzufordern.»

«Wieso?»

«Die Leute haben Angst, dass man ihnen das Land wegnimmt. Und Menschen, die sich fürchten, sind unberechenbar.»

«Ich verstehe.»

«Warum reden wir die ganze Zeit über so furchtbare Dinge. Angst frisst die Lebensfreude. Ich habe gekocht, um Ihnen eine Freude zu machen: Fisch, auf Holzkohle gegrillt, Pfannkuchen mit Quark und Rosinen. Ich weiß, die Juden grillen eigentlich keinen Fisch, aber Fisch auf Kohlen, das ist eine Köstlichkeit, die man sich nicht entgehen lassen darf.»

«Wunderbar.»

«Vor lauter Aufregung vergessen wir ganz zu leben.»

Mit einem Mal fiel ihm auf, dass Magda beim Tischdecken auf das Zusammenspiel der Farben achtete. Sie servierte ihm einen wahrhaft festlichen Teller Essen, und sobald sie sich setzte, galt ihre ganze Aufmerksamkeit ihm. Er bedauerte, dass er nicht noch mehr sagen konnte. Er brachte keine längeren Beschreibungen oder ausformulierten Gedanken zustande, nur eine Folge abgebrochener Sätze. Zwar half er sich mit Händen und Mimik, und er hatte auch schon eine Reihe neuer Wörter gelernt, doch fließend zu sprechen, das vermochte er noch nicht.

Magda sagte wieder: «Ihr Polnisch klingt schön. Genauso haben die Juden gesprochen. Ein feines Polnisch, ganz ohne Umgangssprache.»

In ihrer Nähe entspannte sich Jakob. Er erzählte ihr von seinem Laden, davon, wie er den Stoffladen zu einem Geschäft für moderne Damenbekleidung umgewandelt hatte. Sie las keine Modejournale, aber sie hatte einen Sinn für Stoffe, Farben und Modelle, und ihre Kleider waren gut geschnitten.

«Die Frauen in Krakau sind elegant gekleidet», sagte er.

«Ja, aber das Dorf bleibt ein Dorf. Hier verändert sich nichts.»

Mittlerweile war Maria vom Rathaus zurückgekehrt, wo sie die Steuern bezahlt hatte. Sie bewegte sich langsam, und sie sprach nur in halben Sätzen. Das Dorf zeigte sich in ihrem ganzen Körper. Kein Wunder, den Tag verbrachte sie auf dem Feld und im Kuhstall, und wenn sie das Haus betrat, schien ihr die Schwerfälligkeit der Tiere anzuhängen, um die sie sich kümmerte. Mitunter machte sie einen zurückgebliebenen Eindruck. Magda versuchte, sie ins Gespräch einzubeziehen, aber das gelang ihr nur selten. Maria blieb in einem Schweigen gefangen, so als habe sie nicht das Bedürfnis mitzuteilen, was sie empfand.

«Sie kannten doch bestimmt auch Onkel Laschek?» Jakob erinnerte sich, dass er das hatte fragen wollen. «Meine Eltern haben von ihm nicht viel erzählt. Ab und zu fiel sein Name, wurde aber sofort wieder verschluckt. Der Name hatte etwas Geheimnisvolles. Jahrelang war ich mir sicher, dass auch er dem Reiz der Kommunistischen Partei erlegen war, doch dann erfuhr ich, dass er sich nicht der Partei, sondern einer Frau hingegeben hat.»

«Ich habe Laschek gut gekannt. Ein-, zweimal die Woche habe ich ihm beim Ordnen seiner Briefmarken geholfen. Er hat mir beigebracht, die Umschläge vorsichtig einzuweichen, die Briefmarken zu trocknen und jede Marke mit dem Vergrößerungsglas zu untersuchen. Die ganze Familie gab ihm Briefmarken, und außerdem kaufte er welche bei den Händlern in Krakau. Das hat seine Eltern ein Vermögen gekostet, aber sie haben ihm nie etwas abgeschlagen. Laschek war schön wie ein Prinz, und alle Mädchen mochten ihn. Zu einem bestimmten Zeitpunkt, kurz nach dem Abitur, hat er sich in eine von uns verliebt und ist von zu Hause abgehauen: Was für eine Trauer, was für ein Schmerz.»

«Warum ist er abgehauen?»

«Das ist mir ein Rätsel. Er hat sich taufen lassen, hat geheiratet und ist nach Zamosz gezogen. Eine Frau – das kann ich ja verstehen, aber warum den Glauben wechseln? Konnte er sich nicht denken, dass er seinen Eltern damit das Leben verkürzt? Er war doch klug und empfindsam, und er wusste, was Bronka ihnen angetan hatte. Im Krieg haben sie ihn festgenommen und mit allen andern Juden ins Lager gesteckt.»

«Woher wissen Sie das?»

«So lauten die Gerüchte. Was für ein Leid er seinen Eltern angetan hat. Die ganze Zeit über haben sie gehofft, dass er noch umkehren wird. Woher hatte er die Stärke, ihnen so wehzutun? Die Eltern haben ihn geliebt und verwöhnt. Sie haben große Hoffnungen in ihn gesetzt, und er hat alles zerschlagen. Ihre Großeltern haben in ihrem Leben viel gelitten – und zum Schluss sind sie unter fürchterlichen Qualen in der Synagoge umgekommen. Womit haben sie das verdient?»

Der Faden zur Vergangenheit riss gleichsam ab. Magda begann wieder, von ihrem Hof zu erzählen; dass es einfacher sei, Gemüse anzubauen und Obstbäume zu haben, als Tiere zu halten. Tiere brächten Freude, aber Krankheiten und Seuchen forderten ihr Opfer, und zum Schluss habe man viel Schmerz und Enttäuschung.

«Ich mag Bäume und Blumen.»

«Ich auch.»

«Ich träume davon, auf dem Hof irgendwann nur noch Bäume zu haben. Ein Baum verlangt nichts von dir. Er gibt nur. Im Frühjahr betört er dich mit seinem Duft, und im Sommer spendet er dir körbeweise saftige Früchte. Auch im Obstgarten gibt es Schädlinge, aber mit denen kann man fertig werden. Ich gehe gerne dort spazieren. Diese Stille. Es ist leichter, die Bäume zu lieben. Die Menschen lassen sich laufend etwas einfallen, um dir wehzutun. Ich bin gern mit Bronka durch den Obstgarten gegangen. Auch sie hat die Bäume geliebt.»

Auf einmal wusste Jakob: Wenn von seiner Familie noch etwas am Leben war, dann verbarg es sich im Körper dieser Frau.

22

Am nächsten Morgen hatte er zum Haus der Großeltern gehen wollen und von dort zum Rathaus, um Auskünfte über die Familie einzuholen. Doch aus diesem Plan wurde nichts.

Er war inzwischen kein Unbekannter mehr. Aufmerksame Augenpaare tauchten aus den Maisfeldern auf und verfolgten ihn. Er ignorierte die spähenden Blicke und ging weiter. In der Nähe des Dorfladens kam ein Bauer auf ihn zu, begrüßte ihn und sagte: «Wir haben gehört, dass Sie zu uns gekommen sind.»

«Nur für ein paar Tage», sagte Jakob, überrascht, so unvermittelt angesprochen zu werden.

«Geschäftlich?»

«Eher nicht. Ich bin hierhergekommen, um das Dorf meiner Vorfahren zu sehen. Kannten Sie Familie Fein?»

«Natürlich kannte ich die. Ich war jeden Tag bei ihnen im Laden. Ich war damals noch klein, und meine Eltern haben mich oft hingeschickt, um Streichhölzer und Kerzen zu kaufen. Die Feins hatten einen großen Laden. Sie sehen dem Henrik ähnlich, das muss Ihr Vater sein, dem sind Sie wie aus dem Gesicht geschnitten. Und noch etwas, am Schabbes war ich ihr Schabbesgoi. Ich bin zu ihnen hingegangen, um den Ofen für sie anzuheizen, und sie haben mir ein Stück von ihrem Schabbeszopf angeboten. Ihre Eltern haben Glück gehabt.»

«Die Onkel und Großeltern allerdings nicht.»

«Ihre Mutter war eine geborene Sternberg, nicht wahr? Auch die haben kein Glück gehabt.»

«Das stimmt. Sie erinnern sich ziemlich gut.»

«Vergessen Sie nicht, die Juden haben mitten unter uns gelebt, sie saßen uns im Nacken.»

«Fragt heute noch jemand nach ihnen?»

«Die Alten erinnern sich noch. Die junge Generation ist mit sich beschäftigt. So ist der Lauf der Welt. Eine Generation geht, eine Generation kommt. Anders als bei uns ehren die Juden ihre Eltern noch. Heutzutage kann man ja alles Mögliche ungestraft machen. Wo leben Sie?»

«In Israel.»

«Wir hören viel von den Kriegen dort. Sie haben die beste Luftwaffe der Welt.»

«Die amerikanische Luftwaffe ist auch nicht schlecht», sagte Jakob.

«Aber nicht so wie die israelische. Die ist die stärkste der Welt. Und wer eine starke Luftwaffe hat, der regiert die Welt. Merkwürdig, wer hätte gedacht, dass die Juden es einmal schaffen würden, sich so zu bewaffnen. Ich habe es immer gesagt: Die Juden sind zu allem fähig. Wenn du sie nur lässt, dann machen sie aus einer Handvoll Dreck ein Riesenkapital. Ein begabtes Volk. Viel zu begabt.»

«Keine Sorge», sagte Jakob aus irgendeinem Grund.

«Ich mache mir keine Sorgen. Vor Juden hab ich noch nie Angst gehabt.»

Jakob ging langsam weiter. Sein Blick verfing sich in den Akazien: Sie waren von hohem Wuchs und voll duftender Blüten. Ganz in der Nähe standen ein paar wilde Kirschbäume; neben den stolzen Akazien sahen sie armselig aus.

Plötzlich riss ihn seine Erinnerung weit mit sich fort, zur Offiziersschule. Am Schabbat schliefen die Kadetten lang. Einige gingen in die Synagoge, doch die meisten hielten sich von den Militärrabbinern fern. Die waren Teil der schlechten Träume, in denen man dir verbietet, leckere Sachen zu essen, und dich zwingt, Predigten irgendwelcher Gastrabbiner anzuhören, denn vor den hohen Feiertagen wollten sie dich überzeugen, dass man in der Thora alles finden könne, man müsse sie nur lesen, endlich aufwachen und umkehren. Diese Erklärungen, oder wie auch immer man es nennen will, entfachten Diskussionen, und die endeten meist mit scharfen Vorwürfen.

Es hatte dort aber auch einen Rabbiner gegeben, der anders war als die anderen. Er brachte zu seinen Stunden philosophische Texte von Spinoza und Nietzsche mit oder Gedichte von Jakob Steinberg und Noach Stern. Er las und staunte, las und fragte und schuf eine angenehm offene Atmosphäre. Seine Stunden erwartete Jakob voller Vorfreude. Sie bauten ihn immer auf.

Unterdessen, ihm stockte der Atem, erkannte er in der Ferne ein Steinhaus. Als er näher kam, sah er deutlich ein einstöckiges Haus mit zwei Türen, zu denen einige Stufen hinaufführten. So hatte es ihm die Mutter vor dem Schlafengehen ausführlich beschrieben; es war in die Träume seiner Kindheit eingegangen.

Sein Urgroßvater Itsche-Meir hatte das Haus mit eigenen Händen gebaut. Jetzt, wo Jakob davorstand, schien die graue Fassade nichts Geheimnisvolles auszustrahlen, das Haus stand einfach da, gleichsam in seine Steine versunken, als wolle es sagen: Lasst mich in Ruhe, ich habe keine Kraft, die Toten wieder lebendig zu machen.

Während er das Haus noch betrachtete, öffnete sich die Tür, ein städtisch gekleideter Mann kam heraus und fragte: «Wen suchen Sie?»

«Niemanden. Ich bin gekommen, um das Haus meines Großvaters zu sehen. Würden Sie mir erlauben einzutreten?»

«Warum sollte ich?»

«Ich möchte es nur einmal von innen sehen. Dann gehe ich gleich wieder.»

«Die immer mit ihrer Schläue», murmelte der Mann.

«Nur einmal hineinschauen.»

«Verschwinden Sie von hier, bevor ich Ihnen Beine mache.»

«Ihre Drohungen erschrecken mich nicht. Ich bin nicht gekommen, um Sie um irgendwas zu bitten. Wenn Sie mir das Haus nicht zeigen wollen, ist das Ihr gutes Recht, aber drohen Sie mir nicht.» Der Offizier in ihm war erwacht.

Der Mann kam die Stufen herunter und auf Jakob zu. Jakob rührte sich nicht von der Stelle. Dass der Mann – er war nicht groß, aber stämmig – so dicht an ihn herantrat, reizte ihn, mit geballter Faust zuzuschlagen. Der Mann spürte wohl, dass Jakob bereit war zu kämpfen, und sagte leise: «Das ist mein Haus. Ich habe es für bares Geld gekauft.»

«Ich will auch gar nicht wissen, was Sie dafür bezahlt haben», unterbrach ihn Jakob.

«Und außerdem lasse ich keinen Fremden ins Haus.»

«Das ist Ihr gutes Recht. Aber es gibt auch so etwas wie Entgegenkommen, schließlich will ich Ihnen ja nicht die Wände wegtragen.»

«Ich lasse keinen Fremden in mein Haus, das ist mein Grundsatz.»

«Wenn das Ihr heiliger Grundsatz ist, dann verstehe ich das», sagte Jakob, wandte sich ohne ein weiteres Wort um und ging.

Lange ging er so. Kein Gedanke regte sich in seinem Kopf. Die in seinen Händen geballte Wut löste sich. Und doch betrübte ihn etwas: dass ihm nicht noch mehr Worte zur Verfügung standen. Hätte er die Sprache besser gekonnt, er hätte es diesem Mann heimgezahlt.

Wieder stand er am Schrinez. Der sah jetzt wie eine stehende Pfütze aus, bar jeder Schönheit. Erst wollte er weiter zum Rathaus, doch im Gehen überlegte er es sich anders. Er hegte keinen Zweifel daran, dass die alten Bücher, die die Juden betrafen, alle vernichtet worden waren und man in den neuen Akten nichts mehr über sie finden würde. Er drehte sich um und ging in den Dorfladen. Der Inhaber erkannte ihn und bot sogleich seine Waren an. Die Auswahl fiel Jakob nicht schwer. Der Inhaber packte die Einkäufe in buntes Papier und reichte sie ihm in einem hübschen Weidenkorb.

Zu Hause hatten die Eltern oft davon gesprochen, noch einmal nach Schidowze zu fahren. Der Vater war dafür gewesen, die Mutter dagegen. Beider Wünsche hatten unter einem Dach zusammengelebt, und nun verstand Jakob sie beide. Die Mutter pflegte die zwanzig Jahre im Dorf so zu kommentieren: «Was soll ich dort finden? Meine Jugend und das, was ich von meinen Eltern bekommen habe, das habe ich mitgenommen. In Schidowze sind nur noch die, die sich über unser Unglück gefreut haben, sie und ihre Nachkommen.»

Als Jakob die Haustür öffnete, sah Magda den vollen Korb und rief mit mahnender Stimme: «Schon wieder bringen Sie uns Geschenke.» Jakob erzählte ihr, was ihm, seit er ihr Haus verlassen hatte, widerfahren war und wie der Mann, der im Haus seines Großvaters wohnte, reagiert hatte. «Ein kommunistischer Funktionär. Was kann man von einem Parteifunktionär erwarten?», gab sie zurück.

Sie setzten sich zum Essen. Wenn man Magda vor den von ihr zubereiteten Speisen sah, war sie so schön, von jeder ihrer Bewegungen ging spürbar eine Lebenskraft aus. Ihre Hände waren die eines arbeitenden Menschen, doch ihre Finger waren schlank. «Magda», sagte er, «ich fühle mich bei Ihnen sehr wohl.»

«Genau das möchte ich auch», sagte sie und lachte.

Aus irgendeinem Grund fragte er noch einmal nach Onkel Laschek. Was war im Krieg aus ihm geworden? Hatte er Kinder?

«Er hatte wohl zwei Kinder, aber wer weiß, was aus denen geworden ist. Vor zwei, drei Jahren ging hier das Gerücht um, einer der Söhne habe die Stadt, Zamosz, verlassen und sei hier in die Gegend gezogen.»

«Ich würde ihn sehr gerne treffen.»

«Ich werde sehen, ob ich ihn ausfindig machen kann. Man muss es versuchen.»

Jakob hatte nun das Gefühl, dass die vielen Gedanken, die ihm durch den Kopf gegangen waren, mit einem Mal stillstanden. Müdigkeit übermannte ihn. «Ich gehe mich ausruhen», sagte er und fiel binnen weniger Minuten in einen tiefen Schlaf.

23

Als er die Augen aufschlug, dämmerte hinter den Fenstern schon der Abend. Aus dem Esszimmer hörte er Magdas leise Schritte. Er zog den Sommeranzug an und setzte sich aufs Bett. Die wenigen Tage hier im Dorf hatten ihn von seinem bisherigen Leben schon weit fortgetragen.

Seit mehr als zwanzig Jahren war er mit seiner Frau verheiratet. Er sah Rivka morgens, mittags und abends. Sie hatte ihm zwei Töchter geboren. Er würde sie wohl überall erkennen, doch freuen würde er sich nicht. Die Töchter hatten sich ganz mit der Mutter identifiziert und von ihm entfernt. Ohne das Geschäft und die Kundinnen hielte ihn nur wenig in Tel Aviv, der Stadt, in der er geboren war.

Von hier aus wirkte sein Leben wie ein ununterbrochener Wettlauf von einer Straße in die andere, von einem Geschäft zum nächsten. Als müsste er einer verborgenen Obrigkeit beweisen, dass er alles tat und keine Gelegenheit ausließ. Seine Versuche, die Zuwendung der Töchter zu erlangen, scheiterten, und durch die Schwiegersöhne, die sie mit nach Hause brachten, war die Distanz nur noch größer geworden. Übrig blieb allein der unerbittliche Ehrgeiz, noch mehr Besitz anzuhäufen.

Er klopfte, und die Antwort ließ nicht auf sich warten: «Ja bitte.»

Jakob öffnete die Tür: Magda trug eine Spitzenbluse, die ihren Hals und ihre Brust betonte, einen schwarzen Rock und Schuhe mit Absätzen, und sie verkündete sogleich: «Maria ist zu ihrer Tante in die Berge gefahren. Wir sind allein.» Eine solche Einladung hatte er noch nie von einer Frau zu hören bekommen.

Einen Moment lang staunte er über diese Offenheit, fasste sich wieder, nahm ihre Hand und führte sie an seine Lippen.

Magda lachte und sagte: «Ich habe für heute Abend etwas ganz Besonderes gekocht: Teigtaschen mit Kirschfüllung und Beerenkompott.» Sie setzte sich neben ihn, und wiederum spürte er, wie das Dorf in ihr lebte. Sie erzählte, dass sie nachts vom Haus seiner Großeltern geträumt habe. «Die Großeltern waren gelassen. Kein Leid war ihnen anzumerken, nur ein waches Staunen. Ich wollte ihnen eine Freude machen und erzählen, dass ein wichtiger Gast bei uns zu Besuch sei, aber ich habe mich nicht getraut. Erst zum Schluss habe ich mich überwunden und ihnen doch gesagt, dass Sie hier bei mir seien. Da haben sie mich angeschaut und gelächelt. Sie haben wohl nicht begriffen, was ich ihnen da sagte, oder sie dachten, ich hätte das erfunden. Ich habe noch einmal wiederholt, Sie seien bei mir. Das Lächeln ist auf ihren Gesichtern erstarrt, aber sie haben nicht gefragt, warum Sie nicht auch sie besuchen kämen. Ich bin auf die Knie gesunken, wie in der Kirche, und habe geschworen, dass Sie bei mir seien. Es hat mir wehgetan, dass sie mir nicht glauben. Ich habe ihnen gesagt, Sie seien ein richtiger Fein. Auch in einer Menschenmenge in der Stadt hätte ich Sie gleich erkannt. Schließlich brach Ihr Großvater sein Schweigen und sagte: ‹Richte ihm aus, er soll zu uns kommen. Er braucht sich nicht zu genieren.› Ich habe mich so gefreut, dass er mit mir gesprochen und mir geglaubt hat, dass vor lauter Aufregung der Traum zerrissen ist, und dann bin ich aufgewacht. Merkwürdig, ich erlebe jetzt die Zeit, als ich ein Mädchen war. Seit Sie hier sind, sind die glücklichen Tage zu mir zurückgekehrt», sagte sie und umarmte ihn.

In dieser Nacht sollte ihn und Magda nichts mehr trennen. Sie aßen die guten Dinge, die sie gekocht hatte, und das war nur der Auftakt. Ab jetzt war er ganz in ihrer Hand. Flink war sie und voller Begehren. Später überließ sie ihm die Initiative. Auch er zögerte nicht und verschlang mit gierigem Mund, was sich ihm darbot. Am süßesten waren ihre Brüste. Immer wieder fand er zu ihnen zurück, bekam nicht genug. Dies war die Frau, von der er all die Jahre geträumt hatte.

«Du bist ein junges Mädchen.»

«Weil du mir meine Jugend zurückgibst.»

Ich bleibe hier, wollte er sagen, sagte es aber nicht.

Magda war da unbekümmerter: «Ab jetzt gehörst du ganz mir.»

Sein gesamtes Leben, seit er im Kindergarten gewesen war, dann die merkwürdigen Lehrerinnen in der Volksschule, das Gymnasium mit seinen Irrungen und Wirrungen, das Militär – diese vielen Jahre falteten sich zusammen, schrumpften und lösten sich gleichsam auf. Übrig blieb nur der Wunsch, mit Magda zu verschmelzen. Bis zur Trunkenheit, bis zur Blindheit.

Noch spät in der Nacht konnten sie nicht voneinander lassen und schliefen erst gegen Morgen verflochten ein.

24

Als er aufwachte, flutete die Sonne schon durchs Fenster. Magda hatte sich frühmorgens davongeschlichen, um ihre beiden Mägde anzuweisen und das Frühstück zu machen. Jakob spürte jetzt noch stärker das angenehm Scharfumrissene der Nacht.

Er zog sich langsam an. Halb im Schlaf fiel es ihm schwer, sich zu beeilen. Am liebsten wollte er in dem wohligen Gefühl verharren, das sich während des langen nächtlichen Dunkels in ihm angesammelt hatte.

Er klopfte an die Tür, und sogleich erschien Magdas leuchtendes Gesicht.

«Mein Lieber, warum bist du so früh auf?»

«Man soll nicht faulenzen, oder?»

Der Tisch war gedeckt, Kaffeeduft hing in der Luft. Magda erzählte ihm, gegen Morgen habe eine Kuh gekalbt, und das Junge werde gerade von ihrer Magd versorgt. Man merkte, wie sehr sie ihren Hof liebte, nichts trennte sie von den Tieren und Pflanzen, die sie großzog. Doch kaum setzte sie sich an den Tisch, gab sie sich dem Mann hin, mit dem sie die Nacht verbracht hatte. Jakob schmeckte im Brot und in der Butter ihre Hände. Ihr Blick war noch stürmisch, doch lag in ihren Bewegungen keine Unruhe. Sie erzählte ihm vom Hof, von den Krankheiten und Schädlingen, die die Früchte ihrer Arbeit immer wieder zu vernichten drohten. Aber sie klagte nicht und schimpfte nicht. Sie war mit der Erde verbunden, aus ihr zog sie die Kraft.

«Was wirst du heute machen?»

«Durchs Dorf schlendern.»

«Wird dir das nicht langweilig?»

«Ich habe einen großen Durst nach der Farbe Grün.»

Die Nacht mit Magda hatte ihn aus sich selbst herausgeholt. Er spürte es, als er losging, und das Gefühl breitete sich unterwegs immer mehr in ihm aus. Alle Gedanken verschwanden aus seinem Kopf, und seine Füße trugen ihn mit Leichtigkeit von einem Ort zum nächsten. Er wollte noch einmal zum Grundstück seines Großvaters zurückkehren, doch dann überlegte er es sich anders und ging ins Wirtshaus.

Die Besitzerin begrüßte ihn freudig und brachte ihm sofort ein Bier. «Ich habe mir die Juden nicht so vorgestellt wie Sie.» Sie machte aus ihrer Verwunderung kein Hehl.

«Haben Sie wirklich noch nie einen Juden gesehen?»

«Nein.»

«Finden Sie, dass ich merkwürdig aussehe?»

«Nein. Ich habe sie mir nur kleiner vorgestellt und dünner, ein bisschen ängstlich, aber Sie wirken auf mich wie einer von uns.»

«Das freut mich», sagte Jakob aus irgendeinem Grund.

«Bei uns zu Hause hat man immer von den Juden gesprochen. Kaum ein Tag, an dem man sie nicht erwähnte, im Guten und auch im Schlechten. Mal habe ich sie für Engel gehalten, mal für Teufel.»

«Für Engel?»

«Vielleicht nicht unbedingt für Engel, aber für fleißige Menschen, die Tag und Nacht arbeiten. ‹Den Fleiß›, hat meine Mutter gesagt, ‹können wir von den Juden lernen. Sie sind flink wie der Teufel.› Haben Sie das Haus Ihres Großvaters schon gesehen?»

«Ja.»

«Mein Vater, Gott habe ihn selig, hat immer gesagt: ‹Die Juden bauen schöne Häuser mit großen Fenstern. Bei uns kommt immer zuerst der Wodka und dann das Haus.› Und genauso hat er gesagt: ‹Die Juden sorgen für die Zukunft, sie sammeln und horten nicht nur für die kalten Wintertage. Bei uns dagegen leben alle von der Hand in den Mund.›»

«Das ist auch besser so.»

«Da irren Sie sich. Bei uns besäuft sich ein Bauer und verliert in einer Nacht den Ertrag seiner halben Ernte, für die er den ganzen Frühling und Sommer gearbeitet hat.»

«Was wissen Sie sonst noch über die Juden?»

«Dass sie geizig sind», sagte sie und lachte.

«Wissen Sie, was aus ihnen geworden ist?»

«Natürlich weiß ich das. Wer weiß das nicht?»

Nach einer Pause fragte sie: «Und wie finden Sie unser Dorf?»

«Wunderschön.»

«‹Ein Fremder sieht nur das Schöne, das Arge sieht er nicht›, sagt man bei uns», und sie lachten.

Er trank einen zweiten Krug Bier. Ihm schwindelte, und er blieb auf seinem Platz sitzen. Sonderbar, schon nach einer Nacht mit Magda war sie ein Teil von ihm geworden, schon konnte er sich kaum mehr vorstellen, ohne sie zu leben.

Die Wirtin störte ihn nicht weiter. Sie bediente ihre Kunden. Die anderen Gäste saßen an den Fenstern und musterten ihn. Jakob konnte ihre Blicke spüren. Noch ein paar Tage, dann werden sie sich an mich gewöhnt haben und mir nicht mehr nachschauen, dachte er, doch da irrte er sich. Immer mehr Leute stellten ihm Fragen, aus denen Verdacht und Misstrauen herauszuhören waren. Einer hielt sich nicht zurück und sagte sogar: «Ich dachte, wir hätten die Sache mit den Juden hinter uns. Da habe ich mich wohl getäuscht. Das währt ewig. Immer hat es Juden gegeben, und immer wird es welche geben.»

Auf dem Heimweg ging er langsam. Die Stille und die Sonne weckten in ihm die Erinnerung an den Morgen nach einer langen, durchwachten Nacht, in der er mit seinen Soldaten in einem

Hinterhalt gelegen hatte. Die Kompanien waren schweigend marschiert. Nach und nach löste sich die Spannung der nächtlichen Stunden und hinterließ eine Erschöpfung, die sich im ganzen Körper ausbreitete. Der Wunsch, sich hinzulegen, war stärker als alles andere. Merkwürdig, gerade in Stunden der Erschöpfung hatte er sich seinen Soldaten sehr nahe gefühlt.

25

Wachsamkeit und Argwohn schlugen ihm von allen Seiten entgegen, doch Jakob beachtete das nicht. Er war bei Magda, und das bedeutete Glück. Es schien, als hätten sie all die Jahre aufeinander gewartet.

Magda verheimlichte nichts: «Auch heute mag man die Juden nicht. Wenn hier Juden lebten, würde man ihnen nachstellen.»

«Hat ihr Tod die Herzen nicht erweicht?»

«Es gibt bei uns Leute, die ihrem Boden und ihrer Familie treu sind, Menschen, die etwas für die Gemeinschaft tun, aber Judenfreunde wirst du hier nicht finden.»

«Sonderbar.»

«Früher habe ich mich nicht zurückgehalten und wie eine Löwin gebrüllt. Seit einigen Jahren kämpfe ich nicht mehr. Von der Judenfeindschaft, genauso wie vom Alkohol, kommt der Mensch nur schwer los. In der Stadt hat sich vielleicht ein bisschen was getan, aber im Dorf ist alles, wie es immer war. Doch warum reden wir über Dinge, die wir nicht ändern können?»

Magda sprach lieber über das, was Auge und Herz erfreute. Jakobs Kommen hatte ihr Bronka, Laschek und die Menschen, die sie geliebt hatte, zurückgebracht. Ihre Eltern waren arm und krank gewesen; sie hatten die eigene Enttäuschung und Wut an ihren Kindern ausgelassen, auch wenn Magda immer bemüht gewesen war, es ihnen recht zu machen. Doch der Zorn der Eltern war gewaltig gewesen und nicht verraucht. Nur im Haus von Großvater Jakob hatte man sie beachtet und geliebt. Weil sie so an Bronka und Laschek gehangen hatte, hatte man sie die «Judenmagd» genannt.

Wenn Magda von Jakobs Großeltern sprach, redete sie wie von ihren eigenen Angehörigen, die ein grausames Schicksal ereilt und deren Kinder es in den Abgrund gezogen hatte. All die Jahre hatte sie sich über ihren Hang zur Selbstzerstörung gewundert.

«Ich habe den Eindruck, dass du anders bist als sie.»

«Auch ich habe meine Eltern nicht verstanden.»

«Aber du bist nicht von zu Hause abgehauen.»

Nach ihrem Tod habe ich all ihre persönlichen Dinge weggegeben und das Haus verkauft; ich dachte, dass ich mich so für immer von ihnen lösen könnte, wollte er antworten. Später sagte er nur: «Auch ich bin nicht unschuldig.»

So sprachen sie am Tag. Nachts sanken sie ineinander wie in einen Haufen Daunenfedern. Zum ersten Mal verstand er, was es bedeutet, zu geben und zu empfangen. Jede Stelle ihres Körpers war ihm süß. Die Nächte vergingen im Flug. Erst in den Morgenstunden schliefen sie ein.

In einer der Nächte erzählte Magda ihm: «Maria ist ziemlich stark behindert. Die Ärzte konnten ihr nicht helfen. Sie kommt zwar ganz gut zurecht, arbeitet und freut sich daran, aber sie weiß nicht, in was für einer Welt sie lebt. Erst hat mir das sehr wehgetan. Jetzt habe ich mich daran gewöhnt. Doch warum mache ich dich traurig?»

«Du machst mich nicht traurig. Es freut mich, wenn du mich an deinem Leben teilhaben lässt.»

«Was deine Großeltern und ihre Familie mir mitgegeben haben, das beschützt mich bis auf den heutigen Tag. Manchmal vergesse ich – möge Gott es mir verzeihen –, von wem ich diese Kraft bekommen habe, das Leben zu ertragen. Von ihnen habe ich die Wärme und die Bereitschaft, mein Schicksal anzunehmen, weiterzumachen und der Wirklichkeit ins Auge zu sehen. Nichts lässt sich einfach so verändern. Man muss kämpfen und wissen, dass ein Kampf nicht immer gerecht ausgeht. Wenn einer unserer Bauern in Geldnot gerät, greift er gleich zur Flasche und lässt sie nicht mehr los. Nur die Juden haben sich dem Leben offenen Auges gestellt. Wenn ein Bauer ein, zwei Jahre gesoffen hat, ist er nicht mehr wiederzuerkennen.»

«Aber die Juden haben letztlich doch verloren. Ihre Klugheit hat ihnen nicht geholfen.»

«Das stimmt. Gott war zu ihnen sehr ungerecht.»

«Glaubst du an Gott?»

«Wieso fragst du?»

«Weil ich seine Nähe nicht immer spüre.»

In den verbleibenden Tagen tauchten sie in tiefe Gespräche. Jakob erzählte ihr nichts von seiner Frau und seinen Töchtern, ausführlich aber sprach er vom Militär, von den verschiedenen Lehrgängen, den langen Märschen, den Hinterhalten, vom Libanonkrieg, in dem er gekämpft hatte. Magda konnte zuhören, und zwischendurch fragte sie nach. Einmal wollte sie wissen, warum er sich für Mode entschieden habe.

«Weil ich die Frau liebe.»

«Welche Frau?»

«Dich.»

Magda war früh auf, kümmerte sich um den Hof, gab ihren Mägden Anweisungen, und wenn Jakob herunterkam, stand das Frühstück schon auf dem Tisch. Sie aßen und saßen dann noch lange zusammen. Beim Essen erzählte sie ihm ausführlich von ihrer Arbeit, von ihren Erfolgen und Niederlagen und von den Dieben, die sich nachts anschlichen. Schon manches Mal hatte sie überlegt, einen Wächter einzustellen, doch die Rechnung war einfach: Der Wächter käme sie teurer als das, was die Diebe stahlen.

Später würde Jakob sagen: «Die Zeit mit Magda war die hellste meines Lebens.»

26

Eines Morgens wachte er auf und wusste: Schon mehr als zwei Wochen waren vergangen, seit er Tel Aviv verlassen hatte. Sicher fragten alle, was er berichte. Rivka würde sich zurückhalten und sagen: «Obwohl Jakob ein hervorragender Offizier war, nimmt er es mit der Zeit nicht so genau. Er vergisst sich selbst. Wir werden bestimmt bald von ihm hören.»

«Ich muss zu Hause anrufen», sagte er zu Magda.

«Im Rathaus gibt es ein Telefon.»

In den letzten Tagen waren seine Spaziergänge kürzer geworden. Den überwiegenden Teil des Tages saß er in seinem Zimmer und las. Fünf Bücher hatte er mitgenommen, alle über den Zweiten Weltkrieg. Primo Levis «Ist das ein Mensch?» hatte er schon durch, nun las er Lejb Rochmans Buch «In deinem Blut sollst du leben». Beim Militär, zwischen den Einsätzen und Manövern, hatte er auch gelesen. Mit dem Ende des Militärdienstes war das vorbei gewesen. Jetzt kam er wieder auf den Geschmack.

Nach zwei Stunden Lesen ging er hinaus, drehte eine Runde und meinte, seinen Großvater zu sehen, dessen Namen er trug. Seit Bronka und Laschek das Haus verlassen hatten, hatte Großvater sich in seine Trauer zurückgezogen und blieb von morgens früh bis abends spät im Laden. Die Arbeit verschlang die wachen Stunden seiner Tage. Wenn er von der Arbeit zurückkehrte, schlief er im Sitzen ein.

Gegen Abend ging Jakob ins Wirtshaus. Die Wirtin freute sich, ihn zu sehen. Der Gedanke, dass Jakob, ein Jude, gekommen war, um das Dorf seiner Eltern zu sehen, amüsierte sie. «Hier gibt es doch gar nichts mehr, bloß ein Maisfeld neben dem andern», sagte sie zum wiederholten Mal. «Ist Ihnen hier nicht langweilig?»

«Ich mag die Ruhe.»

«Diese Ruhe, die macht die Leute hier verrückt.»

Endlich, nachdem er es tagelang vor sich hergeschoben hatte, ging er zum Rathaus. Die Bauern, die er unterwegs traf, grüßten ihn und lächelten. Ihr Lächeln war schwer zu ergründen. Hätte er mehr Wörter zur Verfügung gehabt, hätte er danach gefragt.

Ohne Probleme fand er das Rathaus, ein einstöckiges Gebäude auf einem großen Platz, der mit unterschiedlichen Steinen gepflastert war, darunter auch zerbrochene Grabsteine. Hebräische Buchstaben sprangen Jakob aus diesen Trümmern ins Auge. Magda hatte ihm erzählt, dass man gleich nach der Ermordung der Juden von Schidowze auch die Grabsteine auf dem Friedhof zerstört hatte, doch – Jakob wusste nicht, warum – er hatte die entsetzliche Information nicht behalten. Jetzt war er sprachlos. Er ging über das Pflaster und entdeckte eine Inschrift, nichts Prachtvolles, den Grabstein seines Urgroßvaters Itsche-Meir.

Der Ratsvorsitzende empfing ihn sachlich. Man hatte ihm gesagt, um wen es sich handelte. Er war ein junger, energischer Mann, der sofort die richtigen Worte fand und Jakob gleich einen Drink anbot – auf Lokalpolitiker wie ihn traf man in allen Orten der Provinz.

Jakob sagte ihm, dass er auf dem Vorplatz siebzehn Bruchstücke von Grabsteinen gefunden habe, darunter den Grabstein seines Urgroßvaters. «Ich würde die Grabsteine gerne nach Israel bringen lassen. Wie viel würde das kosten?»

«Sie müssen wissen», sagte der Ratsvorsitzende vorsichtig, «die Steine wurden auf Befehl der Deutschen zerbrochen. Die Leute aus dem Dorf hätten keine Gräber geschändet.»

«Ich verstehe», sagte Jakob und nickte.

«Und was die Steine angeht, da muss ich mit den Ratsmitgliedern und mit der Bezirksverwaltung sprechen. In ein paar Tagen kann ich Ihnen Bescheid geben. An was für eine Summe denken Sie denn?»

«Ich muss wissen, ob von Ihrer Seite die Bereitschaft besteht, mir entgegenzukommen.» Jetzt verhandelte Jakob wie ein Geschäftsmann.

«Ich melde mich in drei Tagen.»

Erst als er das Rathaus verlassen hatte und wieder auf dem Vorplatz stand, spürte er, wie sich alles in ihm aufbäumte. Lange verharrte er reglos. Schließlich befahl er sich zu gehen und machte sich auf den Weg. Unterwegs hörte er immer wieder die glatten Worte des Ratsvorsitzenden. Ihm war klar, dass es ein Fehler gewesen war, sofort den Kauf der Grabsteine vorzuschlagen. Jetzt würden sie Unsummen von ihm verlangen. Dieser praktische Gedanke drängte den Aufruhr seiner Gefühle zurück. Er ging ins Wirtshaus und bestellte ein Bier. Die Wirtin freute sich auch diesmal über sein Kommen, wunderte sich aber, dass er seinen Aufenthalt im Dorf verlängerte. Jakob erzählte ihr sofort, dass er den Grabstein seines Urgroßvaters gefunden habe, allein dafür habe es sich gelohnt, von so weit her zu kommen.

«Wo haben Sie ihn gefunden?»

«Auf dem Vorplatz des Rathauses.»

«Interessant», sagte sie, «hat man den Vorplatz mit jüdischen Grabsteinen gepflastert? Das habe ich nicht gewusst.»

Er bestellte ein zweites Bier und kippte es runter. Die Gedanken rasten in seinem Kopf, doch er vermochte sie nicht zu ordnen. Schließlich gelang es ihm, sich zu sagen: Ich werde die siebzehn Steine nach Tel Aviv bringen, zum Zeugnis und zur Erinnerung an die Juden von Schidowze. Einen Moment lang sann er über die Formulierung «zum Zeugnis und zur Erinnerung» nach, die ihm da in den Sinn gekommen war. Er hatte sie noch nie verwendet.

Auf einmal fiel ihm ein, wie vor Jahren bei einem Besuch in der Gedenkstätte Jad Vashem in Jerusalem einer seiner Soldaten durchgedreht war. Er hatte die Waffe entsichert und gedroht, auf die anderen Soldaten zu schießen, weil die ihn provoziert hatten. Seine Kameraden standen wie gelähmt und brachten keinen Ton heraus. Jakob wusste, für ihn war das die Stunde der Bewährung. Er ging zu dem Soldaten, redete ihm gut zu, bat ihn, die entsicherte Waffe abzulegen, denn Jad Vashem sei ein heiliger Ort, den man nicht mit solchen Drohungen entweihen dürfe. Der Soldat ließ die Waffe fallen und begann zu weinen. Die Starre der anderen Soldaten löste sich, und sie umringten ihn, nicht wie einen, der sie eben noch bedroht hatte, sondern als sei er selbst an seinem Lebensnerv verwundet.

27

Magda, ich habe die Grabsteine gesehen», sagte er sofort, als er eintrat.

«Mich schockiert dieser Anblick jedes Mal neu.»

«Und ich habe den Grabstein meines Großvaters Itsche-Meir entdeckt.»

«Von ihm spricht man bis heute. Bis heute sagen die Leute, schade, dass wir keinen eigenen Itsche-Meir haben.»

«Meine Eltern haben nicht viel von ihm gesprochen. Wenn doch, dann habe ich es nicht mitgekriegt. Ich hatte immer das Gefühl, dass die Eltern ihr Leben vor mir verheimlicht haben. Sie schämten sich für das, was ihnen widerfahren war, sie wollten nicht, dass ich davon weiß. Und ich habe sie auch nicht gedrängt, es mir zu erzählen. Aber manchmal habe ich doch einen gewissen Stolz empfunden auf das, was sie waren und was sie erlebt hatten – vielleicht haben sie sich deshalb geweigert, mir davon zu erzählen.»

Magda spürte den verborgenen Schmerz in diesem Geständnis und sagte: «Kinder verstehen die Eltern nicht.»

«Sie sind durch die Hölle gegangen, und ich habe mich ihnen gegenüber benommen, als seien sie normale Leute. Die ganzen Jahre über haben sie ein Höllenfeuer in sich getragen. – Ich habe siebzehn Grabsteintrümmer gefunden, und ich möchte sie mit nach Hause nehmen.»

«Was sagt der Ratsvorsitzende dazu?»

«Ich war dumm. In meiner Aufregung habe ich vorgeschlagen, dass ich die Steine nach Israel bringe.»

«Wie hat er reagiert?»

«Er war zurückhaltend. ‹Ich muss mich mit den Ratsmitgliedern und mit der Verwaltung beraten›, hat er gesagt. Da habe ich gespürt, dass er mir überlegen ist. Ich habe mir meinen Eifer zu sehr anmerken lassen.»

«Er ist ein gewiefter Geschäftsmann.»

«Das habe ich gemerkt. Aber ich hatte mich nicht unter Kontrolle.»

Am Nachmittag wollte Jakob eigentlich noch eine Runde drehen, doch er war müde. Er legte sich hin und schlief ein.

Im Traum war er mit einer Kompanie in Schidowze, um nach Terroristen zu suchen. Er besaß eine Karte, auf der in Rot alle Wege und Häuser verzeichnet waren. Seine Soldaten saßen am Ufer des Schrinez, und er erklärte ihnen den Weg. Dann fügte er hinzu: «Hier ist alles anders.» Die Soldaten staunten über das klare Wasser und die kräftige Strömung mitten im Sommer. Während er redete, begriff er, dass es diesmal nicht seine Aufgabe war, Terroristen abzufangen, sondern Grabsteine herauszubrechen und sie mit einem Lastwagen zum Flughafen zu bringen. Er kam für einen Moment durcheinander, aber die Soldaten schienen zu wissen, was sie erwartete. Sie freuten sich, in diesem grünen Land zu sein, weit weg von den kahlen Bergen und dem grellen Licht zu Hause.

Jakob erzählte ihnen, dass er bereits zwei Wochen hier sei und jeden Winkel dieser Gegend erkundet habe, denn dieses Dorf sei der Geburtsort seiner Eltern und Großeltern, von dem er in seiner Kindheit viel gehört habe. Doch das, was man vom Hörensagen kenne, sei nicht mit dem zu vergleichen, was man mit eigenen Augen sehe. «Hier, müsst ihr wissen», fügte er hinzu, «haben sie die Frauen, die Alten und die Kinder in der Synagoge eingesperrt und viele Stunden ohne Essen und Trinken festgehalten. Zum Schluss haben sie das Gebäude angezündet. Und die Männer haben sie unter strenger Bewachung aus dem Dorf hinausgeführt, Gruben ausheben lassen und sie dann in einer Reihe aufgestellt und erschossen. Das ist die Geschichte der Juden an diesem idyllischen Ort.»

Danach sagte er in anderem Ton: «Bald wird es dunkel. Im Schutz der Dunkelheit beziehen die Einheiten rund um das Rathaus Stellung. Zwei Trupps werden zum Vorplatz kriechen und die Steine herausbrechen, und zwei weitere Trupps werden ihnen dabei Feuerschutz geben. Die Steine sind klein, jeder kann einen tragen. Sollte es zu einem Angriff der Gegenseite oder zu Gegenwehr kommen, werden den Leuten die Hände gefesselt und die Münder mit Pflastern zugeklebt. Es gibt im Dorf vermutlich keine Waffen, sollte aber doch jemand schießen, so erwidern wir eigenständig das Feuer. Alles muss schnell und leise ablaufen. Dies ist eine wichtige, eine heilige Aufgabe.» Wie vor jedem Einsatz war er angespannt und fest entschlossen. Die Vorstellung, dass sie die Grabsteine nach Israel brächten und ganz Tel Aviv stolz auf sie wäre, verscheuchte all seine Ängste.

Einer der Soldaten fragte nach Rückzugsmöglichkeiten, falls sie auf starken Widerstand stießen. Jakob antwortete: «Wir haben keine Wahl, wir müssen diese Grabsteine hier herausholen. Man darf nicht die letzte Erinnerung in der Fremde zurücklassen.» Der Soldat wollte noch eine Frage stellen, doch die anderen Soldaten brachten ihn zum Schweigen.

Wenig später standen sie auf, und Jakob sah, wie viel Ausrüstung sie bei sich trugen. Auf ihren Gesichtern, es waren jugendliche Gesichter, lag ein naives Staunen, und es tat ihm leid, dass er sie einen so weiten Weg von zu Hause in diese feindliche Fremde hatte kommen lassen.

28

Seit er die Grabsteine auf dem Rathausplatz gesehen hatte, war es mit seiner Ruhe vorbei. Hätte er nicht Magda gehabt, die ihm verborgene Dinge über die Familie seiner Eltern erzählte und ihn wieder mit ihnen in Verbindung brachte, wäre seine Anspannung noch größer gewesen. Nachts gehörte sie ganz ihm. Von ihr kamen kein «versprich mir», «vergiss mich nicht» oder andere Phrasen weiblicher Erpressung. Nicht nur ihr Körper war kräftig, ihre Ausdrucksweise war es auch. Sie machte nicht viele Worte, doch was sie sagte, schimmerte von Aufrichtigkeit. Sie beschönigte nichts. Laschek, so erzählte sie, sei sehr verwöhnt gewesen. Vielleicht weil er ein Nachzügler und noch dazu ein besonders hübsches Kind war. Man hätte erwarten können, dass dies zu einer zu starken Bindung an die Eltern führen würde, doch dem war nicht so. Laschek hatte das Haus später überstürzt verlassen und das Familienleben auseinandergerissen.

Über die Familie von Jakobs Mutter, die Sternbergs, wusste sie nicht viel, aber immer noch mehr als er. Die Sternbergs hatten eine Apotheke besessen. Aus allen umliegenden Dörfern waren die Leute gekommen, um bei ihnen Medikamente zu kaufen. Wer nicht bar bezahlen konnte, brachte ein Paket Butter, ein Stück Schafskäse oder einen Eimer voll Gemüse. Die Apotheke war der ruhigste Ort in Schidowze. Man unterhielt sich nur flüsternd, um den Apotheker nicht beim Anrühren der Medizin zu stören. Familie Sternberg wohnte nicht weit von Familie Fein. Auch ihr Haus hatte zwei Flügel, einen zum Wohnen und einen für das Geschäft, doch es war weniger prächtig als das der Feins. Die beiden Familien hingen eng zusammen.

«Magda, du bist meine Familie», sagte Jakob. Er konnte sich nicht zurückhalten.

«Ich bin die Familie und noch etwas anderes», sagte sie, und beide lachten.

Jakob liebte ihr Lachen. Er vergrub jedes Mal seinen Kopf in ihren Hals. Von dort war es nicht weit bis zu ihrem Mund, und ihr Mund glich einer sprudelnden Quelle. Jakob trank und trank und wollte nicht aufhören.

In manchen Nächten schliefen sie nicht, und das Frühstück wurde zur Fortsetzung ihrer nächtlichen Wonnen. Im Haus seiner Eltern hatte man immer in Eile gefrühstückt, und auch beim Militär war man beim Essen immer auf dem Sprung gewesen. In der Zeit vor der Hochzeit hatte er mit Rivka morgens im Café gesessen und über Geschäftliches gesprochen. Zwischen Gewinn-und-Verlust-Rechnungen hatten sie das Frühstück hinuntergeschlungen.

Jetzt war das Frühstück etwas ganz Besonderes. Nur er und Magda, und auf dem Tisch ein dunkler Laib Brot, Gemüse, Omelett, Erdbeeren mit Sahne.

Plötzlich schreckte er hoch und sagte: «Ich muss zum Rathaus und zu Hause anrufen.»

«Geh, mein Lieber. Auch ich habe eine Menge zu tun.»

Es fiel ihm schwer, ohne Magda zu sein. Auch wenn er unterwegs war, war sie bei ihm. So ging er den ganzen Weg bis zum Rathaus, ohne irgendetwas wahrzunehmen. Erst als er auf dem Vorplatz stand, bei den eingepflasterten Grabsteinen, erinnerte er sich, dass er hergekommen war, um zu Hause anzurufen.

Binnen weniger Minuten bekam er eine Verbindung.

«Wo bist du?», hörte er Rivkas Stimme.

«Noch in Schidowze.»

«Und was machst du dort?»

«Ich lerne ein Kapitel jüdischer Geschichte.»

«Es sind schon zweieinhalb Wochen vergangen.»

«Noch ein paar Tage.»

«Warum hast du nicht angerufen?»

«Ich rufe wieder an. Keine Sorge.»

Die nüchternen Worte, die aus dem Geschäft in Tel Aviv zu ihm drangen, berührten ihn nicht. Nichts in Rivkas Stimme deutete darauf hin, dass sie zuhörte oder sich um ihn sorgte, nur eine verborgene Angst schwang mit, er könne ihr entwischen. Jakob spürte diese Angst in ihrer Zurückhaltung.

Er ging hinaus und betrachtete erneut die Trümmer der Grabsteine. Auf einigen waren noch Buchstaben zu erkennen. Unweigerlich musste er daran denken, dass über Jahre hinweg die Bauern auf diesen gefangenen hebräischen Buchstaben herumgetrampelt waren.

Das Gespräch mit Rivka hatte er schnell vergessen. Auch die Mädchen, deren Gesichter er kurz vor Augen sah, auch sie verschwanden. Er ging ganz und gar in der Landschaft auf, dachte nur noch daran, dass er auf dem Weg zu einem Mittagessen mit Magda war.

Unterwegs kam ein alter Bauer auf ihn zu und sagte: «Ich habe gehört, du bist gekommen, um das Dorf deiner Eltern zu sehen. Ich heiße dich willkommen, mein Sohn. Du musst wissen, seit man die Juden hier verbrannt hat, lastet ein Fluch auf dem Dorf. Jedes Jahr passiert ein Mord, oder einer bringt sich um oder stirbt sonst eines sonderbaren Todes. Manchmal habe ich den Eindruck, dass uns das große Unglück erst noch bevorsteht. Wenn es so weit ist, wird es erbarmungslos zuschlagen. Gott duldet keine solchen Verbrechen. Sein Gerichtsbuch liegt offen vor ihm, und er wird sein Urteil fällen. Die Leute irren sich, wenn sie denken, die Endabrechnung finde erst in der kommenden Welt statt. Es gibt Zwischenbilanzen, und die fallen bitter und schlimm aus. Entschuldige, dass ich so offen mit dir rede. Aber ich habe deinen Vater und deinen Großvater gut gekannt. Wir waren jahrelang Nachbarn – und Nachbarn sind wie die eigene Familie. Seit es hier keine Juden mehr gibt, jagt ein Unglück das andere. Gott im Himmel sieht alles und hört alles. Zugegeben, seine Geduld währt lange, doch wenn sein Zorn erwacht, dann wackelt die Erde. Ich bin schon sehr alt und werde dich wohl nicht noch einmal treffen in diesem Leben, aber in der Welt der Wahrheit werden die Einwohner von Schidowze einander erkennen, und du, du gehörst mit zu diesem Ort, auch wenn du nicht hier geboren bist.»

Für einen Augenblick wollte Jakob auf ihn zutreten und ihn fragen: Großvater, darf ich Euch berühren?, doch der Alte ging schnell davon und war binnen Sekunden im nächsten Maisfeld verschwunden. Merkwürdige Dinge passieren mir hier, sagte sich Jakob zerstreut.

Er, der im logischen Denken sehr geübt war und zu Glaubens- und Gefühlsdingen eine sichere Distanz hielt, der ganz in seinem Geschäft aufging und mit Frau und Töchtern rang, begriff zum ersten Mal, dass in ihm noch ein anderes Leben schlummerte, ganz anders als das, was er bisher gekannt hatte.

Magda offenbart mir jeden Tag ein neues Stück, aber der Weg ist noch lang, sagte er sich, so als wisse er, was ihn erwartete.

Magda begrüßte ihn mit leuchtenden Augen. Sie berichtete, dass die erste Gemüseernte dieses Jahr gut ausgefallen sei und sie alles verkauft habe. Nicht jedes Jahr werde sie ihre Ware zu einem guten Preis los. Und in manchen Jahren vergammele das meiste wegen des vielen Regens, oder die Schädlinge vertilgten Gemüse und Obst.

Nachts unterhielten und liebten sie sich. Sie waren sich sehr nah, als Magda plötzlich, ohne irgendwelche beunruhigenden Vorzeichen, in Tränen ausbrach. Das Weinen kam aus der Tiefe und schüttelte ihren ganzen Körper. Es war schwer, ein Wort aus ihr herauszubekommen. «Ich sehe sie vor Augen. Ich sehe sie vor Augen», flüsterte sie, als hielten schreckliche Bilder sie in einem Zangengriff fest.

«Was siehst du, meine Liebe?» Jakob sank vor ihr auf die Knie.

«Ich sehe sie, wie sie aus den Fenstern schreien. Das Feuer frisst ihre Gesichter, und sie schreien.»

Magda war völlig in diesem schwarzen Bild gefangen. Jakob wusste nicht, was er machen sollte, und murmelte: «Das ist vorbei, das ist nicht mehr.» Und als diese Worte nichts halfen, sagte er: «Es ist nicht deine Schuld.» Doch sofort merkte er, wie dumm dieser Trost war. Erst der Morgen, der heiße Kaffee und das Frühstück konnten sie beruhigen.

«Verzeih, mein Lieber», sagte sie, den Blick gesenkt.

«Was denn?»

«Dass ich mich nicht unter Kontrolle hatte.»

29

An diesem Morgen machte Jakob einen langen Spaziergang durchs Dorf. Zweimal kam er am Haus seiner Familie vorbei, umkreiste das Ratsgebäude und gelangte dann zu Nikolais Haus. Hätte Nikolai draußen gesessen, wäre er zu ihm hingegangen, hätte sich erkundigt, wie es ihm gehe, und ihn weiter nach seinen Eltern gefragt. Doch schließlich betrat er den Dorfladen, kaufte einen Korb voll guter Sachen und ging, ohne sich aufzuhalten, zurück zu Magdas Haus.

Sie freute sich, dass er kam, entschuldigte sich noch einmal und meinte, sie sei eben eine Frau und halte ihre Gefühle nicht im Zaum; und im selben Atemzug schimpfte sie mit ihm, dass er so viel Geld für Delikatessen ausgebe. Jakob erzählte ihr von seiner Runde, von den überwältigend schönen Wiesen und vom Schrinez, der ihn dieses Mal tief bewegt habe. Die Leute hätten ihn zwar mit Blicken verfolgt, doch das störe ihn nicht. Manchmal habe er zu jemandem hingehen und ihn nach seinen Eltern fragen wollen, um vielleicht noch ein paar Einzelheiten über seine Familie zu erfahren, doch letztlich habe er es nicht getan.

«Ich habe eine gute Nachricht», sagte Magda.

«Was denn, meine Liebe?»

«Lascheks Sohn wohnt gar nicht weit von hier, nur drei, vier Kilometer entfernt. Das hat mir eine meiner Mägde erzählt.»

«Was weißt du von ihm?»

«Er heißt Gregor Markewitsch, ist verheiratet und hat zwei Söhne, die beide auf seinem Hof arbeiten. Alle wissen, dass er Lascheks Sohn ist. Er ist ein frommer Mann und geht jeden Sonntag in die Kirche. Sein Hof ist nicht groß, aber er ernährt die Familie in Ehren. Seine Frau, die ihm all die Jahre geholfen hat, ist seit drei Jahren krank und geht nicht mehr aufs Feld. Sie kümmert sich um den Haushalt und arbeitet im Kuhstall.»

«Ich werde ihn gleich heute Nachmittag besuchen.»

«Und was willst du ihm sagen?» Magda wollte sichergehen, dass er auf diese Begegnung vorbereitet war.

«Die Wahrheit werde ich ihm sagen.»

«Bauern können ziemlich unberechenbar sein.»

«Wir alle sind unberechenbar», sagte er, und sie lachten.

Sie aßen zu Mittag. Jakob war zerstreut. Er versuchte, sich Gregor wie die Bauern vorzustellen, denen er begegnete, doch als wolle Gregor ihn ärgern, weigerte er sich, deren Gestalt anzunehmen.

«Worüber denkst du nach, mein Lieber?»

«Über Gregor.»

Pass auf dich auf, wollte sie sagen, doch sie schwieg.

Über Laschek hatte man zu Hause kaum gesprochen. Die Leute aus dem Dorf hatten seinen Namen ab und zu erwähnt. Dass er zum Christentum übergetreten war, die Familie verlassen und eine Nichtjüdin geheiratet hatte, hatte nicht nur die Angehörigen, sondern alle Juden des Dorfs erschüttert. Bei anderen Familien gab es Meinungsverschiedenheiten und Auseinandersetzungen über Glaubensfragen, die damit endeten, dass einer verbittert das Haus verließ, doch die Feins waren nicht so streng. Sie glaubten, jedes ihrer Kinder werde seinen Weg im Leben finden, ohne seinen Glauben zu verraten.

Magda kniff die Augen zusammen und sagte: «Laschek war ein hübscher Junge. Wenn er aus dem Haus kam, schauten die Frauen ihm nach. Im Dorf gab es ein jüdisches Mädchen, Regina, nicht weniger hübsch als er, die wie verrückt in ihn verliebt war. Stundenlang hat sie vor seinem Haus gestanden und beobachtet, wie er durch die Zimmer ging. Immer wieder hat sie versucht, mit ihm zu reden, aber Laschek hat sie, ob aus Hochmut oder aus Scheu, nicht beachtet. Sie hat ihm jeden Tag einen langen, verzweifelten Brief geschrieben, doch er antwortete ihr nicht. So ging es ein Jahr, vielleicht auch länger. Zum Schluss hat sie sich ohne jede Vorwarnung mit einem Küchenmesser das Leben genommen.»

«Das höre ich zum ersten Mal.»

«Nachdem Regina sich umgebracht hatte, sah man Laschek nicht mehr auf der Straße. Und die Leute haben nicht weiter nach ihm gefragt, wo er sei und was er mache. Bronka beschäftigte die Familie mehr. Aus welchem Grund auch immer, sie waren davon überzeugt, dass Laschek mit seiner Not schon zurechtkommen und sich weiter auf das Abitur vorbereiten werde.

Und dann kam Bronkas Krankheit, und dein Großvater wurde plötzlich alt und bitter. Nach der Arbeit hat er am Tisch gesessen und kein Wort gesagt.

Reginas Eltern aber gaben keine Ruhe. Sie haben überall herumerzählt, dass Laschek ihre Tochter in den Wahnsinn getrieben und ihre Gefühle missbraucht habe. Sie haben zwar keine Anzeige erstattet, doch ihre Wut war im ganzen Dorf zu spüren. Mehr als einmal hat man Reginas Mutter auf der Schwelle ihres Hauses stehen sehen. Sie schrie: ‹Er wird seine gerechte Strafe noch bekommen. Alle wissen, was er meinem kleinen Mädchen angetan hat, und alle werden vor dem himmlischen Gericht gegen ihn aussagen.›

Dein Großvater hat überlegt, Laschek nach Krakau zu schicken, um ihn vor dieser gewaltigen Wut zu schützen, aber Laschek muss diese Absicht gespürt haben und ist mit Anna verschwunden. Erst später erfuhr man, dass er nach Zamosz geflohen ist. Er hat sich taufen lassen, sie geheiratet und dann in einer Schuhfabrik gearbeitet.»

30

Am helllichten Mittag brach Jakob auf. Jeden Tag vermachte ihm Magda etwas aus dem Laden seiner Eltern und etwas von sich selbst. Was sie erzählte, war ein Teil von ihr, und man spürte, wie gut sie ihre Erinnerungen aufbewahrt hatte. Nun diese erschreckende Geschichte von Regina.

Seine Eltern hatten sich wohl sehr genau überlegt, was sie an ihn weitergaben und was nicht. Ihr Leben war ihm damals wie ein vereister See vorgekommen, in dem sich dunkle Geheimnisse verbargen, und diese Geheimnisse hatten ihn nicht interessiert. Er war überzeugt gewesen, dass auch dort, wo sie herkamen, alles erstarrt und leblos war. Hätte es nicht die Treffen der Leute aus dem Dorf bei ihnen zu Hause gegeben, er hätte noch weniger gewusst.

Dinge, die zu erzählen ihnen die Kraft gefehlt hatte, erfuhr er jetzt durch Magda. Wenn sie von den Eltern und den Großeltern sprach, war ihr Gesicht ganz wach. Sie schob die Gegenwart zur Seite, damit die Bilder der Vergangenheit Platz hatten. Und was auch ihr verborgen war, das offenbarten ihm die Wiesen, die Feldwege, die rauschenden Bäume und vor allem der Schrinez. Sein Wasser änderte jede Stunde das Aussehen. Es schien Dinge heraufzuspülen, die man vor Jakob geheimgehalten hatte oder die er selbst nicht hatte erfahren wollen.

Gregors Haus erreichte er gegen drei Uhr. Ein eher kleines, blau gestrichenes Dorfhaus. Er klopfte an, und ein großer, kräftiger Bauer öffnete ihm die Tür.

«Jakob ist mein Name», stellte er sich vor, «ich würde gerne mit Ihnen reden.»

«Worüber?», fragte der Bauer und wich einen Schritt zurück.

«Mein Vater und Ihr Vater waren Brüder», sagte Jakob geradeheraus und ohne Umschweife.

«Wie das?»

«Mein Vater und Ihr Vater sind in Schidowze geboren, Ihr Vater hat die Familie verlassen und ist nach Zamosz gezogen, hat dort geheiratet, und die Beziehungen zu seiner alten Familie sind abgebrochen.»

Der Mann, der vor ihm stand, hörte mit gesenktem Kopf zu, zeigte aber kein Anzeichen von Verlegenheit. «Ich verstehe Sie nicht», sagte er. Er dachte einen Moment lang nach.

«Ihr Vater und mein Vater waren Brüder. Das ist die ganze Geschichte.»

«Woher haben Sie das?», fragte Gregor und hob den Kopf.

«Ihr Vater hieß Laschek und meiner Henrik. Sie sind beide in Schidowze geboren. Jedermann in Schidowze hat Laschek und Henrik gekannt.»

«Wie heißt Ihr Vater mit Nachnamen?»

«Fein.»

«Aber mein Vater hieß Markewitsch. Das ist doch ein klarer Beweis», sagte der Mann und freute sich, dass er dem Gast einen Irrtum nachweisen konnte.

«Wenn das so ist, dann habe ich mich wohl getäuscht», sagte Jakob, scheinbar zum Rückzug bereit. Er fasste sich jedoch gleich wieder und sagte: «Aber in Schidowze erinnert man sich sehr gut an Ihren und an meinen Vater. Ein ganzes Dorf irrt in der Regel nicht.»

«Jedes Dorf hat seine Irrtümer.»

«Verstehe», sagte Jakob.

«Ich habe es schon erlebt, dass ein ganzes Dorf etwas erfindet und schließlich selbst daran glaubt.»

«Wenn das so ist, dann habe ich mich wohl geirrt.»

«Irren ist menschlich. Woher kommen Sie denn?», fragte der Bauer, nun mit etwas weicherer Stimme.

«Ich lebe in Israel und bin hierhergekommen, um das Dorf meiner Vorfahren zu besuchen.»

«Und wie ist es so, dort in Israel? Hier bei uns spricht man viel darüber.»

«Ach ja? Und was sagt man so?»

«Man sagt, dass ihr eine starke Armee habt, die stärkste der Welt. Vor allem preist man eure Luftwaffe. Es heißt, die kann jeden Ort der Welt erreichen.»

«Die Juden sind zwar einfallsreich, aber man sollte ihre Macht nicht größer reden, als sie ist.» Jakob flocht das erste Mal das Wort «Juden» ein.

«Wenn das die Wahrheit ist, dann muss man sie benennen. Die Wahrheit kommt an erster Stelle, vor allem anderen», sagte der Mann, und man spürte, wie der Bauer in ihm sich aufrichtete.

«Haben Sie schon mal einen Juden getroffen?» Jakob schlug nun einen anderen Weg ein.

«Noch nie. Nein, niemals.»

«Hier steht einer vor Ihnen», sagte Jakob, und beide lachten.

Für einen Augenblick glaubte Jakob, bald sei der Punkt gekommen, an dem Gregor klein beigeben würde, doch der Bauer, der vor ihm stand, war schlauer als er und sagte: «Sie sind nicht anders als wir.»

«Juden haben über tausend Jahre zusammen mit den Polen gelebt, da haben sie bestimmt auch etwas von ihnen übernommen», sagte Jakob, um ihn vom Thema abzubringen.

«Bei uns sagt man, die Juden sind ein halsstarriges Volk, das seine Meinung nicht so leicht ändert.»

«Mag sein. Finden Sie mich ausgesprochen halsstarrig?»

«Eigentlich nicht.»

«Sagen Sie, wie lange leben Sie schon hier?» Jakob wollte das Gespräch in eine andere Richtung lenken.

«Schon lange. Seit meiner Hochzeit.»

«Und Ihr Vater hat Ihnen nie von Schidowze erzählt?»

«Mein Vater starb, als ich zwei Jahre alt war. Er ist jung gestorben.»

«Im Dorf hat man mir erzählt, er sei ins Lager verschleppt worden und dort umgekommen.»

«Das Dorf erfindet immer neue Geschichten. Alles Lügen. Und die verbreitet es so lange, bis es schließlich selbst dran glaubt.»

«Wenn das so ist, dann kann man nichts machen», sagte Jakob und hob die Hände.

«Es hat mich gefreut, Sie kennenzulernen», sagte der Bauer und wollte sich von dem Gast verabschieden, der mitten am Tag bei ihm vorbeigekommen war.

«Ich möchte Ihnen etwas sagen, was Sie vielleicht überraschen wird.» Jakob wollte den Bogen nun noch etwas weiter spannen. «Sie sehen meinem Vater sehr ähnlich. Mein Vater war zwar kleiner, aber sein Gesicht war wie Ihres. Ich erkenne an Ihnen sogar einige seiner Bewegungen wieder. Auch der Einschnitt im Kinn, der ist von uns», sagte Jakob und zeigte auf die Spalte in seinem eigenen Kinn.

«Ich sehe, Sie prüfen auf Herz und Nieren.»

«Gott behüte. Nur äußerliche Dinge.»

«Ich sage Ihnen ganz offen: Wir sind Polen und Kinder von Polen, in unserer Familie finden Sie noch nicht mal einen Ukrainer.»

«Entschuldigen Sie, dass ich Ihnen Ihre Zeit geraubt habe.»

«Es war nett, Sie kennenzulernen, Sie sind ein angenehmer Mensch.» Aus irgendeinem Grunde wollte der andere ihm etwas Freundliches sagen.

«Ich habe Ihnen ein kleines Geschenk mitgebracht», überraschte Jakob ihn noch einmal.

«Bei uns sagt man: Lange lebt, wer keine Geschenke annimmt.» Er hatte ein Sprichwort gesucht, um sich vor der Versuchung zu bewahren.

«Ich war mir sicher gewesen, einen Cousin zu treffen, und habe ihm ein kleines Geschenk mitgebracht», sagte Jakob und reichte ihm den Karton.

«Vielen Dank. Ich nehme nichts an», sagte der Bauer und wich zurück.

«Sie können mal reinschauen, was es ist. Vielleicht gefällt es Ihnen.»

«Danke nein.»

«Ein nicht unangenehmer Irrtum, aber eben doch ein Irrtum», sagte Jakob mit einer gewissen Trauer.

«Danke für Ihre gute Absicht. Heutzutage muss man bereits die gute Absicht eines Menschen schätzen.»

Mittlerweile zweifelte Jakob nicht mehr daran: Gregor war Lascheks Sohn und wusste genau, dass sein Vater Jude gewesen war und man ihn während des Krieges abgeholt und ins Lager gebracht hatte, doch die Angst, eine Jahre alte Angst, hinderte ihn daran, sein Geheimnis einzugestehen. «Machen die Juden einem Angst?» Jakob rutschte diese Frage heraus.

«Mir macht keiner Angst. Ich versuche, die Gebote Gottes zu halten. Allein Gott ist der Richter und der König, und er wird uns alle eines Tages richten. Das menschliche Urteil ist immer befangen. Überall ist Verstellung oder Betrug. Aber Gott hört und sieht alles.»

«Das sagen die Juden auch.»

«Ich weiß nicht, was die Juden sagen. Ich folge dem Weg meiner Vorfahren. Noch nicht einmal die Kommunisten haben es geschafft, mich von diesem Weg abzubringen.»

«Behüte Sie Gott.» Jakob wollte einen ähnlichen Ton anschlagen.

«Sie auch.»

«Ich fahre in ein paar Tagen.»

«Wohin?»

«Nach Hause. Ins Heilige Land.»

«Ach ja, das hatte ich vergessen, Sie wohnen ja im Heiligen Land. Da haben Sie Glück. Nicht jedem ist es vergönnt, in den Vorhöfen des Königs zu wohnen.»

Für einen Augenblick wollte Jakob ihm sagen: Warum versteckst du dich noch vor mir? Wir sind doch Cousins! Dein Gesicht und deine Bewegungen sagen mir, dass du Lascheks Sohn bist. Vor mir brauchst du dich nicht zu fürchten.

Gregor schien zu spüren, was Jakob durch den Kopf ging, und sagte: «Tut mir leid, Sie zu enttäuschen.»

«Ich bin nicht gekommen, um Sie von Ihrem Glauben abzubringen. Meine Angehörigen sind im Krieg umgekommen, und ich suche verzweifelt einen ihrer Nachkommen. Ich habe mich getäuscht, was kann ich machen?»

«Tut mir leid, dass ich Ihnen nicht helfen kann.» Etwas von Jakobs Tonfall schwang nun in Gregors Worten mit. Als Jakob das Gartentor öffnen wollte, rief Gregor, so als sei ihm plötzlich noch etwas eingefallen: «Wer hat Ihnen eigentlich gesagt, dass Sie mich besuchen sollen?»

«Die Bauern haben mich auf Sie aufmerksam gemacht, aber sie haben nicht gesagt, dass ich zu Ihnen gehen soll. Das war meine eigene Entscheidung.»

«Erinnern Sie sich an die Namen der Bauern?»

«Ich habe nicht danach gefragt.»

«Hurensöhne. Abschaum der Menschheit. Diesmal werde ich es ihnen nicht verzeihen. Diesmal werden sie dafür büßen. Denunzianten muss man an den Pranger stellen, damit alle hören und sehen, was sie getan haben. Denunzianten sind schlimmer als Verbrecher. Sie sind wie Schlangen, man muss ihnen die Köpfe abhacken. Gott wird sie eigenhändig in der Hölle verbrennen.»

Noch lange hingen Gregors Flüche in der Luft. Dann war Türenknallen zu hören, und alles wurde wieder still.

Jakob ging langsam zurück. Die Begegnung mit Gregor hatte ihn stumm gemacht. Er fühlte sich, als sei er gestolpert und habe sich beide Knie aufgeschlagen. Er versuchte, das Gespräch zu rekonstruieren, herauszufinden, was er falsch gemacht hatte. Ohne Zweifel: Gregor tat alles, um die Wahrheit zu verbergen. Hätte er nicht am Schluss diesen Ausbruch gehabt, wäre seine Tarnung glaubwürdig gewesen.

Jakob ging ins Wirtshaus, bestellte gleich einen Krug Bier und setzte sich an ein Fenster. Die Wirtin sagte in ironischem Ton: «Sie haben sich wohl in unseren Ort verliebt.»

«Ich habe noch ein paar Erledigungen zu machen.»

«Geschäftliche?»

«Nicht gerade. Ich bin gekommen, um das Land meiner Vorfahren zu sehen und um mir über ein paar wichtige Dinge klarzuwerden. Stört das jemanden?»

«Das klingt wie eine gute Sache.»

«In ein paar Tagen verschwinde ich auch.»

«Von mir aus können Sie bleiben, solange Sie wollen. Sie sind ein netter Mensch. Die Bauern fragen zwar nach, warum Sie schon so lange hier sind. Sie müssen wissen, Fremde machen sie unsicher.»

«Und, haben Sie es ihnen erklärt?»

«Ausführlich.»

«Danke schön.»

Jetzt sah er Gregors Gestalt vor sich. Er war so groß wie Jakob – einen Meter achtzig. Breit und kräftig gebaut. Ein paar Bewegungen, genauer gesagt seine Art, mit der Schulter zu zucken, zeugten von Unruhe. Er hatte sich eine Zigarette nach der anderen angezündet und die Stummel am Zaunpfahl ausgedrückt. Jakob dachte daran, wie er gesagt hatte: «In unserer Familie finden Sie noch nicht mal einen Ukrainer.» Warum hatte er Ukrainer gesagt? Das Auffälligste aber war die Kinnspalte. Die hatte sich vererbt, an Jakob genauso wie an Gregor. Alles kannst du leugnen, aber nicht, dass du diese Spalte hast, sagte er sich und stand auf.

Es war schon spät, und er machte sich eilig auf zu Magdas Haus.

31

W ie war euer Treffen?», fragte Magda vorsichtig.
   «Ganz sonderbar. Er ist mir ausgewichen und hat nicht
das Geringste aus sich herausgelassen. Mein Eindruck ist, dass
er genau weiß, wer sein Vater war. Aber er ist nicht bereit, das
Geheimnis zu lüften.»

«Jude zu sein, oder auch nur Halbjude, war selbst unter den
Kommunisten gefährlich. Diese Leute haben gelernt, das zu verstecken.»

«Ich habe versucht, ihn zu verführen.»

«Womit?»

«Ich wollte ihm einen Fotoapparat schenken, aber er hat ihn
nicht angenommen.»

Jakob setzte sich an den Tisch. Langsam verschwand Gregors
Gesicht vor seinen Augen. Jetzt war er ganz bei Magda. Er genoss
es, dazusitzen und zu beobachten, wie sie den Tisch deckte, die
Teller hinstellte, die leichten Vorspeisen auftrug, diesmal norwe-
gischen Lachs, den Jakob am Tag zuvor aus dem Dorfladen mitgebracht hatte.

Als alles so weit war, nahm Magda neben ihm Platz. Jakob
wollte ihr von geheimen Kindheitserinnerungen erzählen, von
langen Sommerausflügen mit der Jugendbewegung und welche
Wunder sich ihm damals offenbart hatten, doch es fiel ihm
schwer, die kaum greifbaren Feinheiten in Worte zu fassen. Tatsächlich hatte er sich um sein Innenleben nie gekümmert, und
das bisschen, das er besaß, war in den praktischen Dingen des
Alltags untergegangen. Auch in der Jugendbewegung hatte man
sich vor allem mit gesellschaftlichen Fragen beschäftigt, nicht mit

Gefühlen, Gemütszuständen und ähnlichen, kaum zu definierenden Dingen. Seine Eltern waren für ihn damals der Inbegriff von Sachlichkeit und Grauheit gewesen. Erst nach ihrem Tod begriff er, dass ihre Welt letztendlich größer gewesen war als seine. Sie hatten ihre Gedanken heruntergespielt und sich kleingemacht und in ihm eine andere, bessere Fortsetzung ihrer selbst sehen wollen. Doch nun, da er Magdas Erzählungen lauschte, wurde ihm bewusst, dass seine Eltern keineswegs einen beschränkten Horizont gehabt hatten und dass es in ihrem Leben Dinge gab, die an die tiefsten Geheimnisse seiner Seele rührten.

Er erinnerte sich mit ungekannter Klarheit an die Feiertage zu Hause. Das Dorf, aus dem seine Eltern herausgerissen worden waren, kehrte dann zurück und zog in ihre Wohnung in der Melchett-Straße ein. Die Zimmer füllten sich mit Stille und Lauschen. Auch an den Feiertagen sprachen und erzählten die Eltern nicht viel, doch noch ihr Schweigen sagte: Gott sei Dank, dass wir wenigstens das Andenken unserer Liebsten retten konnten. Sie waren ihm damals leblos und passiv vorgekommen, sie hatten eine Art geheimen Gottesdienst abgehalten, dem jede Feierlichkeit fehlte. Weder ihr Leben im Versteck noch später im Wald war ihm als etwas erschienen, worauf man stolz sein konnte. Er hatte sie sich gebückt und auf allen vieren kriechend vorgestellt – und dass sie das Wasser aus den Pfützen leckten.

In einem hellen Moment hatte ihm der Vater erzählt, er habe, als Nikolai ihm wieder einmal mit Drohungen gekommen sei, gesagt: «Glaub nicht, dass es allein Todesangst ist, was uns treibt. Jemand, dessen Eltern bei lebendigem Leib verbrannt wurden, verkauft seine Seele nicht an die Angst. Es gibt etwas Größeres als Angst.» Jakobs Eltern hatten ihm im Laufe der Jahre Bruchstücke einer schmerzhaften Wahrheit offenbart, doch die hatten wie tot in seiner Seele gelegen, ohne Verwendung. Nun hörte er Magda sagen: «Deine Eltern waren feine Leute, sie haben genau hingehört, in jeder freien Stunde haben sie ein Buch gelesen. Auch wenn sie schwiegen, war ihre Gegenwart angenehm.»

Als er jetzt neben Magda saß und ihre bunte Gemüsesuppe aß, meinte er, sie schon seit Jahren zu kennen. Was immer er erfragte, sie erzählte ihm viele neue Einzelheiten. Ihre Erinnerung war übervoll und wild, und die jiddischen Wörter, die sie daraus hervorholte, hatten einen süßen Klang. Stundenlang konnte er dasitzen und ihr zuhören. Beim Erzählen riss sie ihre Augen weit auf, und dann wieder, wenn sie sich genau erinnern wollte, kniff sie sie zusammen. Schade, dass er mit ihr keinen Ausflug in die Berge machen konnte. In der Natur hätte er ihr Herz noch weiter erobert.

«Wie sieht Gregor aus?» Plötzlich erinnerte sich Magda, dass sie das hatte fragen wollen.

«Er hat eindeutig die Züge meines Vaters. Er ist so groß wie ich. Und mir ist aufgefallen, dass seine Lippen leicht zusammengepresst sind und dass er sich alle paar Minuten die Hand auf den Mund legt.»

«Genau das hat Laschek auch immer gemacht. Er hat sich die Hand auf den Mund gelegt. Wir erben anscheinend auch die Bewegungen unserer Eltern.»

«Ich habe von meinen Eltern die Schwierigkeit geerbt, fließend zu sprechen.» Jakob verriet ihr einen alten Schmerz.

«Ja, deine Eltern haben nicht viel gesprochen.»

«Als ich jung war, hat mich das gestört.»

«Ich mag Leute, die wenig reden.»

«Ich eigentlich auch», sagte er, und beide lachten.

In dieser Nacht träumte Jakob, dass er mit Gregor im Zug nach Warschau fuhr. Gregor sprach, wie sich zeigte, Jiddisch. Er hatte es heimlich bei einem jüdischen Freund von Laschek gelernt. Auch Jakob konnte Jiddisch, aber nur gebrochen. Gregor schien glücklich, seinen Hof und seine Sorgen hinter sich zu lassen, die Schulden, die bösen Nachbarn, die Kinder, die ihm nicht gehorchten, und seine kränkliche Frau, die ihn nachts aufweckte und immerzu über Schmerzen klagte.

Nun war er frei und konnte es hinausschreien: «Mein Vater war Jude. Er hieß Laschek Fein. All die Jahre habe ich dieses Geheimnis gut versteckt. Jetzt fahre ich dahin, wo sich die Überlebenden nach dem Krieg versammelt haben.»

Auch Jakob freute sich, dass es ihm gelungen war, seinen verlorenen Cousin da rauszuholen. Natürlich erzählte er Gregor nicht, dass er selbst nach dem jüdischem Religionsgesetz kein Jude war. Tief im Herzen schmerzte ihn der Makel des Cousins, er würde ihm das Leben in Israel erschweren. Doch dieser Schatten konnte Jakobs Freude nicht trüben. Nicht umsonst hatte er seinen Aufenthalt verlängert; die Suche hatte sich gelohnt. Jetzt brachte er einen verlorenen Verwandten mit nach Hause, einen Cousin, der das Merkmal der Familie im Gesicht trug.

Gregor fragte ihn nach dem Leben in Israel, und Jakob erzählte ihm, dass er ein gutgehendes Bekleidungsgeschäft mitten in Tel Aviv besitze und die ganze Zeit von schönen Frauen umgeben sei.

«Ich dachte, im Heiligen Land ist das Leben etwas geistiger.»

«Man muss dem Leben geben, was das Leben verlangt. Auch wir leben, um zu leben», sagte Jakob, um die Stimmung etwas aufzulockern.

Bei dieser Bemerkung huschte der Anflug eines Staunens über Gregors Gesicht, und er sagte: «Ich dachte, im Heiligen Land betet man morgens, mittags und abends.»

«Ich bin nicht religiös.» Jakob verschwieg ihm nichts.

«Du betest nicht?»

«Um die Wahrheit zu sagen – nein.»

«Wie dem auch sei», sagte Gregor und senkte den Kopf.

Gregor trug einen Bart und war älter als Jakob. Die Jahre der

Heimlichtuerei hatten ihm den Ausdruck eines vorsichtigen, lauschenden Mannes verliehen. Sein Kampf hatte bereits im Kindergarten begonnen. Schon dort war er als «Jude» verschrien gewesen. Er hatte sich zur Wehr gesetzt, und wenn ein Kind ihn beschimpfte, hatte er ihm eine geknallt. Seine Mutter, eine mutige Frau, hatte ihn ermuntert, es denen, die ihm nachstellten, kräftig heimzuzahlen.

Plötzlich fragte Gregor: «Was ist eigentlich ein Jude? All die Jahre hatte ich den Eindruck, ich wüsste es, doch jetzt hat mich dieses Wissen verlassen.»

«Das sind wir, ich und du», antwortete Jakob ohne Zögern.

«Worin unterscheiden wir uns von den anderen?»

«Wir haben ein kleines Geheimnis.»

«Kannst du mir verraten, welches?»

«In dieses Geheimnis kann man nicht eindringen; man kann es nicht erforschen.»

«Früher schien es mir, als besäße ich etwas, was mich von den anderen unterscheidet, aber jetzt empfinde ich gar nichts Besonderes.»

«Schon bald wirst du es spüren», sagte Jakob und umarmte ihn.

32

Mitten in der Nacht türmten sich auf einmal Regenwolken am Himmel, dann goss und hagelte es und hörte nicht mehr auf.

«Wir haben hier manchmal starke Sommerregen, aber solche Wolkenbrüche sind selten. Soll Gott machen, was er will. Jetzt bin ich frei vom Joch meiner Arbeit, und du gehörst ganz mir», sagte Magda mit einem hellen Lachen. Jakob mochte ihre Stimme; in deren Klang steckte die Anmut ihres Wesens.

Magda hatte kein leichtes Leben gehabt, doch die Frau in ihr war nicht verloschen. Sie liebte, wie nur sie lieben konnte, ohne sich zu verstellen und ohne zu übertreiben. Das richtige Maß hatte sie wohl von der Natur gelernt oder Gott weiß, von wem. In ihrer Direktheit lag eine große Kraft. Jakob saß gerne bei ihr, war gerne mit ihr im breiten Bett, sprach gerne mit ihr über die Tücken des Lebens oder über Dinge, die das Herz erfreuen, und er schwieg auch gerne mit ihr, wenn es um das Schicksal ging, das man ohnehin nicht ändern kann.

Zu schmerzvollen Dingen und Zukunftsängsten befragte sie ihn nicht. Sie fragte nur dort nach, wo sie hilfreich sein, wo sie ihm eine Freude machen konnte. Wenn etwas unklar war, hielt sie sich mit ihrer Meinung zurück.

«Gott hat dich zu mir geschickt», sagte Magda offenherzig.

«Wie kommst du darauf?»

«Das Taxi, mit dem du nach Schidowze gekommen bist, hat dich vor meinem Haus abgesetzt und nirgendwo sonst.»

Magda war Bäuerin. Wenn sie einen Arbeitskittel oder ein Kleid aus grobem Leinen trug, sah sie aus wie die Bäuerinnen, die er hier auf seinen Spaziergängen traf, doch hatten die nicht Magdas herzliches Lächeln.

Obwohl sie ihr ganzes Leben in Schidowze verbracht hatte, hatte sie dank ihrer Zeit im Haus seiner Großeltern auch einen anderen Lebenswandel und einen anderen Glauben kennengelernt.

«Nicht alle Juden im Dorf waren so nett wie die Feins und die Sternbergs, aber auch Doktor Laufer, der Landarzt, und seine Frau, die Schwester Fanny, waren vornehme Leute. Ich habe manchmal mit ihrer Tochter Sabina gespielt. Sie war ein, zwei Jahre jünger als ich und sehr klug. Schon mit sechs Jahren konnte sie das kleine Einmaleins, schrieb fehlerfrei und las viel. Aber weil ich älter war, sollte ich ab und zu auf sie aufpassen, sie gaben mir ein bisschen Geld dafür und legten noch eine Tafel Schokolade drauf. Auch die Laufers hat man direkt von der Arbeit abgeholt und in die Synagoge getrieben; sie hatten noch ihre Kittel an.»

«Warte. Sabina war doch mit meinen Eltern im Versteck und in den Wäldern.»

«Das stimmt.»

«Als ich klein war, hat meine Mutter mir viel von ihr erzählt. Sie ist kurz vor Ende des Krieges gestorben. Meine Eltern haben all die Jahre um sie getrauert. Wie von einer Tochter haben sie von ihr gesprochen.»

«Sabina war in der Tat ein Engel. Ich verstehe Gott nicht. Die Guten und Treuen holt er auf sonderbare Art und Weise zu sich. Wir sagen, er ist ein barmherziger Gott, der denen, die ihm anhängen, seine Treue erweist. Aber wo ist sein Erbarmen? Wo ist seine Treue?»

Hier bei Magda erschien ihm sein Leben in Tel Aviv seltsam und unverständlich, so als sei sein wahres, wirkliches Leben immer das zusammen mit ihr gewesen. Alles, was sie sagte, die Art, wie sie die Dinge und Menschen wahrnahm, kam ihm vertraut vor. Es war, als hätten sie schon früher miteinander gesprochen und gelacht oder als hätten sie, auf einer Wiese liegend, gemeinsam geschwiegen.

«Ich freue mich, dass es regnet.»

«Ist das gut für den Gemüsegarten und für die Bäume?»

«Nein.»

«Warum freust du dich dann?»

«Weil du bei mir bist.»

Der Regen wurde von Stunde zu Stunde stärker und hüllte den Hof völlig ein. Am Morgen zog sie sich einen Umhang über und ging hinaus, um die Kühe zu füttern und zu melken. Wenn sie nicht bei ihm war, kam in Jakob Unruhe auf. Würde er mitarbeiten, würde ihm das sicher Freude machen, doch sie hatte gesagt, sie arbeite lieber allein. Allein schaffe sie mehr.

Als sie zurückkehrte, glitzerten Regentropfen auf ihrem Gesicht und ihrem Haar. Sie war jung und voller Leben. Binnen weniger Minuten hatte sie sich gewaschen, umgezogen, und dann saßen sie beide beim Frühstück.

«Ich habe diese Nacht herrlich geschlafen», sagte Magda.

«Ich auch, so als würde ich auf ruhigem Wasser treiben.»

Später fragte er sie: «Ist mein Polnisch schon besser geworden?»

«Kaum wiederzuerkennen! Du sprichst immer mehr wie die Juden, die hier gelebt haben. Ihr Polnisch hatte einen eigenen Akzent. Manchmal klang es wie eine andere Sprache, aber ihre eigene Sprache war weicher.»

«Es kommt mir vor, als ob sich hier alle an die Juden erinnern.»

«Das stimmt. Die Alten erinnern sich auf ihre Weise, und die, die während des Krieges Kinder waren, wieder anders, und wer noch nie im Leben Juden gesehen hat, der stellt sie sich eben vor. Es gibt Bauern, die sich bis heute vor ihnen fürchten. Sie malen sich die zurückkehrenden Juden als einen Schwarm Heuschrecken oder als Geister aus und sind davon überzeugt, dass sie ihnen ihren geraubten Besitz wegnehmen und Rache üben werden. Eine Bäuerin, ganz in der Nähe, schreit manchmal: ‹Die Juden kommen, passt auf, die Juden kommen!› Das macht sie meistens nach Mitternacht und weckt alle Nachbarn. Die kennen ihre Spinnerei und versuchen, sie zu beruhigen, aber sie hört nicht auf: ‹Gebt acht, die Juden kommen!›

Und es gibt Judenhasser, die ihren Hass an die nächste Generation weitergeben, und in jeder Generation sieht er ein bisschen anders aus. Sie glauben felsenfest, dass alles Böse auf der Welt von den Juden kommt. Ohne die Juden wäre die Welt sauberer und ehrlicher. Ihr Hass ist wie jeder Hass, bitter und fanatisch. Meistens kommt er im Suff hoch. Ich kenne die Judenhasser gut, mein früherer Mann war so einer. Als er jung war, war auch sein Hass jung. Er hat immer gesagt, ihre Schläue wird sie nicht retten können, im Gegenteil, die bringt sie noch zu Fall. Er machte sich über ihren eiligen Gang lustig und über ihre Sinnsprüche wie ‹Ein Irrtum kehrt immer wieder›; solche Sätze amüsierten ihn. Doch je älter er wurde, umso plumper wurde sein Hass. An allem, was ihm nicht passte, waren die Juden schuld. ‹Es gibt doch gar keine Juden mehr›, habe ich manchmal gesagt, aber er hat genauso weitergemacht: ‹Sie sind überall. Umbringen muss man sie.› – ‹Aber man hat sie doch schon umgebracht.› – ‹Da irrst du dich. Sie leben weiter und werden immer mehr, und bald werden sie auch wieder zu uns kommen.›

Sogar ein paar Tage vor seinem Tod hat er noch auf die Juden geschimpft. Er hat im Hof gestanden und eine Rede geschwungen: ‹Sie sind nicht tot, sie leben und vermehren sich. Solange es sie gibt, ist unser Leben kein Leben.› Und mit diesem Mann habe ich zusammengelebt.»

«Gott sei Dank hast du dich daraus befreit.»

«Es tut bis heute weh.»

Als der Tag sich neigte und der Regen schwächer wurde, war es Jakob, als erscheine aus den Rauchschwaden der Synagoge Doktor Laufer in seinem weißen Kittel. Er sagte: «Ja, es gibt ein Leben nach dem Tod. All die Jahre habe ich gedacht, unser Leben sei vergänglich. Aber ich habe mich geirrt.»

«Ich bin Jakob Fein, der Enkel von Jakob Fein», stellte Jakob sich vor.

«Deinen Großvater habe ich gut gekannt. Ich mochte sein angenehmes Wesen. Er hat in seinem Leben viel gelitten, und auch sein Tod war entsetzlich. Ich habe noch versucht, ihm zu helfen, aber in der brennenden Synagoge ging uns die Luft aus.»

«Ich danke Ihnen. Meine Mutter hat mir viel von Ihnen und Ihrer Tochter Sabina erzählt.»

«Ich weiß», sagte Dr. Laufer, «jetzt sind wir alle, alle Juden aus Schidowze, zusammen an einem Ort. Ich bin gekommen, um dir das zu sagen, damit du nicht etwa denkst, unser Leben sei verloren. Wir leben jetzt unter viel besseren Bedingungen.» Mit diesem Satz, mit diesem so jüdischen Ton schloss er und verschwand.

33

Schließlich klarte der Himmel auf, und Jakob ging zum Rathaus. Durch den Regen, der beinahe zwei Tage ununterbrochen angedauert hatte, waren auf den Feldwegen Pfützen entstanden, und die Gräben am Wegesrand hatten sich mit Wasser gefüllt. Der Regen hier war anders als zu Hause, feiner. Langsam drang er in die schwarze Erde.

Unterwegs traf Jakob auf Bauern. Er grüßte sie, doch sie erwiderten seinen Gruß nur zurückhaltend. Er wäre gerne zu ihnen hingegangen und hätte gesagt: Es gehört sich nicht, einem Gast mit Misstrauen zu begegnen. Meine Vorfahren haben über viele Generationen hier gelebt. Ich will gar nichts von euch, aber ich darf doch wohl herkommen und mir den Ort anschauen, wo sie gelebt und gebetet haben, wo sie fröhlich und traurig gewesen sind und wo sie so hätten sterben sollen, wie Menschen eben irgendwann einmal sterben. Ich bin nicht gekommen, um anzuklagen oder Geplündertes zurückzufordern. Die letzte Rechnung, die macht Gott. Ich möchte einfach die Bäume und den Fluss riechen und mich einige Tage inmitten des wenigen aufhalten, das von ihnen noch da ist.

Die Bauern musterten ihn. Vielleicht ahnten sie etwas von seinen Gedanken, doch sie blieben ungerührt, kehrten an ihre Arbeit zurück und beachteten ihn nicht weiter. Diese Nichtbeachtung hieß jedoch: Allmählich gehen Sie zu weit.

Sowenig sich die Bauern über ihn freuten, der Schrinez, der anschwoll und lebhaft weiterfloss, der war ihm gut gesinnt. Über weite Strecken glänzte er in der Sonne, und Jakob stand lange da und betrachtete seinen Lauf.

Seit er hier war, drängte ihn die Zeit nicht mehr. Einen großen Teil des Tages verbrachte er mit Magda, und die Stunden ohne sie vergingen wie im Flug.

Manchmal erschien es ihm, als sei sein Verweilen hier wie Graben in hartem Boden – man kam nur langsam voran –, und er war sich nicht sicher, ob er hier überhaupt ein Schützenloch und einen Kampfstand würde ausheben können. Dazu trat wie immer die Sorge, dass ihn feindliches Granatfeuer ungeschützt erwischte. Zwar drängte er seine Soldaten, schneller zu arbeiten, und ging selbst mit gutem Vorbild voran, doch die Mühen halfen nichts: Hier ließ sich einfach keine Stellung bauen.

In der Nacht zuvor hatte er geträumt, die Ratsbeamten brächten ihm einen Ausweisungsbescheid des Vorsitzenden. Jakob bat um Aufschub, doch sie sagten, sein Aufenthalt im Dorf daure bereits länger als die Zeit, die man ihm zugemessen habe. Er habe eine halbe Stunde, um seine Sachen zu packen, und müsse dann mitkommen. Jakob führte viele Gegenargumente an, doch die Beamten meinten, seine Einwände könne er beim Gericht in Krakau vorbringen, nicht hier. Magda war mutiger. Sie erklärte, der Gast stehe unter ihrem Schutz, und solange das so sei, dürften sie noch nicht einmal ihr Haus betreten. Die Beamten waren von dieser Begründung überrascht, erwiderten aber, sie seien an ihre Anweisungen gebunden und führten hier bloß Befehle aus. Mitten in der Diskussion wachte Jakob auf und war erleichtert, dass ihn das Tageslicht aus dieser Verstrickung befreite.

Er erreichte den Vorplatz des Rathauses. Die zwischen anderen Steinen eingelassenen Grabplatten fielen ihm sofort wieder ins Auge. Er hielt sich nicht auf, betrat das Rathaus und ging zum Büro des Ratsvorsitzenden.

Der empfing ihn betont freundlich und nannte ihn einen «Ehrenbürger unseres Dorfes». Er erwähnte Jakobs Urgroßvater

Itsche-Meir, der nicht nur als weiser Mann bekannt gewesen sei, sondern auch über außergewöhnliche geistige Kräfte verfügt habe; deshalb hätten Juden wie Nichtjuden ihn aufgesucht.

«Ich habe über Ihr Anliegen nachgedacht», setzte der Ratsvorsitzende dann an und verbesserte sich sogleich, «über Ihr Anliegen, das selbstverständlich auch unser Anliegen ist. Ich habe Ihren Vorschlag dem Rat unterbreitet, dessen Meinungen angehört und mich dann selbstverständlich an die Regionalverwaltung gewandt. Alle sind sich einig, dass die Grabsteine zum historischen Kulturbesitz dieses Ortes zählen, den man bewahren muss.»

«Ich kann sie also nicht bekommen?»

«Es gibt da ein Problem.»

«Und zwar?»

«Wir versuchen, die historischen Zeugnisse in den kleinen Städten und Dörfern zu bewahren. Die Juden sind ein Teil der Geschichte dieses Landes. Sie haben viele Jahre mit uns zusammengelebt. Das ist ein wichtiges, ja unauslöschliches Kapitel unserer Geschichte, und diese Steine sind seine lebendigen Zeugnisse.»

«Ich verstehe», sagte Jakob, der zu begreifen versuchte.

«Die meisten Ratsmitglieder waren der Meinung, dass man historische Kulturgüter nicht an einen anderen Ort verbringen darf.»

«Und wie stehen Sie selbst dazu?»

«Ich sehe das etwas anders, aber ich muss die Meinung der Ratsmitglieder berücksichtigen.»

«Worin unterscheidet die sich von Ihrer, wenn ich fragen darf?»

«Grundsätzlich stimme ich mit ihnen überein, doch verstehe ich auch, dass Sie die Grabsteine in Ihrer Nähe haben wollen. Ich denke, man muss auch Ihren Wunsch anerkennen.»

«Was schlagen Sie vor?»

«Ich bin mir noch nicht sicher. Was meinen Sie denn?»

«Ich selbst sehe die Grabsteine – es handelt sich ja um Bruchstücke, um halbe oder viertel Grabsteine, die in das Pflaster des Vorplatzes eingelassen sind – nicht als historisches Gut.»

«Da bin ich aber erstaunt.»

«In historischer Hinsicht sind sie absolut bedeutungslos. Für einige Menschen, zu denen auch ich gehöre, haben sie jedoch eine emotionale Bedeutung.»

«Ich staune wirklich über Sie. Vor dem Krieg gab es in Polen etwa drei Millionen Juden. Über deren Schicksal wollen wir jetzt nicht reden. Wir möchten ihr Andenken unter uns bewahren. Noch unsere Kinder sollen wissen, dass dieses alte Volk, dieses außergewöhnliche Volk, einmal unter uns gelebt hat.»

«Was muss ich tun?», unterbrach ihn Jakob, der hinter diesen schönen Worten eine andere Absicht vermutete.

«Ich weiß nicht, was ich Ihnen sagen soll. Der Rat wird einer Freilegung der Grabsteine nicht einfach zustimmen. Man müsste ihm ein Angebot zur Entschädigung machen.»

«Wie sähe so ein Angebot Ihrer Meinung nach aus?», fragte Jakob, als verhandelten jetzt zwei Geschäftsleute.

«Ich habe keine Ahnung, aber wenn Sie mir eines unterbreiten wollen – gerne. Ich würde es dem Rat dann in der nächsten Sitzung vorlegen.»

«Ich bin bereit, Ihrem Dorf tausend Dollar zu spenden.» Jakob legte seine Karten offen.

«Ein solches Angebot kann ich dem Rat nicht unterbreiten. Es würde nur die Gegner stärken und eine eindeutige Absage provozieren.»

«Warum?»

«Weil das kein Entschädigungsangebot ist. Das sind Almosen.»

«Entschuldigen Sie, Herr Ratsvorsitzender, worüber reden wir hier eigentlich? Wir sollten nicht vergessen, dass es um Steine geht, die Löcher im Pflaster Ihres Vorplatzes ausfüllen.»

«Unterschätzen Sie nicht die Gefühle unserer Dorfbewohner. Hier gedenkt man mit Sehnsucht der Juden, die einst unter uns wohnten. Sie waren ein Teil von uns. Das wenige, das uns von ihnen geblieben ist, wollen wir bewahren.»

«Ich verstehe», sagte Jakob, ohne dem Ratsvorsitzenden in die Augen zu schauen. Ihm gingen viele Wörter durch den Kopf, die er dem anderen gerne entgegengeschmettert hätte, doch aus irgendeinem Grund kamen sie ihm nicht über die Lippen. Der Ratsvorsitzende schien die unterdrückte Wut zu spüren und lenkte ab: «Wie gefällt Ihnen das Dorf Ihrer Vorfahren?»

«Still ist es hier», sagte Jakob.

«Bei Ihnen in Israel gibt es keine solchen Orte, nicht wahr?»

«Gibt es schon, aber die Ruhe dort ist eine andere.»

«Natürlich», beeilte sich der Ratsvorsitzende, ihm zuzustimmen, «Israel ist ein moderner Industriestaat. Wir hören ja viel von Ihrem Land. Die Juden haben immer Erfolg.»

«Haben immer Erfolg?»

«Das wird Ihnen jeder sagen.»

«Auch unter den Juden gibt es Arme und Reiche, Kluge und Dumme, Großzügige und Geizhälse.»

«Wie bei uns.» Der Ratsvorsitzende lachte laut.

Jakob begnügte sich nicht mit dem, was er gesagt hatte: «Es ist an der Zeit, die Juden als Menschen zu sehen, nicht als Engel und auch nicht als Teufel.»

«Gewiss, gewiss», pflichtete der Ratsvorsitzende ihm bei.

Jakob stand auf: «Ich gehe. Vielen Dank für Ihre Gastfreundschaft.»

«Es hat mich gefreut, Sie kennenzulernen. Keine Sorge, wir werden auf die Grabsteine gut aufpassen.»

«Sie sind nicht da, wo sie hingehören. Das müssen Sie zugeben.»

«Darüber kann man reden, aber ich sage Ihnen noch einmal: Das Dorf wird nicht so leicht auf seine historischen Kulturgüter verzichten.»

«Ich verstehe», sagte Jakob abermals und wandte sich zur Tür.

«Wenn Sie einen anderen Vorschlag haben, höre ich ihn mit Freude.»

«Ich werde darüber nachdenken.»

«Sie sind in meinem Büro immer gern gesehen.»

Erst draußen spürte Jakob, welch großer Druck auf ihm lastete. Doch er hatte gekämpft und war da irgendwie herausgekommen. Wie beim Militär, nach einem langen, anstrengenden Marsch, spürte er die Erleichterung. Eine energische Stimme, ähnlich dem Schrei, den Soldaten ausstießen, wenn sie nach einem harten Einsatz an ihrem Stützpunkt eintrafen, platzte aus seinem Mund und schrie: «Nein, nein!» Und je länger er ging, umso gewaltiger wurde dieses «Nein!». Er freute sich, dass er sich mit diesem aalglatten Erpresser auf keine Verhandlungen eingelassen hatte.

Als er den Schrinez erreichte, war er sich vollkommen sicher, dass man mit solchen Leuten nicht ins Geschäft kommen durfte. Man sollte tatsächlich ein Spezialkommando von Soldaten einfliegen, damit sie die Grabsteine herausbrachen, auf Hubschrauber verluden und nach Israel brachten.

34

Wieder begannen die Regenfälle, diesmal noch gewaltiger. Die Mägde kamen nicht zur Arbeit; Magda musste früh raus und in den Stall. Jakob machte sich ein Frühstück und blieb lange am Tisch sitzen. Er las das Buch von Schwarz-Bart, «Der letzte der Gerechten».

Nach einer Weile erschienen vor seinen Augen wie zufällig Bilder aus Tel Aviv, vom Geschäft und den Kundinnen. Als seine erste Tochter, Anat, zur Welt gekommen war, war er ganz außer sich gewesen und hatte einen riesigen Blumenstrauß ins Krankenhaus gebracht. Solange Rivka im Krankenhaus lag, ließ er sie keine Minute allein. In dieser Zeit glaubte er fest, dass sich von nun an alles ändern und er in bisher ungekanntem Glück leben werde. Als eineinhalb Jahre später seine zweite Tochter, Tamar, geboren wurde, kehrte diese Freude noch einmal zurück. Er wusch die Kleinen oft, wickelte sie und plapperte mit ihnen in Babysprache. Schon damals hatte er gemerkt, dass Rivka sich mit den Kindern kaum Mühe gab. Anat hatte sie einen Monat lang gestillt, Tamar noch kürzer. Wäre Nechama nicht gewesen, eine große, breitschultrige Frau, die sich von morgens bis abends hingebungsvoll um die Babys kümmerte, hätten sie vielleicht niemals Mutterliebe erfahren. Schon damals beobachtete er an Rivka Selbstliebe und eine übertriebene Empfindlichkeit in ästhetischen Dingen. Was sie gab, war genau berechnet, Spontaneität kam nicht vor. Das Kaufmännische in ihr kannte keine Großzügigkeit und setzte sich immer mehr durch.

Wie herb war die Enttäuschung, als er einige Jahre später merkte, dass die Mädchen ganz und gar nach ihrer Mutter schlugen. Auch sie waren hager, kalt und erschreckend sachlich. Immer wieder bemühte er sich, mit ihnen ins Gespräch zu kommen, doch diese Versuche brachten sie einander nicht näher, im Gegenteil. Mehr als einmal fragte er sich: Was habe ich mit ihnen gemein? Warum ist es mein Los, mit ihnen zu leben?

Diese Bilder zogen nun eines nach dem andern vor seinen Augen vorbei. Der Ehrlichkeit halber musste er zugeben, dass sein bisheriges Leben nicht nur aus Ärger und Ödnis bestanden hatte. Der tägliche Umgang mit den Frauen im Geschäft hatte ihm gutgetan, und mehr noch die Stunden mit sich selbst und der alljährliche Reservedienst, der ihm den Appetit auf einfaches Essen und ein Gefühl von Weite zurückbrachte. Es stimmte schon, auch seine zufälligen Damenbekanntschaften hatten ihm nicht die erhoffte Liebe geschenkt. In seinem Kopf tummelten sich Phantasien von vorbehaltloser Liebe, von Begehren und jugendlicher Kraft, doch die Frauen, die er getroffen hatte, waren zwar gepflegt gewesen, doch innerlich verwelkt.

Indessen war Magda zurückgekehrt, hatte sich gewaschen und etwas Hübsches angezogen. Für einen Augenblick wurde er traurig, dass er die schlichte Schönheit des blühenden Dorfes, die er hier so unerwartet gefunden hatte, verlieren und leer und bar jeder Hoffnung weiterleben würde.

«Worüber denkst du nach, mein Lieber?»

«Über mein Leben», sagte er. Er verbarg vor ihr nichts.

«Es ist nicht gut, zu viel zu grübeln.»

«Und du, denkst du nicht auch manchmal über dein Leben nach?»

«Wenn ich über mein Leben nachdenken würde, müsste ich von morgens bis abends nur noch weinen. Ich habe gelernt, den Augenblick zu ehren. Das ist es, was uns rettet. Komm, lass uns den Augenblick ehren», sagte sie, und beide lachten.

Magda kam nie mit leeren Händen von draußen: Hier waren

zwei reif gewordene Tomaten, da ein Bund Radieschen und ein paar grüne Zwiebeln. Und sie trug nicht nur die Früchte des Feldes herein, sie brachte ihm auch Beobachtungen mit: Der Kater war alt geworden und nicht mehr so flink wie früher; er wirkte ganz in sich versunken. Katzen, das hatte sie schon beobachtet, machten um sich selbst nicht viel Aufhebens. Wenn ihre Stunde schlug, zogen sie sich zurück und verschwanden. Ihr Leben und auch ihr Sterben hatte etwas Adliges, ohne Anbiederung und Heuchelei.

«Und Hunde?»

«Hunde sind ganz anders. Sie unterwerfen sich dem Menschen und geben ihre Freiheit schnell auf. Hunde sind uns ähnlicher. Mir tun sie leid; ihre Unterwürfigkeit grenzt manchmal an Selbstaufgabe.» Was Magda beschrieb, stützte sich immer auf ihre Beobachtungen. «Ich habe dich lange allein gelassen», sagte sie, als sie sich zum Essen setzte.

«Ich habe gelesen.»

«Bei Familie Fein hat man immer gelesen.»

«Mein ganzes Leben als Erwachsener bin ich mit allen möglichen Dingen beschäftigt, vor allem mit unwichtigen.»

«Wie wir alle.»

«Darüber ist mir die Lust am Lesen vergangen.»

Nachmittags hörte es auf zu regnen. Magda ging an ihre Arbeit, und Jakob machte sich auf ins Wirtshaus. Er setzte sich ans Fenster und beobachtete die Eintretenden. Langsam füllte sich der Raum. Einige Bauern erkannte er schon. Sie standen unruhig am Tresen, man sah ihnen den Durst an. Die Wirtin bemühte sich, sie schnell zu bedienen, doch es gelang ihr nicht, die dauernden Komplimente der alten Bauern zu überhören, und als Antwort machte sie ihnen schöne Augen. Ihr Flirten verärgerte die Wartenden. Einer hielt sich nicht zurück und beschimpfte sie.

Nachdem der Tumult sich gelegt hatte, brachte sie Jakob ein Bier und sagte: «Wir haben gehört, dass Sie die Grabsteine auf dem Rathausvorplatz kaufen wollen.»

«Kaufen?»

«Wie viel will der Ratsvorsitzende von Ihnen?»

«Über einen Preis haben wir nicht gesprochen. Er sagt, die Steine seien historisches Kulturgut und deshalb von unschätzbarem Wert.»

«Ich verstehe», sagte sie und lachte.

«Warum lachen Sie?»

«Ich weiß nicht.»

Das Gerücht, dass er die Grabsteine nach Israel bringen wollte, hatte anscheinend die Runde gemacht. Alle redeten darüber und natürlich über den hohen Preis, den er dafür zahlen sollte. Sein Vater hatte manchmal gesagt: «Wenn die Bauern einen Juden sehen, können sie sich nur schwer beherrschen; sie belächeln ihn, pöbeln ihn an, werden wütend oder beleidigen ihn. Beim Anblick eines Juden können sie einfach nicht gleichgültig bleiben.» In seltenen Momenten hatte er die Bauern beschrieben, ihre Gesten und ihre Art zu reden nachgeahmt. Sie seien durchaus schlau, aber diese Schläue sei simpel; man könne sie leicht durchschauen. Wäre da nicht ihre Trunkenheit und ihr Zorn, könnte man diese Bauern sogar gern haben. Jakob sah seinen Vater jetzt sehr klar, so als stehe er neben ihm und erkläre ihm jede ihrer Bewegungen: Wir haben Hunderte von Jahren mit ihnen gelebt; wir kennen ihre offenkundigen und ihre geheimen Gedanken. Und für einen Augenblick freute sich der Vater, seinem Sohn Dinge sagen zu können, die er ihm noch nie gesagt hatte.

Plötzlich trat einer der alten Bauern zu Jakob und sprach ihn an: «Ihren verstorbenen Vater, den Henrik, den habe ich gekannt. Er ging in meine Klasse. Er war ein hervorragender Schüler. Kein Wunder, alle Juden waren gut in der Schule, aber er war noch besser als seine jüdischen Klassenkameraden. Er wusste auf alle Fragen des Lehrers die Antwort. Und er konnte erklären wie ein Erwachsener. Neben ihm wirkten wir alle beschränkt, wussten einfach gar nichts. Der Henrik hat sich immer gemeldet. Wir haben ihn beneidet, und nach der Schule, auf dem Heimweg, sind wir über ihn hergefallen. Der Arme stand so hilflos da, und wir haben nicht eher von ihm abgelassen, bis er geblutet hat. Wenn er einmal auf dem Boden lag, haben wir ihn meistens liegenlassen. Merkwürdigerweise hat er nicht geflucht. Jeder von uns hätte laut geflucht. Wir mochten ihn. Man musste ihn einfach mögen, aber gleichzeitig haben wir ihn gehasst. Musterschüler sind einfach unausstehlich. Sie haben irgendwie einen Makel an sich. Ihr Wunsch aufzufallen macht dich wahnsinnig. Wir haben uns abgerackert, um am Jahresende gerade noch so mit einem ‹Ausreichend› durchzukommen, und das ist uns nicht immer gelungen. Und für ihn war es ein Leichtes, immer ein ‹Ausgezeichnet› zu kriegen. Mit links hat er das gemacht, verstehen Sie?»

«Ich gebe mir Mühe.»

«Die Juden haben uns wie eine Gräte im Hals gehangen. Sie waren wie wir, sogar ganz und gar wie wir, zugleich waren sie aber auch fremd, und sie haben uns die ganze Zeit gereizt. Vielleicht nicht mit Absicht. Du zerbrichst dir den Kopf und versuchst, es richtig zu machen, aber sie sind einfach schneller als du, flinker als du. Sie sind immer vor dir am Ziel. Ihre Schnelligkeit hat uns um den Verstand gebracht.»

«Ihr Ende war hart.»

«Aber das war nicht unsre Schuld. Glauben Sie mir, das war ihr Schicksal. Das Schicksal hatte es so entschieden. Wenn es dich fürs Leben bestimmt, wirst du leben, aber wenn es dich für den Tod ausgewählt hat, dann stirbst du. Das ist seine Natur. Das Schicksal der Juden steckte schon in ihnen. Jeder Mensch hat seine Bestimmung, und jedes Volk auch.»

«Und daran kann man nichts ändern?»

«Offenbar nicht.»

«Die Bestimmung der Juden ist es zu sterben?»

«Ich möchte es nicht beschwören. Ich sage nur: Wer behauptet, die Deutschen oder sonst wer habe die Juden ermordet, weiß nicht, was er sagt. Das Schicksal entscheidet, es verurteilt oder spricht frei, und es vollstreckt das Urteil auch.»

«Und wo steckt das Schicksal?»

«In jedem, in jedem Einzelnen, von Urzeiten an.»

Er sprach nicht weiter und wandte sich ab. Jakob blieb auf seinem Platz. Was der ihm unbekannte Bauer gesagt hatte, schockierte ihn, auch wenn er es nicht ganz verstand. Auf dem Rückweg zu Magda ging ihm das Gespräch nicht aus dem Kopf, es war, als habe ihm der Bauer einen Blick in den Abgrund eröffnet.

35

Von nun an wurden die Verhandlungen über die Grabsteine von Stellvertretern, Vermittlern und arglistigen Bauern geführt. Bei einem seiner Wirtshausbesuche fragte ihn die Wirtin wie zufällig, wie viel er denn für die Steine zahlen werde. Man merkte, dass ihr das eine geheime Freude bereitete. Jakob sagte leise: «Ich habe nicht vor, sie zu kaufen.» Sie schaute ihn ungläubig an, und er sagte noch einmal ganz klar: «Ich werde sie nicht kaufen.»

«Sie werden sie hier ungeschützt zurücklassen?», fragte sie.

«Sie sind doch historisches Kulturgut. Da sollte das Dorf stolz drauf sein, meinen Sie nicht auch?»

Einer der alten Bauern, der wohl Verbindungen zum Ratsvorsitzenden unterhielt, stellte sich als Freund der Juden des Dorfes vor. Er spickte seine Rede mit jiddischen Wörtern und nannte Itsche-Meir «einen der sechsunddreißig Gerechten», dank deren die Welt bestehe. Man merkte, dass die Sprache der Schidowzer Juden in seiner Erinnerung noch lebendig war und er, wenn nötig, problemlos ein Gespräch darin führen könnte. «Wie ich höre», sagte er, «haben Sie vor, die Steine nach Israel heimzuholen. Das ist eine gute Idee. Ich persönlich fände es allerdings schade, wenn die letzte Erinnerung an die Juden von Schidowze in ein fernes Land gebracht würde.»

Auch diejenigen, die nichts fragten, beobachteten ihn und schienen gleichsam zu sagen: Wenn Sie die Steine haben wollen, müssen Sie zahlen. Geld haben die Juden ja. Es wird Ihnen nicht wehtun, wenn Sie dem Dorf ein bisschen Geld dafür geben. Ihre Vorfahren haben uns über Generationen hinweg betrogen. Die

Zeit ist reif, dass Sie uns etwas von der Beute zurückgeben. Einer der Betrunkenen sprach das tatsächlich aus. Erst beherrschte sich Jakob, doch nach einer Weile ließ er seiner Zunge freien Lauf und zischte: «Erst morden und dann noch fremdes Erbe rauben.»

Der Bauer hatte Jakobs Worte verstanden und wurde laut: «Ein Jud bleibt ein Jud. Egal, was man macht, er bleibt immer ein Jud.»

«Und darauf bin ich stolz.»

«Da gibt es nicht viel, worauf man stolz sein kann. Wie Vieh haben sich die Juden zur Schlachtbank führen lassen. Sie haben noch nicht mal die Hand erhoben.»

«Das macht mich noch stolzer.»

«Sag ich ja. Jud bleibt Jud. Starrsinnig und stolz.»

«Ich danke Gott, dass er mich nicht als polnischen Bauern erschaffen hat.»

Auf dem Rückweg zu Magda sagte er sich: Ich muss hier weg. Es ist an der Zeit, nach Hause zu fahren – als habe er plötzlich vergessen, warum er hergekommen war. Doch als er Magdas Haus betrat und ihr leuchtendes Gesicht sah, war das Gespräch mit dem Betrunkenen mit einem Mal wie weggewischt.

Später erzählte er ihr von seinen Begegnungen im Dorf und im Wirtshaus. Magda wusste, wovon er sprach, und gab sofort zurück: «Die Bauern machen aus ihrem Herzen keine Mördergrube. Sie sagen wenigstens, was sie denken.» Was die Grabsteine betraf, hatte sie eine klare Meinung: «Zuerst haben sie gemeint, dass man, um das Andenken der Juden zu schänden, auf ihren Grabsteinen rumtrampeln soll, und jetzt reden sie von historischem Erbe? Wenn du mich fragst, kauf sie nicht.» Ihre ungezwungene Aufrichtigkeit erstaunte ihn jeden Tag aufs Neue. Wenn sie sich zu einer Sache äußerte, weiteten sich ihre Augen. Ihr Gesichtsausdruck passte immer zu dem, was sie sagte.

In dieser Nacht hatte Jakob einen langen Traum. Rivka und die Mädchen waren zu Fuß nach Schidowze gekommen, sie schienen sich zu amüsieren: Es war ihnen gelungen, das Versteck ihres Vaters ausfindig zu machen. «Da sind wir», sagte Rivka und breitete die Arme aus, wie um ihm den Weg zu versperren, «hier entwischt er uns nicht.»

«Woher bist du dir da so sicher?», fragte Tamar.

«Weil das Haus nur zwei Eingänge hat. Durch welche Tür er auch rauskommt, wir kriegen ihn.» Das war ihr Tonfall, Jakob kannte ihn gut. So führte sie das Geschäft, so sprach sie mit den Kundinnen und auch mit ihm. Ihr Ton veränderte sich nicht, ganz gleich, ob sie gelassen oder wütend war.

Es ärgerte ihn, dass die Töchter ihr blindlings nachgelaufen waren, ihn verfolgt und schließlich gestellt hatten. Er wollte hinausgehen und sie anschreien, doch er wartete das Klopfen an der Tür ab. Sie aber hatten es nicht eilig. Sie liefen im Hof herum, bewunderten den Gemüsegarten, die Akazie und die ländliche Ruhe.

«Er war sich sicher, dass wir ihn nicht finden», sagte Rivka siegesgewiss. Die Mädchen lachten grob aus vollem Hals. Jakob wollte die Pistole ziehen und einen Warnschuss abgeben. Er riss sich zusammen. Der Schuss könnte die Bauern alarmieren. Wenn er keine andere Wahl hätte, würde er es tun, doch jetzt wartete er lieber noch. Er lud die Waffe und sicherte sie.

Rivka holte eine Thermosflasche aus dem Rucksack und goss den Töchtern und sich Kakao ein. Die Mädchen setzten sich mit untergeschlagenen Beinen auf den Boden, Rivka ebenso. Sie saßen da, als hätten sie ewig Zeit. Ihre Geduld ließ ihn unruhig werden. Er drückte sein Ohr an den Türspalt, versuchte, ihrem Gespräch zu folgen. Da merkte er, sie sprachen eine Sprache, die er nicht verstand.

Schließlich sagte Rivka: «Es bringt ja nichts, noch länger zu warten. Kommt, wir stürmen zu dritt das Haus.» Doch sogleich besann sie sich eines Besseren und sagte: «Lasst uns an der Tür flüstern: ‹Jakob, Jakob, hörst du uns rufen, die Geister aus Israel kommen dich besuchen.›»

«Das Flüstern wird er nicht hören», sagte Tamar.

«Da irrst du dich. Es ist stärker als lautes Reden.»

Tatsächlich kamen sie an die Tür: «Jakob, Jakob, hörst du uns rufen, die Geister aus Israel kommen dich besuchen.» Ihr Wispern dröhnte gewaltig in seinem Ohr, und von dem Schmerz erwachte er.

Magda war schon früh aufgestanden und an die Arbeit gegangen, doch ihr Duft lag noch bei ihm. Für einen Augenblick staunte er über den Traum, der sich so unangenehm klar in seinen Schlaf gedrängt hatte. Das war schon immer Rivkas Art gewesen: Wenn sie mit Gutzureden nicht weiterkam, nörgelte und schimpfte sie herum. Schon manche Kundin hatte deshalb das Geschäft verlassen, doch Rivka machte genauso weiter. Einen Kunden, der die vereinbarten Raten nicht zahlt, müsse man mahnen. Es sei nicht richtig, ihm entgegenzukommen. Jakob war da anders. Er hatte Geduld mit seinen Kundinnen; er erinnerte sie nicht an die ausstehenden Schulden. Meistens baten die Kundinnen von sich aus um Aufschub, und Jakob gewährte ihnen den. Letztlich bezahlten sie ja alle.

«Du bist zu weich», sagte Rivka immer. Sie wusste, dass dieser Satz ihn verrückt machte, doch es fiel ihr schwer, ihre Zunge im Zaum zu halten. Wenn Jakob diesen Satz hörte, brach ein ganzer Schwall von Flüchen aus ihm hervor. Rivka stand ihm in nichts nach, und der Streit, der sich meist im Laden entzündete, schloss sich an frühere Zänkereien an und verstärkte die altbekannten Vorbehalte.

Während er sich Frühstück machte, kam Magda herein. Ihre Mägde hatten am Morgen die Tiere versorgt, und so hatte sie selbst im Gemüsegarten gearbeitet. Das merkte er sofort. Mit dem Moment, in dem sie eintrat, erfüllte ein Duft von Pflanzen und Blumen das Esszimmer.

Jede Stunde mit Magda war wie ein ganzer Tag. Von so einer Liebe hatte er noch nicht einmal geträumt. Einmal wollte er ihr sagen: Komm, wir ziehen in die Berge; da können wir mit den Hirschen und den Vögeln leben, dieses Dorf ist ein Otternnest.

Magda hegte keine falschen Hoffnungen. Sie wusste: Was das Schicksal über die Jahre geschaffen hatte, war schwer zu erschüttern, auch ein starker Wille konnte daran nicht rütteln. «Lass uns den Augenblick leben, lass uns dieses teure Geschenk mit beiden Händen ergreifen. Der Augenblick ist die wahre Ewigkeit.» Im nächsten Moment lagen sie schon ineinander verschlungen.

36

Die Träume ließen ihm keine Ruhe. Nicht an alle erinnerte er sich, aber was davon blieb, arbeitete tagsüber in ihm weiter. Diese Nacht hatte er seine Tochter Anat gesehen. Sie stand staunend und misstrauisch in einiger Entfernung. «Komm doch näher», hatte er ihr zugerufen, «ich bin nicht desertiert, ich sitze hier, um meine nächsten Schritte zu bedenken. Die Fahrt nach Schidowze war für mich unerlässlich; wie wichtig, das werde ich dir noch erzählen. Sobald ich meine Angelegenheiten hier geregelt habe, komme ich zurück. Ich werde ein anderer Mensch sein. Ich hoffe, dass du mich verstehst. Jahrelang habe ich mich selbst betrogen, jetzt ist es an der Zeit, die Höhle zu verlassen. Keine Sorge, ich werde alle nötigen Vorkehrungen treffen. Es war richtig, dass ich länger fortgeblieben bin. Nach jedem Einsatz muss man die Ausrüstung einsammeln, schauen, ob alle noch da sind, und langsam zum Stützpunkt zurückkehren. Im Hinterhalt zu liegen, das musst du wissen, bereitet einem keine Siegesfreude. Du liegst stundenlang da, kämpfst mit den schweren Netzen des Schlafes, und dann wird es endlich hell, und du stehst mit todmüden Beinen auf. Nichts ist passiert, es gibt weder Niederlage noch Sieg, du spürst nur gleichgültige Müdigkeit.»

Ein paarmal war er drauf und dran, zum Rathaus zu gehen und zu Hause anzurufen, doch aus irgendeinem Grund tat er es nicht. Er machte lange Spaziergänge, hielt mitunter inne und sah, wie das Getreide reifte und golden wurde, und betrachtete die Bäume mit ihrem dichten grünen Laub. Er trank die Ruhe in großen Zügen und kehrte nachmittags, den Kopf voller Bilder, müde und hungrig nach Hause zurück.

Magda verheimlichte ihm nichts. «Im Dorf fragen sie immer wieder, wann du abfährst. Sie spionieren dir nach. Ich habe ihnen gesagt, dass du nicht vorhast, den Besitz deiner Eltern zurückzufordern, aber sie glauben mir nicht. Bauern sind eben misstrauisch. Jetzt warten alle auf dein Angebot für die Grabsteine.»

«Ich habe ihnen tausend Dollar angeboten und gebe keinen Cent mehr.»

«Du musst wissen, dass ihre Vorstellungen bis in den Himmel reichen.»

Jakob ignorierte das Raunen um sich herum. Er war ganz und gar bei Magda und verschwieg ihr nicht, dass er bisher keine Liebe gekannt hatte. Sie versprach ihm, seine schlimmen Träume zu verjagen und seinem Körper Ruhe zu spenden. Dafür brauchte sie keinen Zauber, und Jakob gab sich ihr, ohne zu zögern, hin; Nacht für Nacht trank er ihren Körper und wurde nicht satt.

Unterdessen war Maria zurückgekehrt. Merkwürdig, er hatte Magdas Tochter völlig vergessen. Erst schien es so, als ob sie sich freue. Sie hatte Farbe bekommen und war noch etwas voller geworden.

«Wie war es in den Bergen?», fragte er.

«Gut», sagte sie. «Ich dachte, du wärst schon nach Hause gefahren.»

«Ich fahre bald.»

Ihre Behinderung fiel jetzt stärker auf. Früher hatte sie in den Bergen einen Freund gehabt, der ähnlich zurückgeblieben war wie sie. Magda hatte gehofft, die beiden könnten eines Tages zusammenziehen, doch Marias Onkel hatte den Freund von ihr ferngehalten und Maria für sich selbst genommen. Damals hatte Magda das als Unglück angesehen, doch mit der Zeit tröstete sie sich damit, dass ein Mann Maria guttat, und der Onkel, das muss man sagen, verwöhnte sie, kaufte ihr neue Kleider und ließ sie nicht zu hart arbeiten. Sie fuhr gerne zu ihm. Schade nur, dass sie von ihm das Trinken gelernt hatte. Zu Hause trank sie kaum, nur manchmal machte sie sich nachts über eine Flasche her.

Noch am selben Abend hörte er sie fragen: «Wann fährt dieser Mann endlich weg?»

«Stört er dich?»

«Ja.»

«Er ist doch ein stiller Mann.»

«Mich stört er aber.»

Magda hörte Maria eine Weile zu und lenkte das Gespräch dann in eine andere Richtung.

Bald nach ihrer Rückkehr wurde Maria unruhig. Sie schlug die Kühe, fluchte und beschwerte sich unablässig, vor allem über den fremden Mann, der mit im Haus wohnte.

Magda litt schon seit Jahren unter ihr. Seinerzeit hatte sie Maria in eine Behinderteneinrichtung in der Nähe von Krakau geschickt, doch ausgerechnet dort verschlechterte sich ihr Zustand, und sie musste sie wieder zu sich nehmen. Zu Hause führte Maria die meiste Zeit ein erträgliches Leben. Doch wenn ihr etwas nicht passte oder sie aus einem schlimmen Traum aufwachte, tobte sie. Einmal hatte sie eine Kuh bis aufs Blut geschlagen.

Jetzt stand sie frühmorgens mit Magda auf, und sie arbeiteten im Stall und auf dem Feld. In der wenigen Zeit, die sie im Haus war, verbreitete sie Melancholie. Jakob vermied ihre Nähe. Auch Magda war gereizt. Manchmal riss ihr die Geduld, sie hielt sich nicht im Zaum und verfluchte Maria und deren Vater. Dann erkannte man in ihrem Gesicht die Bäuerin, ihre Worte waren grob und nicht zu bremsen. Doch Jakob schreckte vor ihrem harten Ausdruck nicht zurück, er liebte auch dieses Gesicht an ihr. Es glühte kühn.

In seinen Träumen kamen die Ratsbeamten wieder und forderten ihn auf, den Ort zu verlassen. Diesmal trugen sie Polizeiuniformen. Jakob erklärte ihnen gefasst, dass seine Zeit hier so oder so zu Ende gehe. Wenn sie ihn in Ruhe ließen, würde er seine Sachen packen und sich ohne viel Aufhebens davonmachen. Man dürfe ihn nur nicht hetzen. Es falle ihm nicht leicht, sich vom Haus seiner Eltern zu verabschieden. Er sehe sie hier, wie er sie noch nie im Leben gesehen habe.

Nachdem er den Polizisten das erklärt hatte, fügte er hinzu: «Erst jetzt verstehe ich, wie viel dunkle Wildheit in diesen grünen Wiesen steckt. Ich fahre nach Hause, voller Hochachtung für meine Eltern, dass sie es geschafft haben, diese Wildheit zu bekämpfen. Es war mir nicht möglich, sie zu lieben. Hier habe ich es gelernt.»

«Jetzt haben Sie uns ganz durcheinandergebracht», sagte einer der Polizisten.

«Wie denn das?»

«Vor lauter Gerede haben wir vergessen, was wir mit Ihnen machen sollen.»

«Falls Sie vorhatten, mich zu exekutieren – das wird Ihnen nicht gelingen. Ich habe eine erfahrene Einheit dabei. Wir werden das Rathaus in ein paar Minuten stürmen, und die Widerstandsnester, sollte es welche geben, haben wir schnell ausgehoben.»

«Sie provozieren uns. Dies hier ist unser Territorium.»

«Ich habe nicht vor, Ihnen etwas anzutun. Ich bin gekommen, um meiner Eltern zu gedenken, um ihnen an ihrem Ort zu begegnen und für ein paar Tage ihr Leben zu leben. Das mache ich ganz mit mir selber aus, ich störe niemanden, aber wenn Sie mir das nehmen wollen, dann gebe ich meiner Einheit das Zeichen zum Angriff.»

«Das glauben wir nicht.»

«Sie müssen nur das Fenster öffnen, dann sehen Sie sie.»

«Allmächtiger», kam es wie aus einem Mund, «das sind ja voll ausgerüstete Soldaten.»

«Das habe ich doch gesagt. Aber Sie wollten mir nicht glauben.

Und jetzt lassen Sie mich in Ruhe packen. Ich werde mich von all den Orten verabschieden, die ich gesehen habe, und von Magda, die mich in ihrem Haus aufgenommen hat, und damit ist meine Mission beendet. Ich bin Soldat. Ich habe schon an vielen Einsätzen teilgenommen, doch dieser war für mich der schwerste von allen. Wenn Sie ruhig bleiben, wird Ihnen nichts passieren. Meine Soldaten werden Sie schützen.»

«Merkwürdig», sagte einer der Polizisten.

«Was ist merkwürdig?»

«Wir sind hergekommen, um Sie festzunehmen und auszuweisen, und auf einmal sind wir die Gefangenen. Jetzt begreifen wir, dass die Juden zu allem fähig sind. Sie sind Hexenmeister. Das hat man uns immer gesagt, und nun erfahren wir es am eigenen Leib.»

«Sie sind weder Gefangene, noch werden Sie ausgewiesen. Meine Leute ziehen sich zurück, wir gehen nach Hause, in unsere ewige Heimat. Doch auch das erfolgt nach bestimmten Regeln. Leuten auf dem Rückzug darf man nicht drohen, sie sind empfindlicher als die, die voranstürmen.»

«Wir verstehen», sagten die beiden und senkten die Köpfe.

«Dann ist ja alles in Ordnung. Ich versichere Ihnen: Sie werden mich hier nie wiedersehen.»

37

Am nächsten Morgen fuhr Magda ins Nachbardorf, den Tierarzt holen. Zwei Kühe waren krank, und sie hatte Angst, dass sie etwas Ansteckendes hatten. Wenn Magda sich Sorgen machte, wurde ihr Blick noch schärfer, und ihr ganzer Körper spannte sich. Die Sorgen schwächten ihre Bewegungen nicht. Sie ordnete die Unterlagen, spannte die Pferde ein, gab ihren Mägden Anweisungen und fuhr los. Jakob stand da und beobachtete ergriffen, wie sie sich entfernte. Als ihr Wagen zwischen den Bäumen verschwunden war, machte er sich zum Rathaus auf, um zu Hause anzurufen.

Seit Maria aus den Bergen zurückgekehrt war, tummelten sich böse Geister im Haus. Am Tag zuvor hatte er geglaubt, sie werde gleich auf ihn losgehen und sagen: Warum ist dir meine alte Mutter lieber als ich? Du musst wissen, mein Fleisch ist jünger, und ich bin im Bett besser als sie. Mit einem Mal schlug ihr wütender Ausdruck in ein verzerrtes Lächeln um. Jedes Mal, wenn Jakob das Esszimmer betrat, blieb sie stehen, verharrte einen Moment lang still, grinste dumm und ging dann in ihr Zimmer.

Das Rathaus erreichte Jakob um neun Uhr. Er bestellte sogleich eine Fernleitung. Auf dem Gang traf er den Ratsvorsitzenden, der ihn bat, nach dem Telefonat in sein Büro zu kommen.

«Wo bist du?», begann Rivka das Gespräch, noch bevor er etwas sagen konnte.

«In zwei, drei Tagen komme ich nach Hause.»

«Komm sofort. Tamar liegt seit vorgestern im Krankenhaus.

Sie ist mehrmals ohnmächtig geworden, und jetzt machen sie furchtbare Untersuchungen mit ihr.»

«Was sagen die Ärzte?»

«Sie sagen nichts, sie untersuchen noch.»

«Ich fahre sofort.»

«Das hoffe ich.»

Er hatte gewusst, dass ein Schlag kommen würde. Doch er hatte nicht gewusst, aus welcher Richtung.

In seinen Träumen hatten die Dorfbewohner Magdas Haus gestürmt. Er hatte sich aus zwei Säcken Erde eine Deckung gebaut, die Pistole gezückt und war bereit gewesen, den Angriff zu erwidern. Während er sich noch auf den Kampf vorbereitete, trat Magda in den Hof und tat einen ungeheuren Schrei: «Ich verteidige mein Haus und die, die bei mir zu Gast sind, mit meinem eigenen Leib und Leben.»

«Gib deinen Schützling heraus, sonst zünden wir dein Haus an», brüllten sie ihr entgegen.

Jakob spürte den gewaltigen Wunsch, zu Magda hinauszugehen und die Leute zu warnen, dass er, falls sie nicht gingen, schießen werde, doch er war an Händen und Füßen gefesselt und geknebelt. Magdas Stimme wurde mit jedem Augenblick mächtiger, und sie schrie: «Ihr habt dabeigestanden, als man die Juden von Schidowze verbrannt hat. Jetzt wollt ihr auch noch den letzten Juden verbrennen?»

«Hure», brüllten sie nun.

«Auch zu Zeiten unseres Herrn Jesus haben schlechte Menschen mich Sünderin geschimpft. Ich bin bereit zu sterben. Ich bin nicht weniger fromm als ihr, und wenn es Gottes Urteil ist, dass ich sterbe, dann nehme ich dieses Urteil an. In der Welt der Wahrheit gibt es keine Bestechung und keinen Betrug.»

Beim Versuch, sich zu befreien, löste Jakob einen Schuss aus und verletzte sich, wie sich einer seiner Soldaten einmal verletzt hatte, bei der Verfolgung von infiltrierten Feinden. Die waren nicht gefasst worden, hatten aber zwei Verwundete, Waffen und Munition zurückgelassen. Die Offiziere waren mit dem Einsatz zufrieden, man spürte sogar eine verhaltene Freude. Die beiden feindlichen Verwundeten brachte man auf Tragen weg, die Beute lud man auf einen Lastwagen.

Die Kompanie begab sich zu Fuß auf den Rückweg zu ihrem Stützpunkt. Im Osten brach das bleiche rosa Morgenlicht durch, und man teilte das Gefühl, dass die Mühen nicht umsonst gewesen waren: Man hatte die Eindringlinge überrascht, das Gefecht war kurz gewesen, und die beiden Verwundeten waren ein Beleg für den Erfolg. Im Stützpunkt erwartete sie jetzt ein gutes Frühstück: Salat, Spiegeleier, Hüttenkäse und dampfender Kaffee. Nach einer solchen nächtlichen Verfolgung war sogar das Essen beim Militär ein Genuss.

Doch wie gesagt, nicht alles verlief glatt. Auf dem Rückweg schoss sich ein Soldat unabsichtlich ins eigene Bein. Die Sanitäter konnten die Blutung schnell stoppen und legten ihn auf eine Trage. Die Verletzung war schwer, aber der Soldat beklagte sich nicht und wand sich auch nicht in seinem Schmerz. Lächelnd presste er die Lippen aufeinander, als wolle er sagen: Alles meine Schuld, ich war nicht vorsichtig genug. Die Sanitäter, die sein Lächeln verlegen machte, versprachen ihm, dass sie den Stützpunkt in ein paar Minuten erreichen würden, und dort gäben sie ihm eine Spritze gegen die Schmerzen.

«Keine Sorge, ich komme schon klar», sagte der Soldat leise, als handle es sich nicht um eine gefährliche Wunde, sondern um eine Störung, die man ohne weiteres beheben könne.

Tagelang kämpfte er mit seiner Verletzung, und in dieser ganzen Zeit wich das Lächeln nicht von seinen Lippen. Schließlich konnten die Ärzte ihm nicht mehr helfen und mussten den Unterschenkel abnehmen.

Jakob kannte den Soldaten gut. Dov war sein Name. Wegen seines angenehmen Naturells mochten ihn die anderen Soldaten und auch die Offiziere. Stets meldete er sich freiwillig, immer hielt er zu denjenigen, die außen vor standen. Er war ein Einzelkind, und seine Eltern schickten ihm jede Woche ein großes Paket. Zu den Feiertagen bekam er zwei oder drei Pakete, dann aßen alle von den Waffeln, der Schokolade und den Erdnüssen und freuten sich mit ihm.

Dov lag im Bejlinson-Krankenhaus, und Jakob besuchte ihn jede Woche. Seine Eltern saßen an seinem Bett und betrachteten ihn mit Verwunderung. Dov selbst beklagte sich nicht, versuchte vielmehr, die alten Eltern zu beruhigen: «Das Bein wurde unter dem Knie amputiert, das ist nicht so schlimm, in ein paar Monaten bekomme ich eine Prothese, und dann bin ich schon bald wieder der Alte.»

Bei diesen Worten brach die Mutter in Tränen aus. Der Vater wies sie zurecht: «Statt ihn zu ermutigen, schwächst du ihn bloß.»

«Was soll ich denn machen, ich hab mich nicht unter Kontrolle», sagte sie, schlug die Hände vors Gesicht und wurde still.

Zu dieser Zeit stand Jakob an einem Scheideweg. Tief in sich trug er den Wunsch, seine Dienstzeit zu verlängern und eine Militärlaufbahn einzuschlagen. Seine Eltern, das muss man ihnen lassen, mischten sich nicht ein. Der Vater sagte: «Wie immer du dich entscheidest, ich stehe hinter dir.» Jakob entschloss sich für das Studium. Auf dem Gymnasium war er ein guter Schüler gewesen, hatte sich aber in keinem Fach besonders hervorgetan. Er spielte gern Basketball, machte mit seinen Freunden gern Ausflüge in die Natur und las Gedichte. Aus irgendeinem Grund entschied er sich für Wirtschaft. Vielleicht, weil die meisten seines Jahrgangs Wirtschaft und Internationale Beziehungen studierten. Doch nach einem Jahr an der Universität sah er ein, dass das Akademische ihm nicht lag. Er war ein Mann der Tat. Die Eltern sagten nichts. Außer dass es ihnen leidtue, dass er nicht beim Militär geblieben sei. Er hatte seine Arbeit in der Armee gemocht, die Manöver in freiem Gelände, das Warten zwischen den Übungen, die nächtlichen Einsätze, doch besonders gemocht hatte er seine Soldaten. Er war für sie ein Freund und ein großer Bruder gewesen.

Später traf er Dov in Tel Aviv wieder und freute sich sehr. Dov erzählte ihm, dass seine Genesung langwierig gewesen sei. Fünf Monate habe er auf der Reha-Abteilung gelegen. Doch in allem Schlechten liege auch etwas Gutes. Dort habe ihn eine Schwester gepflegt, und sie hätten sich ineinander verliebt. Als er aus dem Krankenhaus gekommen sei, hätten sie gleich geheiratet. Das Lächeln von dem Tag, an dem er sich verletzt hatte, Jakob erinnerte sich noch gut daran, leuchtete auch jetzt auf seinem Gesicht. Sein ganzes Wesen drückte aus, dass er seinen Frieden damit gemacht hatte und an der Amputation nicht verbittern würde oder die Verantwortung dafür auf jemand anderen abschob.

«Wir haben dich sehr gemocht», sagte Dov zu Jakob, «du warst ein prima Offizier.»

«Ich?»

«Du warst nicht arrogant, hast nicht auf uns herabgeblickt und uns nicht gestraft. Du hast mit uns geredet wie mit einem Freund. Und du hast jedem geholfen, der Hilfe brauchte.»

Dovs einfache und direkte Worte überraschten Jakob. Er bedankte sich.

«Nicht du musst dich bedanken, wir müssen dir danken. Du warst uns ein guter Freund. Wie oft hast du bei den abendlichen Runden Gedichte der Dichterin Rachel und von Nathan Alterman vorgelesen.»

Die kurze Begegnung mit Dov bewegte Jakob sehr, und bis er

wieder in seinem Laden war, wich das Lächeln nicht aus seinen Augen. Der Gedanke, dass sein Leben, wäre er beim Militär geblieben, ausgefüllter gewesen wäre, dieser Gedanke kam nun wieder hoch, und diesmal mit einer großen Traurigkeit, diesen Weg verpasst zu haben.

38

Der Ratsvorsitzende empfing ihn höflich und offiziell und berichtete ihm sofort, dass er wegen der Grabsteine eine besondere Sitzung einberufen habe. Die sei ziemlich turbulent verlaufen, da sich die Ratsmitglieder schnell in Befürworter und Gegner aufgespalten hätten und man nur schwer zu einer Entscheidung gelangt sei. «Ich wollte nicht mit meiner Stimme den Ausschlag geben. In solchen Fällen halte ich mich lieber raus und lasse die Ratsmitglieder entscheiden. Nach zähen Verhandlungen haben sie beschlossen, auf Ihren Wunsch einzugehen und Ihnen die Grabsteine für zehntausend Dollar zu überlassen. Einige haben noch viel höhere Summen gefordert. Da hielt ich es doch für nötig, einzugreifen und ihnen zu sagen, dass solche Kulturgüter zwar nicht mit Gold aufzuwiegen seien, man diese Last aber auch nicht einem einzelnen Mann aufbürden könne: Als Geste Ihnen gegenüber werden wir im Rathaus ein Zimmer räumen und dem Gedenken der Juden von Schidowze widmen, eine Art Museum, das den Namen ‹Jakob-Fein-Museum› tragen wird. Ich denke, das ist ein für alle Seiten annehmbarer Vorschlag.»

Jakob dachte an sein Gespräch mit Rivka und sagte: «Herr Ratsvorsitzender, lassen Sie mich einen Moment überlegen», doch er fasste sich schnell und fügte hinzu: «Sie schlagen mir also vor, die Grabsteine für zehntausend Dollar zu kaufen. Habe ich das richtig verstanden?»

«Ja, das haben Sie.»

«Das ist eine Unsumme.»

«Es handelt sich hier immerhin um historische Kulturgüter. Man kann nicht einfach dingliche und bedeutsame Erinnerungsstücke entfernen, ohne sie durch etwas Entsprechendes zu ersetzen. Das Museum wäre ein Ersatz. Ist das nicht ein guter Vorschlag?»

«Ich verstehe», sagte Jakob und betrachtete sein Gegenüber: Funktionär und Geschäftsmann in einer Person. Was er in ihrem ersten Gespräch noch, soweit es möglich gewesen war, verborgen hatte, war nun offenbar geworden. «Ich dachte, ich würde sie umsonst bekommen, aber das war wohl etwas naiv.» Jakob hob vielsagend den Blick.

«Das ist öffentliches Eigentum. Seit wann bekommt man öffentliches Eigentum geschenkt?»

«Der Grabstein meines Großvaters ist öffentliches Eigentum? Von welcher Öffentlichkeit denn bitte?»

«Wenn man mir anbieten würde, den Grabstein meines Großvaters zu erwerben, dann würde ich doch nicht feilschen.» Nun kam der Scheinheilige aus seinem Versteck.

«Merkwürdig», sagte Jakob. Tatsächlich hatte er sagen wollen: Warum bringen Sie plötzlich Gefühle ins Spiel?

«Merkwürdig?», erwiderte der Ratsvorsitzende. «Nicht wir haben Sie um etwas gebeten. Sie haben uns gebeten, und wir sind Ihnen entgegengekommen.»

«Ich ziehe mein Angebot zurück», sagte Jakob ohne besonderen Nachdruck.

«Wie Sie wollen. Jeder handelt nach seinem Gewissen. Ich würde die Grabsteine meiner Großeltern nicht unbeaufsichtigt zurücklassen. Geld ist zwar wichtig, aber doch nicht alles.»

Jakob schob sich durch einen Haufen von Wörtern, der sich über ihm aufgetürmt hatte, und sagte: «Von wem sprechen Sie eigentlich?»

«Das ist keine persönliche, sondern eine grundsätzliche Frage. Bei uns würde einer sein Haus und sein Feld verkaufen, um die Grabsteine seiner Vorfahren erwerben zu können.»

«Bei uns ist ein Stein bloß ein Stein.» Jakob konnte sich nicht länger beherrschen.

«Ein Grabstein ist nicht bloß ein Stein.»

«Sondern?»

«Das Gedenken an den Menschen.»

«Bei uns gedenken die Menschen, nicht die Steine.»

«Und ein Stein mit einem Namen dient nicht dem Gedenken?»

«Er dient zur Kennzeichnung einer bestimmten Stelle, nicht dem Gedenken.»

«Erst wollten Sie die Steine nach Tel Aviv bringen lassen, und plötzlich machen Sie einen Rückzieher, nur weil wir eine Bezahlung verlangen? Die Grabsteine gehören hierher, sie gehören zu unserer Geschichte und zu unserer Kultur. Die Juden sind hier nicht nur durchgezogen; sie haben unser Leben geprägt. Ihr Andenken ist uns wichtig.»

«Sie haben recht, und trotzdem ziehe ich mein Angebot zurück.»

«Mit anderen Worten, Sie haben sich umentschieden.»

«Ich hatte mich zu nichts verpflichtet.»

«Wenn es um das Gedenken oder um Heiligtümer geht, dann vergisst man bei uns das Geld. Man gibt alles, was man hat, und sogar noch mehr. Und man gibt es von ganzem Herzen, großzügig und spontan.»

«Bei uns ist das ein bisschen anders.»

«Bei uns weiß man: Besitz kommt und geht, aber das Andenken ist heilig und hat für immer und ewig Bestand.»

«Ich verstehe», sagte Jakob und erhob sich.

Der Redefluss seines Gegenübers wurde nur noch heftiger: «Es gibt Leute, deren Gott ist das Geld. Die kann man nicht verändern. Sogar Gott selbst kann die nicht verändern.»

Jakob erkannte, dass sein Gesprächspartner die Kontrolle

über das, was er sagte, verloren hatte. Sein Wortschwall sollte ihn nicht dazu bewegen, die Steine zu kaufen, sondern er sollte ihn beschämen, ihn in die Ecke drängen, seine Unterlegenheit demonstrieren und ihn als Angehörigen eines Stammes entlarven, dem es nur ums Geld ging. Jakob verspürte den gewaltigen Wunsch, es ihm heimzuzahlen, doch alle polnischen Wörter waren gleichsam geflohen. Trotzdem wollte er hier nicht weggehen, ohne den Spieß umgedreht zu haben.

«Unser Gott ist kein Götze aus Silber und Gold», sagte er ruhig.

«Warum lassen Sie dann die heiligen Steine in der Fremde zurück?»

«Weil sie nicht heilig sind.»

«Ich seh schon, nichts und niemand wird Sie verändern. Bei Ihnen kommt das Geld zuerst.»

«Was ist schlecht daran, eine Rechnung aufzustellen?»

«Wenn Rechnen Ihr Prinzip ist, können Sie gar nicht großzügig sein.»

«Rechnen ist mir immer noch lieber als Erpressung.»

«Die ganzen Jahre über haben wir uns gesagt, die Juden haben sich verändert, sie sind bestimmt nicht mehr wie früher. Sie sind jetzt wie wir, sie sind normal geworden, aber siehe da, sie haben sich nicht verändert. Sie sind genauso wie früher.»

«Ich bin stolz darauf, Jude zu sein.»

«Da wäre ich nicht so stolz drauf.»

«Ich sage Ihnen: Unter keinen Umständen würde ich den Glauben wechseln – genauso wenig, wie ich mein Schicksal oder meinen Charakter wechseln würde. Ich bin zufrieden, wie ich bin.»

«Das nenn ich Hochmut!»

«Ich würde nicht an einem Ort leben wollen, wo man Menschen verbrannt hat, nur weil sie Juden waren.»

«Niemand hat Sie gebeten, hierherzukommen.»

«Das weiß ich wohl», sagte Jakob und wandte sich zum Gehen.

Erst als er das Rathaus verlassen hatte und auf dem Vorplatz stand, spürte er den Druck in den Schläfen. Die Beschuldigung, er habe wie alle Juden seine Seele an den Mammon verkauft, war nicht nur unverhohlen gewesen, sondern hatte wie eine Drohung geklungen.

Es drängte ihn sehr, noch einmal zurückzugehen und dem Ratsvorsitzenden zu sagen: Ich habe keine Angst. Unsere Armee ist mittlerweile sogar in der Lage, auch einem einzelnen Juden zu Hilfe zu kommen. Ihr Arm reicht überallhin. Die Verleumdung eines ganzen Stammes ist wie ein Aufruf zum Mord, und der kann nicht ungestraft bleiben.

Vor lauter Anstrengung und Abwehr hatte er das Gespräch mit Rivka ganz vergessen, und als er sich jetzt daran erinnerte, bekam er eine Gänsehaut. Bei der Vorstellung, dass Tamar im Krankenhaus lag und unangenehme Untersuchungen über sich ergehen lassen musste, zog sich alles in ihm zusammen.

«Das war Wahnsinn, das war schlicht Wahnsinn», murmelte er vor sich hin und meinte seine überstürzte Reise. Die Landschaft, das Wasser, die überwältigende Natur erschienen ihm jetzt wie ein übelriechender Sumpf, der ihn mit Macht hinabzog. Wenn er diesen Ort nicht schleunigst verließ, würde er schwach werden und versinken. «Ich nehme Magda mit und verschwinde», sagte er sich, doch er wusste: Was er tun würde, war einzig und allein seine Sache. Er durfte sie nicht mit hineinziehen.

39

Magda traf er im Hof, in Arbeitskleidung, an. Der Tierarzt war da gewesen, hatte die Kühe untersucht, Blut- und Speichelproben genommen. In einigen Tagen würden die Ergebnisse kommen.

«Machst du dir Sorgen?»

«Ein bisschen.»

Er hatte schon bemerkt: Wenn Magda sich sorgte, bebte die Falte über ihrer Oberlippe, und ihre Nasenflügel zitterten.

Später erzählte er es ihr: «Meine jüngere Tochter Tamar ist im Krankenhaus. Ich muss nach Hause.»

«Ich wusste es. Ich wusste nur nicht, wann», sagte sie und nahm seine Hand.

«Was wir zusammen haben, wird nicht einfach vergehen», sagte er und umarmte sie.

«All die Jahre habe ich dich gesucht», sagte sie, dann brach ihre Stimme. Magda war voller Gefühle, ließ sich davon aber nicht überwältigen. In freudigen oder bewegten Augenblicken legte sich ein stilles Lauschen auf ihr Gesicht.

Maria war noch nicht vom Feld zurück, und so aßen sie, ohne viel zu reden, zu Mittag. Magda hatte kein Gymnasium besucht, doch sie wusste, es gab Dinge, zu denen man seine Gedanken äußerte, und Dinge, zu denen man besser schwieg.

«Es liegt nicht in unserer Hand», sagte sie nach einer längeren Pause und hob ihren Blick zu ihm.

«Wir werden versuchen, das Schicksal zu ändern.»

Mit einem Mal leuchtete ihr Gesicht auf und sie sagte: «Seit Jahren kämpfe ich mit dem Schicksal.»

Nachmittags ging er noch einmal zum Rathaus und rief in Tel Aviv an.

«Tamars Zustand hat sich nicht gebessert», sagte Rivka sofort. In ihre beherrschte Stimme mischte sich etwas Quälendes, und in diesem Ton griff sie ihn an: «Bist du immer noch in deinem Dorf?»

«Man kommt von hier nicht so leicht weg.»

«Wo liegt das Problem?»

«Es gibt hier keine Autos, und mit dem Pferdewagen wird es lange dauern.»

Die Sorge um Tamar war für einen Augenblick beiseite geschoben. Er sah Rivka vor sich, wie er sie, seit er weggefahren war, nicht gesehen hatte: Sie achtete tipptopp auf ihr Äußeres, ihre Kleidung war stets grau und gut gebügelt. Sie fragte noch einmal: «Wo liegt das Problem?», ohne etwas hinzuzufügen, so als gebe es keine anderen Wörter auf der Welt. Er war ihr nicht böse, bedauerte nur, dass er so viele Jahre in ihrer Nähe verbracht hatte.

Auf dem Rückweg zu Magda ging er langsam. Anders als bisher schauten ihm die Bauern, denen er begegnete, nicht nach. Alle wussten, dass er die Grabsteine nicht kaufen würde. Der Bezirksrat würde seine kommunalen Ausgaben nicht finanzieren können, ohne die Steuern anzuheben. Diesmal sagten ihre Blicke: So sind die Juden, du kannst ihnen nicht trauen, heute versprechen sie etwas, und morgen brechen sie ihr Wort. Sie sind glatt. Einen Fisch bekommst du leichter zu fassen als einen Juden. Wir haben das nicht vergessen. Geldgierig sind sie. Das, was der Ratsvorsitzende ihm ins Gesicht gesagt hatte, das sah er nun in den Augen der Bauern. Er spürte, wie sie ihn verachteten.

Er setzte sich ans Ufer des Schrinez und betrachtete das klare Wasser. Jetzt hatte er keinen Zweifel mehr: Wenn es im Dorf noch einen Ort gab, an dem sich etwas vom Wesen seiner Eltern verbarg, dann war es der Schrinez mit seinem stetigen, gleichmäßig fließenden Wasser.

Wäre es nicht plötzlich dunkel geworden, hätte er sich noch vom Haus der Großeltern verabschiedet. Dass der ehemalige kommunistische Funktionär sich geweigert hatte, ihm das Haus zu zeigen, erschien ihm jetzt nicht mehr als ein willkürlicher Akt, sondern als ein Geheimnis, hinter das er gelangen musste. Die Menschen waren hier von einer Irdischkeit, wie sie größer nicht sein konnte, und doch berührten sie ihn, als seien sie Geschöpfe aus einer anderen Welt.

«Es sind schon fünfzig Jahre vergangen, doch das Feuer schwelt hier noch immer», sagte Magda später und fügte gleich hinzu, «es ist wahr, die Leute haben geplündert und die Ländereien unter sich aufgeteilt, und es gab auch welche, die sich über den Tod der Juden gefreut haben, aber tief im Herzen wissen sie, dass Gott das Morden und Plündern nicht so leicht vergibt.»

«Haben die Leute Schuldgefühle?», fragte Jakob erstaunt.

«Nein», antwortete Magda sofort.

«Was ist hier verflucht, wie es immer heißt?»

«Alles. Und die Leute wissen insgeheim auch, warum.»

Inzwischen war Maria, abermals voller Ärger, vom Feld zurückgekommen. Die Arme wurde ganz von ihren Launen bestimmt. Es gab Tage, an denen sie sich mit ihrem Schicksal abfand, aber wenn die Dorfjungen ihr nachstellten, sie beschimpften und mit Dreck und Steinen nach ihr warfen, kehrte sie heim und tobte. Diesmal bekam Magda nichts aus ihr heraus. Sie fluchte nur und warf mit Sachen um sich. Magdas mildernde Worte stachelten ihre Wut noch an, und sie grummelte: «Ich werde die Jungs abstechen.»

«Was haben sie dir getan?»

«Sie haben mich verflucht und mir ‹Hurenbalg› nachgerufen», erzählte sie schließlich.

Zwei Jahre zuvor hatte Maria einen dieser Jungen erwischt, ihn geschlagen und so schwer verletzt, dass er ins Krankenhaus musste. Das Gericht hatte Magda eine hohe Summe Schmerzensgeld auferlegt, sie hatte zwei Kühe und den halben Hühnerstall verkaufen müssen und ihre wenigen Ersparnisse noch dazugetan.

Nach einer Weile beruhigte sich Maria und blieb in ihrem Zimmer. Jakob verstand jetzt, was er vorher nicht verstanden hatte. Über Jahre war Magda von ihrem Mann gequält worden, und jetzt quälte Maria sie. Magda hatte bis zu einer bestimmten Grenze Geduld. Wenn Maria es dann noch weiter trieb, schlug Magda sie. Mit den Worten: «So lebe ich», brachte sie ihr Dasein auf den Punkt. «Wenn Maria nicht wäre, dann wäre ich in die Stadt gezogen oder ausgewandert.»

In den Nächten, sobald Maria schlief, waren sie allein, liebten sich, redeten ein bisschen und schwiegen die meiste Zeit. Wie von selbst stiegen in Magda die kleinen Dinge auf, die ihr Leben früher erhellt hatten. «Bronka ist mir in meiner Kindheit so nah gewesen; sie ist ein Teil von mir. So sehr, dass ich sie manchmal, wie die eigene Hand oder einen anderen Teil von mir, sogar vergesse.»

«Wärst du gern wie sie gewesen?»

«Das wäre unmöglich gewesen. Ich konnte mich nur an ihr freuen und ihr ab und zu eine Freude machen. Ich hätte mich nicht, wie sie, für die Allgemeinheit opfern können. Und ich hatte das Gefühl, dass sie es übertrieb, dass sie ihre Eltern zu sehr quälte.»

«Da hast du wohl recht.»

«Wer weiß.»

Über ihre eigenen Eltern sprach Magda nicht viel. «Sie haben auf ihre Art gelitten. Warum soll ich ihre Seelenruhe stören? Sie sind in der Welt der Wahrheit, und ich bin hier.»

«Bist du ein religiöser Mensch?»

«Ich glaube an Gott. Ohne Gott könnte ich nicht leben. Ich befolge nicht alle seine Gebote, aber ich liebe ihn sehr. Verstehst du mich?»

Magdas Gedanken waren nicht immer geordnet, doch jeder Satz aus ihrem Mund hatte einen erfrischenden Klang.

«Magda?»

«Ja?»

«Ich würde dir gern etwas sagen, aber ich weiß nicht, wie.»

«Dann muss es vielleicht auch nicht gesagt werden. Schweigen ist besser als reden, glaub mir.»

Diese Nacht verbrachten sie zusammen in dem großen Bett, ohne zu sprechen. Magdas Nähe füllte Jakob völlig aus. Was sein würde und wie es mit seinem Leben von nun an weitergehen würde – daran dachte er nicht, und wie im Jom-Kippur-Krieg, bevor sie auf die Lastwagen geklettert waren, war da eine innere Erwartung, eine Erregung und Bereitschaft, alles nur Mögliche zu tun, und das Unmögliche auch. Alles, was man im Leben erfahren hatte, alle Nöte und Freuden waren, als seien sie nie gewesen. Es gab nur noch den Augenblick.

40

Am nächsten Tag besuchte er Wanda. Erst hatte er vorgehabt, zum Rathaus zu gehen, sich von den Grabsteinen zu verabschieden und zu Hause anzurufen, doch aus irgendeinem Grund änderte er seinen Plan und ging zu Wanda.

Wanda wusste im ersten Augenblick seinen Namen nicht, an die Namen seiner Eltern, seiner Großeltern und Urgroßeltern erinnerte sie sich jedoch sofort: «In den letzten Jahren vergesse ich gleich wieder, was mir passiert, doch die fernen Zeiten stecken wie Nägel in meinem Kopf. Ich habe dir schon gesagt, ich glaube, du ähnelst deinem Vater sehr. In unserem Alter wiederholt man sich. So vergib einer alten Frau, die Tag für Tag allein von Gottes Gnade lebt. Genug. Ich will nicht von mir sprechen. Berichte mir, was man dir erzählt hat und was deine Augen gesehen haben.»

«Ich habe den Schrinez gesehen.»

«Es erstaunt mich nicht, dass du das sagst. Die Juden haben den Schrinez geliebt. Die Generation derer, die noch gläubig waren, ging zum Schrinez, um zu beten; die Generation deiner Eltern setzte sich an sein Ufer, um zu lesen und sich zu lieben. An seinem Lauf hast du zu jeder Tageszeit ein, zwei Juden getroffen; sie haben den Schrinez mehr geliebt als den Wald.»

«Wie viele Juden haben hier im Dorf gelebt, Mutter Wanda?»

«Nicht mehr als vierzig. Aber die fielen auf. Sie waren anders als wir, jeder einzelne ein unverwechselbares Geschöpf, und sie waren ein Spiegel für uns. Wenn einer von uns unterwegs einen Juden traf, hat er sich gleich gefragt: Warum ist der so anders als ich? Ist das gut oder schlecht? Seltsam, sie wollten nicht so sein wie wir, und wir wollten nicht so sein wie sie. Jeder im Namen seines Gottes. Wir haben sie beneidet, natürlich haben wir sie beneidet. Sie waren erfolgreicher, sie haben in der Schule fleißiger gelernt, ihre Eltern haben auf sie achtgegeben. Auch nach der Heirat hat man sie zu Hause nicht rausgeworfen. Sie waren gebildeter, konnten sich beherrschen, sie haben nicht auf der Straße gefeiert, nicht getrunken und ihre Frauen nicht verprügelt, und doch wollte keiner von uns so sein wie sie. Ich kann mich an niemanden erinnern, der seiner Religion abgeschworen hätte und Jude geworden wäre. Alle wussten, dass die Juden etwas hatten, was man von ihnen hätte lernen können, aber niemand hat von ihnen gelernt. Neid und Verachtung gingen bei uns Hand in Hand. Zum Beispiel unser Arzt, Dr. Laufer. Er war ein ausgezeichneter Arzt, hat die Kranken der ganzen Gegend behandelt und ist nie überheblich geworden. Mit jedem Kranken hat er in dessen Sprache gesprochen, hat ihn nach seinem Leiden und nach seinen Schmerzen gefragt, und du hast ihm angesehen, dass er mit ihm mitfühlte. Von den Armen, musst du wissen, nahm er kein Geld, denen hat er sogar die Medizin umsonst gegeben. Aber meinst du, sie hätten ihn geliebt? Ihn auf Händen getragen? Nein! Die Leute mögen keine großzügigen Menschen. Es ist, als würden die von ihnen verlangen, so zu sein wie sie. Da fällt es schon leichter, sich in den Gleichgültigen und Gemeinen wiederzuerkennen. Als man Dr. Laufer und seine Frau aus ihrem Haus geholt und zur Synagoge geschleppt hat, hat keiner etwas gesagt, keiner hat gerufen: ‹Verschont diesen guten Mann.› Aber ich rede zu viel. Alte Frauen können ihren Mund nicht halten. Du solltest nicht zulassen, dass ich die ganze Zeit rede. Erzähl du von dir.»

«Ich habe darum gebeten, die Grabsteine auf dem Rathausplatz ins Heilige Land bringen zu dürfen. Der Ratsvorsitzende hat Unsummen dafür verlangt. Er meint, es handle sich um historische Kulturgüter von unschätzbarem Wert.»

«Davon habe ich gehört. Erst zerschlagen sie die Grabsteine, dann pflastern sie damit den Vorplatz, und plötzlich machen sie daraus wichtige, sogar kulturelle und historische Zeugnisse. Das wahre Christentum erlaubt so etwas nicht. Das wahre Christentum erlaubt nicht, dass du etwas anderes sagst, als dein Herz fühlt. Aber wer richtet sich schon nach dem, was geschrieben steht?»

«Ich fahre bald nach Hause. Ich möchte mich von Euch verabschieden.»

«Du tust gut daran, mein Sohn. Mein Leben in dieser Welt ist vergänglich. Wir werden uns hier wohl nicht wiedersehen, aber in der kommenden Welt werden wir uns begegnen, da bin ich mir sicher. Deine Großmutter Henja war für mich wie eine Schwester, und ihre Nachkommen sind mir so lieb wie sie. Setz dich noch einen Moment, ich möchte dir etwas sagen, was dich vielleicht überraschen wird. Als ich jung war, habe ich mich in einen Juden verliebt, in den Vater von Dr. Laufer. Er war, was man damals einen ‹freien Juden› nannte, und ich habe versucht, ihn zu überreden, dass er sich taufen lässt. Nachdem er meine Bitte gehört hatte, brach er den Kontakt zu mir ab. Ich habe verstanden, dass meine Bitte ein Fehler war; es gibt Fehler, die man nicht wiedergutmachen kann. Lange habe ich dieser Liebe nachgeweint. Ich weiß nicht, was ich sagen soll, aber eines vielleicht: Wenn er Christ geworden wäre, hätte man ihn nicht in der Synagoge verbrannt.»

Wanda lehnte an zwei Kissen. Ihr Zimmer war sehr aufgeräumt. Ihre vielen Enkel hielten das Haus in Ordnung. Der Raum ähnelte einer Kapelle. Eine Ikone hing an der Wand, eine andere lehnte neben ihr auf dem Regal. Trockenblumen standen in Vasen auf den Fensterbrettern und auf dem Tisch.

«Verzeih, was ich dir jetzt sagen werde, und versteh es bitte nicht als Frechheit oder Überheblichkeit. Ich bin eine alte Frau und mit einem Bein schon in der kommenden Welt. Schmeichelei und Verstellung habe ich hinter mir gelassen. Was Gott mir in den Mund legt, das spreche ich aus: Ich bin voller Furcht.»

«Furcht wovor, Mutter Wanda?»

«Ich fürchte um die wenigen Juden, die noch übrig sind.»

«Warum denn? Sie haben jetzt einen Staat.»

«Die Leute hassen sie weiterhin. Und der Hass lässt sie verrückt werden.»

«Das ist das Problem derer, die hassen, nicht das der Juden.»

«Mein Sohn, wer gesehen hat, wie man die Juden in die Synagoge eingeschlossen und verbrannt hat, der wird immer um sie fürchten.»

«Was müssen sie tun?»

«Sie müssen Christen werden, mein Lieber. Gott will sie ganz nah bei sich haben. Er ist nicht gerne ohne seine Juden. Gott liebt sie, und wen er liebt, den züchtigt er.»

Jakob senkte den Kopf und antwortete nicht.

«Gott liebt die Juden. Würde er sie nicht lieben, er würde sie nicht so quälen. Er quält sie, weil er möchte, dass sie ihrem gepeinigten Bruder Jesus anhängen. Jesus, das erkläre ich jedem, Jesus war Jude, keiner war mehr Jude als er. Aber die Juden haben sich aus irgendeinem Grund von ihm abgewandt, und dafür hat Gott sie hart bestraft. Doch sein Zorn währt nicht ewig. Wenn sie sich ihrem gepeinigten Bruder wieder annähern, dann wird er sie beschützen. Die Juden brauchen Schutz. All die Jahre waren sie vogelfrei, und jeder konnte sich an ihnen vergehen. Ich habe Angst. Wer gesehen hat, wie die Juden von Schidowze in Flammen zum Himmel aufgestiegen sind, der wird nie wieder ruhig schlafen.»

«Fürchtet Euch nicht, Mutter Wanda, die Juden haben jetzt einen Staat, und der ist stark.»

«Ich bete, dass Gott ihnen die richtigen Gedanken eingibt. Wir laufen doch wie Blinde durch die Welt. Nur Gott weiß, was richtig und gut ist. Ich denke mir einfach, wenn sie Christen würden, ginge es ihnen besser. Aber wer kennt schon Gottes Gedanken. Der Mensch denkt und Gott lenkt, haben die Juden gesagt. Sprichst du Jiddisch, mein Lieber?»

«Ein bisschen.»

«Das ist eine sehr wertvolle Sprache. Viel Weisheit liegt darin verborgen. Seinerzeit habe ich Jiddisch gesprochen wie die Juden. Ich glaube, wenn mich jetzt jemand ansprechen würde, ich könnte noch antworten. Seit die Juden verschwunden sind, ist meine Welt immer kleiner geworden. Aber in der Welt der Wahrheit werden wir, glaube ich, wieder zusammen sein. Vergiss nicht, die Juden haben in unserem Land etwa tausend Jahre lang gelebt.»

Wandas Worte waren verständlich und trotzdem von einem geheimnisvollen Schleier überzogen. Wenn sie von den Schidowzer Juden sprach, strahlte sie, als spreche sie von Fabelwesen, die aufgrund eines entsetzlichen Missverständnisses ausgestorben waren. Wäre dieses Missverständnis nicht gewesen, lebten sie und ihre Nachkommen bis heute hier.

«Ich sage dir noch etwas, was dich vielleicht erstaunen wird. Als ich jung war, kamen mir die Juden vor wie die ersten Christen. Die waren in der Minderheit und haben unter allen anderen gelitten, sie hatten einen demütigen, schmucklosen Glauben, ohne Pracht. Ich war mir sicher, dass sich die Juden uns eines Tages anschließen und das Geheimnis der ersten Christen eröffnen würden.»

«Habt Ihr sie gebeten, sich taufen zu lassen?»

«Ich wollte, dass sie leben. Alle Tage, Gott sei mein Zeuge, habe ich um sie Angst gehabt. Ich habe ihre Feinde gesehen, alles, was sie taten, und ich wusste, dass ein schweres Schicksal sie erwartete. Aber damals konnte ich meine Ahnung nicht in Worte fassen. Ich war sehr scheu.»

«Ich werde jetzt aufbrechen, Mutter Wanda.»

«Geh in Frieden. Gott möge dich schützen. Du hast mir eine große Güte erwiesen. Du hast mir meine fernen Jahre zurückgebracht und meine Freundin Henja, aber nicht nur sie, sondern alle Juden, die hier gelebt haben. Gott macht die Rechnung auf, nicht ich. Wer weiß, was uns noch bevorsteht. Aber wenn die Juden in ihr Land zurückgekehrt sind, ins Heilige Land, dann ist das ein Zeichen, dass die Erlösung naht. Ich stelle mir das Heilige Land voller Engel vor. Wie leben Menschen inmitten dieser Reinheit? Ist das nicht gefährlich?»

«Man lebt.»

«Ich bin mir nicht sicher, ob ich die Erlösung der Welt noch erleben werde, aber du, mein Sohn, du bist jung, dir wird es bestimmt beschert sein. Doch bevor du gehst, erzähl mir ein bisschen aus dem Heiligen Land. Wie ist es denn so nah unter dem Auge Gottes? Die Engel sitzen sicherlich auf jedem Baum.»

«Einige Menschen sehen sie, und andere sehen sie nicht.» Jakob übernahm Wandas Ton.

«Als ich jung war, wollte ich dorthin fahren, aber meine Eltern haben es mir nicht erlaubt. Sie sagten, Jesus ist überall, nicht bloß im Heiligen Land. Ich habe damals geträumt, ich wäre an Bord eines langen Schiffes und die Wellen trügen mich dorthin. Ich habe geträumt, und meine Eltern haben mich dafür ausgeschimpft. – Nur noch eine Kleinigkeit, bevor du gehst. Schau doch bitte in den Bücherschrank und hol das Buch mit dem weißen Einband heraus.»

Jakob nahm das Buch und war wie geblendet – von seinen dicken Seiten stachen ihm hebräische Buchstaben entgegen: Es war eine Pessach-Haggada, die von einer Generation an die nächste weitergegeben worden war, vom Vater an den Sohn, und unten stand in ordentlicher hebräischer Handschrift: «Haggada der Familie Sternberg».

«Mutter Wanda, dieses Buch hat meinen Großeltern gehört!»

«Das wusste ich nicht. Wenn dem so ist, dann kehrt das Verlorene jetzt zu seinem Besitzer zurück.»

«Das ist ein großes Geschenk.»

«Nicht von mir, mein Lieber. Der Himmel hat es dir zurückgebracht.»

«Was soll ich Euch dafür geben?»

«Geschenke des Himmels bezahlt man nicht. Da soll man nur Gott danken.»

41

Als Jakob Wandas Haus verließ, war es zwölf Uhr. Kein Mensch auf der Straße. Um ihn herum nur Felder und Obstbäume, deren Blüten zu Boden fielen. Was Wanda gesagt hatte, drang langsam in ihn ein, und er spürte es im ganzen Körper.

Er setzte sich auf eine kleine Anhöhe und schlug die Haggada auf. Die schwarzen Buchstaben auf dem Pergament waren ein wenig verblasst, aber noch immer klar zu erkennen. Er hätte sich nicht träumen lassen, dass ihm ein solcher Schatz in die Hände fallen würde. Immer wieder las er die Zeilen, und die Melodien, die an Pessach das Haus erfüllt hatten, erklangen in seinem Kopf.

Ohne zu wissen, wie er dorthin gekommen war, saß er plötzlich im Wirtshaus. Die Wirtin begrüßte ihn freudig, wie einen alten Bekannten. «Gestern hat es hier eine große Schlägerei gegeben», erzählte sie ihm, «zwei Männer wurden schwer verletzt und mussten ins Krankenhaus, und auch die anderen haben einiges abgekriegt.»

«Worum ging es?»

«Um gar nichts. Einer hat etwas gesagt, was seinem Nebenmann nicht gefiel. Der hat ihn geschlagen, so fing es an. Alle waren besoffen und haben wahllos aufeinander eingedroschen, und diejenigen, die versucht haben, die Streithähne zu trennen, mussten selber was einstecken. So ist das hier.»

«Menschen sind Menschen», sagte Jakob ohne rechten Grund.

«Das Dorf ist verflucht. Ich wundere mich, dass Sie noch immer hier sind. Ich an Ihrer Stelle würde überall hingehen, nur um nicht hierzubleiben.»

«Ich gehe auch bald.»

«Nicht einmal einen Tag lang würde ich hierbleiben.»

Für einen Augenblick fürchtete er, dass sie gleich in Tränen ausbrechen werde, und sagte beruhigend: «Aber das ist doch überall dasselbe.»

«Da irren Sie sich. Dieses Dorf frisst seine Bewohner.»

Jakob bestellte ein Bier. Es schmeckte gehaltvoll, und er ging ganz in seinem Biertrinken auf. Er dachte an seine Ankunft hier, an den mürrischen Fahrer, an Magda und Maria vor ihrem Hof. Schon da war es ihm so vorgekommen, als ziehe ihn etwas an, worüber er keine Macht besaß, und dieser geheimnisvolle Sog war mit der Zeit immer stärker geworden. Das verdankte er Magda. Wäre nicht das Leuchten in ihrem Gesicht, alles würde völlig anders aussehen. Für einen Moment machte es ihn traurig, dass es mit diesem Glück bald vorbei sein sollte. Während er noch sein Bier trank, kam eine alte Frau zu ihm an den Tisch, holte aus einer Tasche zwei Kerzenleuchter, stellte sie hin und sagte: «Die möchte ich gern verkaufen.»

«Was möchten Sie dafür haben?»

«Es sind sehr schöne Leuchter», pries sie ihre Ware an.

«Was möchten Sie dafür?»

«Zweihundertundfünfzig Złoty.»

«Ist das nicht übertrieben?», fragte Jakob und versuchte, den Preis runterzuhandeln.

«Ganz und gar nicht. Das sind wertvolle Silberleuchter.»

«Wem haben die früher gehört?»

«Den Juden. Ich habe sie von meinem Cousin bekommen.»

«Ich bin bereit, zweihundert zu bezahlen.»

«Geben Sie mir das Geld», sagte sie und schob ihm die Leuchter zu.

So fiel ihm noch ein Geschenk in die Hände.

Anschließend ging er in den Dorfladen, kaufte all die guten

Dinge, die er in den Regalen fand, und machte sich auf den Heimweg zu Magda. Nicht weit von ihrem Haus stand ein kleiner Junge hinter einem Zaun. Er trug einen Bauernkittel und ein gestricktes Mützchen. Es sah so aus, als starre er vor sich hin. Das gefiel Jakob, und so blieb er stehen und betrachtete den Jungen. Der erschrak über den Anblick des Fremden und rief: «Was machst du hier, Jude?»

«Ich gehe spazieren», antwortete Jakob ruhig.

«Juden dürfen nicht spazieren gehen.»

«Warum nicht?»

«Weil sie den Sohn Gottes getötet haben.»

«Was sollen sie machen?»

«Sie müssen zu Hause sitzen.»

«Die ganze Zeit?»

«Ja.»

«Und wenn sie sich langweilen?»

«Sie dürfen nicht aus dem Haus. Das ist ihre Strafe.»

«Mir ist es allein sehr langweilig gewesen», sagte Jakob mit sanfter Stimme.

«Ein Jude soll sich nicht beschweren. Er muss seine Strafe tragen. Bis er sich nicht entschuldigt hat, darf er sich nicht beschweren.»

«Ich entschuldige mich.»

«Das reicht nicht, Sie müssen zum Priester gehen und niederknien und ihm alles erzählen, was Sie getan haben.»

«Aber verzeihst du mir schon mal?»

«Ich darf Ihnen nicht verzeihen.»

«Und wenn ich dir eine Tafel Schokolade gebe, verzeihst du mir dann?»

«Meine Mutter wird mit mir schimpfen, dass ich mir von einem Juden Schokolade schenken lasse.»

«Das muss keiner wissen.»

«Dann werfen Sie sie mir rüber.»

Jakob zog eine Tafel aus dem Korb und warf sie ihm hin.

«Verzeihst du mir jetzt?»

«Juden darf man nicht verzeihen.»

«Niemals?»

«Niemals.»

«Und wenn ich mir ein Kreuz umhänge, verzeihst du mir dann?»

«Das muss ich Papa fragen», sagte er und verschwand in den Büschen.

Jakob ärgerte sich nicht. Ihn rührte der Anblick dieses Jungen, hin- und hergerissen zwischen dem Wunsch, sich an das zu halten, was der Vater predigte, und dem Verlangen nach einer Tafel Schokolade.

42

Um ein Uhr erreichte er Magdas Haus und zeigte ihr sofort die Haggada und die Leuchter. Als sie die wunderbaren Stücke sah, griff sie sich an die Stirn und sagte: «Nachdem sie die Synagoge niedergebrannt und die Häuser geplündert hatten, lagen die Leichen von jüdischen Frauen in den Straßengräben neben Büchern mit hebräischen Buchstaben. Ich war damals ein kleines Mädchen, aber ich wusste, dass das ein Verbrechen ist, und ich wusste, dass Gott es nicht vergeben wird. Einmal habe ich einen Gebetsmantel aufgehoben und mit nach Hause genommen. Mein Vater hat ihn angeschaut und mich ausgeschimpft: ‹Bring solche Sachen nicht nach Hause, wirf das gleich hinter den Stall.›

Als die Juden tot waren, lag eine große Stille über dem Dorf, wie nach einem Verbrechen, das man tief vergraben hat. Aber das Blut hat keine Ruhe gegeben. Nachts habe ich die Schreie aus den Gräben gehört, aber außer mir hörte das wohl niemand. Einmal habe ich meine Mutter gefragt, ob die Juden denn wirklich tot sind.

‹Tot›, sagte sie kurz.

‹Und sie werden nicht auferstehen?›

‹Die Juden werden nicht auferstehen›, antwortete sie, dieses Mal mit einem ganzen Satz.»

Magda erzählte schlicht; sie hielt sich nicht für etwas Besonderes. «Als die Deutschen in die Häuser drangen, versuchten die Fliehenden, sich bei ihren Nachbarn zu verstecken, doch die ließen sie nicht rein, und so haben die Deutschen die Juden doch erwischt. Wer versucht hat zu fliehen, wurde erschossen oder totgeschlagen.» Wenn sie sich an die Bilder des Mordens erinnerte, veränderte sich ihr Ausdruck, und ihre Augen wurden zornig.

Magda hatte viele Gesichter. Sie war Mutter einer zurückgebliebenen Tochter und führte gleichzeitig einen ganzen Hof. Wenn sie mit der Verwaltung beschäftigt war, war ihr Blick energisch und entschieden, doch wenn sie sich hinsetzte und erzählte, kehrte das Mädchen in ihr zurück. Dieses in ihr verborgene Mädchen liebte Jakob sehr. Ihr Gesichtsausdruck rief in ihm wie ein Zauber die Eltern und die Schidowzer Juden herauf, die in Tel Aviv zu Besuch gekommen waren. Jetzt sah er sie mit Magdas Augen, und es schmerzte ihn, dass er sich von ihrem Dorf würde losreißen müssen. Es erschien ihm wie sein eigentliches, ursprüngliches Zuhause. An den Ufern des Schrinez hatten nicht nur seine Eltern gesessen, sondern auch deren Eltern und Großeltern, und sie hatten Gott gedient, so wie es geboten war. Wenn Magda beschrieb, wie sie an den Feiertagen zur Synagoge oder zum Fluss gegangen waren, blühten ihre Augen, ihre Stirn leuchtete, und sie ging ganz in der vergangenen Welt auf.

«Wie soll ich ohne dich leben?», fragte er. So direkt hatte er es gar nicht fragen wollen.

«Du wirst eine andere Magda finden», antwortete sie und hielt auch diese kleine Provokation nicht zurück.

Magda hatte sich mehr als einmal verbrannt und wusste: Treue hat Grenzen. Was heute unvergänglich erscheint, ist morgen längst vergessen. Magda sagte nicht «Bleib hier» oder «Nimm mich mit» oder «Versprich mir, dass du wiederkommst». Außerdem war Maria ihr eine schwere Last. Ein paar Tage zuvor hatte sie die bestickte Bluse, die ihr der Onkel aus den Bergen gekauft hatte, zerrissen und ihn als grobes Vieh beschimpft.

Zweimal am Tag rief Jakob jetzt zu Hause an. Es gab keine erfreulichen Neuigkeiten. Die Untersuchungen gingen weiter, und die Ergebnisse sollten erst in einer Woche vorliegen. «Bist du noch dort?», fragte Rivka, und in ihrer Stimme schwang keine Wut mit, sondern nur noch Verachtung.

Der Ratsvorsitzende lief ihm auf dem Flur über den Weg und sagte: «Ich hoffe, Sie lassen sich noch einmal durch den Kopf gehen, was wir besprochen haben.»

«Ich denke durchaus darüber nach.»

«Das Tor der Reue ist nie verschlossen», sagte er in einem überraschend religiösen Ton.

«Das haben unsere Vorfahren gesagt.»

«Wir sollten nicht vergessen, dass es etwas Höheres gibt.»

«Hoffentlich», sagte Jakob, um das ein wenig einzuschränken.

«Hier braucht man keine Hoffnung. Der Glaube wird von einer Generation an die nächste weitergegeben. Nur wer den Glauben verloren hat, klammert sich an Hoffnungen, genauer gesagt: an leere Hoffnungen.»

«Das ist ein erhabener Gedanke.» Jakob schmeichelte ihm und distanzierte sich zugleich.

«Nicht von mir; von meinen Eltern.»

Und schon war er in seinem Büro verschwunden. Merkwürdig, der Ratsvorsitzende war Jakob erschienen, als sei er nicht aus Fleisch und Blut, sondern ein böser Geist. Jakob ärgerte sich, dass er nicht zu ihm gesagt hatte: Und trotzdem schämen Sie sich nicht, für die Trümmer von Grabsteinen Geld zu verlangen. Wenn es um Geld geht, vergessen Sie schnell, dass es etwas Höheres gibt.

Nicht weit von Magdas Haus traf er auf Gregor. Aus irgendeinem Grunde wirkte der größer, als Jakob ihn in Erinnerung hatte. Gregor war überrascht und sagte: «Ich dachte, Sie wären schon gefahren.»

«Ich fahre auch bald.»

«Suchen Sie noch immer nach Cousins?», fragte Gregor amüsiert.

«Nur Sie habe ich gesucht», sagte Jakob und schaute ihm direkt in die Augen.

Gregor sah aus wie ein ganz normaler Bauer, doch wegen der Spalte in seinem Kinn traute sich Jakob zu sagen: «Ich habe dich noch nicht aufgegeben.»

«Ich bin nicht so etwas Besonderes, geben Sie mich lieber auf.»

«Wenn Sie trotzdem einmal etwas brauchen, hier ist meine Karte. So sieht mein Geschäft aus, und hier stehen Adresse und Telefon.»

«Danke», sagte Gregor und nahm die Karte.

Als Jakob sah, wie er sie einsteckte, wagte er noch einen Schritt: «Mein Herz sagt mir, dass Sie mein Cousin sind.»

«Nett von Ihnen, dass Sie sich keinen wohlhabenderen Cousin ausgesucht haben.»

«Zu Hause haben wir viel über Ihren Vater gesprochen, über Laschek. Meine Eltern haben lange um ihn getrauert.»

«Warum?»

«Weil er sich hat taufen lassen. Um einen Juden, der sich taufen lässt, trauert man.»

«Das wusste ich nicht.»

«Wenn Sie etwas brauchen, zögern Sie nicht. Schreiben Sie oder rufen Sie mich an, wie einen Cousin.»

«Ich danke Ihnen.»

«Nur aus Neugierde, sagen Sie mir doch bitte, hieß Ihr Vater Laschek?»

«Ja.»

«Das freut mich. Das Leben birgt viele Geheimnisse. Die meisten sind dunkel, und man weiß nicht, was man damit machen soll, aber es gibt auch helle Geheimnisse, die sind wie Frühlingsblüten oder wie das Rauschen des Flusses oder eine unerwartete Begegnung mit einem Menschen, den man noch nie im Leben gesehen hat. Helle Geheimnisse sind Geschenke, die einen lange begleiten.»

«Sind Sie religiös?», fragte Gregor überrascht.

«Nein.»

«Das klingt aber ganz so.»

«Die Religion hat den Menschen nicht immer gutgetan. Leben Sie wohl, mein Lieber. Ich breche gleich auf. Wenn Sie etwas brauchen, scheuen Sie sich nicht, mir zu schreiben. Sie sollen wissen, Sie sind nicht allein auf der Welt.»

«Ich danke Ihnen von ganzem Herzen.»

«Leben Sie wohl, mein Lieber», wiederholte Jakob und nahm Gregors Hand in seine Hände. «Man sagt, ein Berg kann nicht zum anderen kommen, aber Menschen kommen zueinander. Ich habe das Gefühl, dass wir uns wiedersehen werden.»

«Alles liegt in der Macht des Himmels, vergessen Sie das nicht.»

«Das wissen wir», sagte Jakob und wandte sich zum Gehen.

Durch das kurze Gespräch mitten auf dem Weg wurde ihm klar: Die Tage hier hatten ihn verändert. Wörter, die er von früher kannte und die verloschen in seiner Seele gelegen hatten, waren gleichsam aus ihrem Gefängnis befreit worden, ab jetzt würde er ein anderer sein. Dieser Gedanke hätte ihn beglücken können, doch aus irgendeinem Grund fühlte er sich betrübt. Er machte sich auf und ging schnell zu Magdas Haus.

43

Die Zeit war jetzt sehr knapp. Magda sagte: «Ich bringe dich zum Bahnhof, in zwei Stunden sind wir da.»

Jakob hörte auf jedes Wort aus ihrem Mund. In manchen Augenblicken meinte er, sie sei von ihm enttäuscht und vertraue ihm nicht. «Ich muss doch fahren, meine Liebe.»

«Natürlich musst du fahren. Eine kranke Tochter ist eine Wunde im Körper der Eltern.»

«Aber du, verzeihst du mir?»

«Was gibt es da zu verzeihen? Du hast mir meine Kindheit wiedergegeben und die wenigen schönen Dinge, die ich in meinem Leben hatte. Du wirst in meiner Erinnerung ewig weiterblühen.»

Wäre Maria nicht gewesen, sie hätten mehr Zeit miteinander verbringen können. Maria hatte sie bewacht, so gut sie konnte, und immer wenn sie Jakob gesehen hatte, hatte sie die Beherrschung verloren und gefragt: «Wann fährst du endlich?» War sie nachts aufgewacht, hatte sie gequengelt: «Mama, es ist spät. Nun geh schon schlafen.»

«Wenn du nichts dagegen hast, schiebe ich die Reise noch um einige Tage auf. Mein Herz rät mir das.»

«Auf sein Herz soll man hören.»

Da überfiel ihn ein Gefühl der Schwäche, wie er es seit Jahren nicht gehabt hatte. Er versuchte, sich zu erinnern, wann und unter welchen Umständen er etwas Ähnliches empfunden hatte, und kam nur auf jenes unangenehme Gefühl, als er sich geweigert hatte, für seine Bar-Mizwa zu lernen. Es war ihm präsent geblieben wie eine Narbe, die nicht verheilt. Die Mutter hatte heimlich geweint, doch Jakob war zu dieser Zeit ganz in seinen

Jugendfreuden aufgegangen und hatte nur seine eigenen Bedürfnisse gekannt. Erst später, als er schon in seiner Ehe versunken war, hatte er sich an die unglücklichen Gesichter seiner Eltern erinnert. Die Trauer darüber überfiel ihn jetzt erneut, mit einer Heftigkeit, die sich über Jahre aufgebaut hatte.

Am Nachmittag ging er ins Wirtshaus. Die Wirtin begrüßte ihn mit gekünstelter Freundlichkeit, machte ihm ein Kompliment für seine jugendliche Kleidung und sagte: «Einige Frauen im Dorf haben schon ein Auge auf Sie geworfen.»

«Nächstes Mal», sagte er beiläufig.

«Frauen warten nicht gerne.»

Er bestellte ein Bier und kippte es herunter, saß da und beobachtete die Gäste. Aus irgendeinem Grund hatte er den Eindruck, er trage diese Bilder schon seit Jahren in sich. Die Mutter hatte ihm von der Lebensweise der Bauern erzählt. Jetzt verstand sein Körper: Zwischen Trinken und Vergessen gab es einen Zusammenhang. Kein Wunder, dass es die Leute ins Wirtshaus zog wie Fliegen auf den Klebestreifen einer Fliegenfalle.

In einer dunkleren Ecke saßen ein paar alte Männer, tranken ihr Bier und nuckelten an ihren Pfeifen. Durch Rauchschwaden hindurch erkannte er ihr Schweigen und ihre Trauer. Ihre Gesichter sagten: Wir haben nicht mehr viel Zeit in dieser Welt, und nur Gott weiß, was uns in der kommenden erwartet. Es hat keinen Sinn, Erinnerungen und alte Beschuldigungen herauszukramen. Jetzt hilft gar nichts mehr. Wer noch streitet, ist ein Dummkopf, Streitereien haben der Welt nichts Gutes gebracht. Besser dasitzen und schweigen.

Jakob fühlte sich diesen Alten, die an der Schwelle zum Tod eine bittere Wahrheit begriffen hatten, sie jedoch an niemanden weitergeben konnten, für einen Augenblick verbunden. Ihre Kinder waren weggezogen und dachten nur manchmal an den Feiertagen an sie.

Während er dasaß und über das nachsann, was er sah, kam ein Bauer an seinen Tisch und sagte: «Warum sitzen Sie da und glotzen uns an! Man schaut Menschen beim Trinken nicht zu. Das ist ihre heilige Stunde. Da darf man nicht einfach so hinglotzen.»

«Ich schaue doch gar nicht», sagte Jakob, von der Rede des Bauern überrumpelt.

«Erst glotzen und dann noch lügen.»

«Ich denke nach, ich schaue gar nicht zu Ihnen hin.»

«Wenn man dich erwischt hat, dann gib es wenigstens zu. Bei uns heißt es: Wer sich zu seiner Schuld bekennt, dem wird vergeben.»

«Ich habe noch nie gelogen», sagte Jakob und stand auf.

«Lügner, Lügner», stieß der Bauer hervor und packte ihn am Mantel.

Mit einer überraschenden Bewegung versetzte Jakob ihm einen Schlag. Der Bauer schlug sofort zurück. Jakob sammelte sich schnell und zog dem anderen noch eins über. Als die Alten die Schlägerei sahen, erwachten sie aus ihrem Dämmer und schrien: «Verfluchter Jude.»

Auch der Bauer, der am Boden lag, hielt nicht an sich: «Verschwinde von hier, du verfluchter Jude. Ihr habt der Welt schon genug angetan mit eurem Unglauben. Deine Tante Bronka und Juden wie sie haben die Brunnen des Glaubens vergiftet. Überall haben sie das Gift der Ketzerei gestreut. Wir dachten, wir wären euch los, aber nein, er lebt noch, der Jude. Er kommt leise an, wie ein Chamäleon, und nagelt seinen Blick auf die Seelen der Menschen. Das war schon immer die Art der Juden. Wo sie sind, verbreiten sie Unglauben und verderben die Herzen.»

Jakob hatte zwei Bier getrunken. Er war bereit zum Kampf und hätte ein weiteres Mal zugeschlagen, doch ein paar Frauen umringten ihn, hielten ihn kreischend am Mantel. Er hätte sie mit einer Handbewegung abschütteln können, aber er rührte sie nicht an. Sie lärmten weiter, und auch als er schon zur Tür ging, folgte ihm ihr Geschrei.

Erst jetzt bemerkte er, dass der Bauer ihn am Kopf und am Hals verletzt hatte. Als er zu Hause ankam, wusch Magda ihm sofort das Gesicht, klebte Pflaster auf seine Wunden und setzte sich neben ihn. Die Verletzungen schmerzten, aber es war ein angenehmer Schmerz, wie ein Streifschuss, den man überlebt hatte. Jakob hatte das Gefühl, getan zu haben, was ihm aufgetragen war. Nun konnte er aufbrechen.

In dieser Nacht sah er in völlig klaren Bildern den Verkauf und die Auflösung der Wohnung seiner Eltern in der Melchett-Straße vor sich. Er hätte damals mehr herausschlagen können, hatte es aber nicht getan. Er wollte die Verhandlungen so kurz wie möglich halten und übergab die ganze Angelegenheit seinem Anwalt. Der las ihm diesen Wunsch wohl von den Augen ab und drängte auf einen schnellen Abschluss mit dem Käufer. Schwieriger noch als der Verkauf war die Auflösung des Haushalts. Die Packer vom Verein «Barmherzige Hände», die die Sachen abholen kamen, wirkten unangenehm. Er öffnete ihnen alle Kleiderschränke, die Schubladen in der Küche und den oberen Hängeschrank, in dem seine Eltern das Pessachgeschirr aufbewahrt hatten. Aus irgendeinem Grund trieb er sie zur Eile und sagte: «Nehmen Sie alles, lassen Sie bitte nichts zurück», und tatsächlich nahmen sie alles mit, ohne die Sachen vorsichtig einzupacken.

Jahrelang hatte er nicht an die Packer gedacht. Jetzt sah er sie, jeden einzeln, vor sich. Großgewachsen, kräftig – keine barmherzigen Hände, sondern vierschrötige Männer, die an schwere Lasten und nicht an zerbrechliches Geschirr gewöhnt waren. Er beobachtete sie und schrie beinahe los: So geht man nicht mit Sachen um, die gestern noch von Menschen benutzt wurden! Auch Geschirr und Kleider verdienen eine gewisse Achtung.

Doch sofort wurde ihm bewusst, dass er die Dinge ja selbst an diese Männer ausgeliefert hatte.

Binnen zwei Stunden war das Haus leer; all das, was sich über Jahre und Jahrzehnte angesammelt hatte, war verschwunden. Die offenen Schränke riefen ihm zu: Nichts hast du zum Andenken zurückbehalten, weder die Kerzenleuchter noch den Gebetsmantel und die Gebetsriemen, noch nicht einmal das Gebetbuch und die Bibel. «Nehmen Sie alles mit; lassen Sie nichts zurück», hatte er die Packer angewiesen, denn im Vertrag stand, dass er die Wohnung leer übergeben werde.

Als er am nächsten Tag aufwachte, war Magda bereits draußen im Hof. Der Traum ließ ihn nicht los, sosehr er auch versuchte, ihn abzuschütteln. Später hörte er, wie sie das Haus betrat, den Ofen anfeuerte und das Frühstück zuzubereiten begann. Die vertrauten Geräusche holten ihn aus dem Albtraum. Er zog sich an, rasierte sich, und als er in der Tür zum Esszimmer stand, sagte sie: «*Mode ani* – ich danke dir.»

«Woher hast du denn das?»

«Ich erinnere mich, dass die jüdischen Kinder das jeden Morgen sangen.»

«Ich habe mich geweigert, die Gebete zu lernen.»

«Das ist schade.»

«Warum?»

«Es gibt Tage, an denen man einfach beten muss.»

«Ich glaube dir, meine Liebe», sagte er, war sich aber nicht bewusst, was er da eigentlich sagte.

44

Sie freuten sich aneinander, doch das Dorf freute sich nicht mit ihnen. Magda sagte: «Die Wut der Leute ist mit jedem Tag größer geworden. Ich hoffe sehr, dass ich mich täusche.»

«Auf wen sind sie wütend?»

«Auf mich.»

Maria kam verprügelt vom Feld zurück. Wieder hatten die Jugendlichen sie geschlagen und ihr «Hurenbalg» nachgeschrien. Sie hatte einen von ihnen erwischt und ihm zugesetzt, doch die Jungen hatten nicht von ihr abgelassen, sie mit Steinen beworfen und sie bis fast an die Haustür verfolgt. Jetzt sah er Magda in ihrem Element. Sie fegte wie ein Wirbelsturm aus dem Haus, und die Jungen suchten das Weite. Aber das war nur der Anfang.

Spät am Abend versammelten sie sich erneut, diesmal waren es noch mehr. Sie schrien: «Magda, Hure!», kamen bis an den Zaun und schmierten mit Farbe etwas auf die Latten. Einige schwenkten Benzinkanister und drohten, das Haus anzuzünden.

Magda saß im Wohnzimmer und versuchte sich zu beherrschen, doch als das Geschrei immer lauter wurde, ging sie hinunter in den Keller, stand wenig später mit einer Pistole im Hof und schoss.

Die Schüsse überraschten die Jugendlichen, und sie rannten um ihr Leben. Doch einige provozierten weiter. Magda zögerte nicht und schoss noch einmal.

«So ist das hier», sagte sie, als sie zurückkam, mit unterdrückter Wut.

«Du schießt ja wie ein erfahrener Soldat», sagte Jakob, um die Spannung ein wenig zu lösen.

«Das hab ich bei den Kommunisten gelernt.»

Jakob fühlte sich nicht wohl damit, dass Magda und nicht er hinausgegangen war, um das Haus zu verteidigen.

In dieser Nacht schliefen sie nicht. Jede Stunde ging Magda hinaus, um zu sehen und zu lauschen, was sich tat. «So ist das hier», sagte sie noch einmal, «zuerst hetzen sie die Jugend auf dich, und dann kommen die ausgewachsenen Schläger. Früher habe ich mich gefürchtet.»

Diesmal hatte Maria es abgekriegt. Sie saß mit aufgerichtetem Oberkörper im Bett, und Magda versorgte ihre Wunden. Sie jammerte, und Magda beruhigte sie wie ein kleines Kind. Maria erzählte immer wieder, was die Jungen ihr angetan hatten, und Magda sagte: «Keine Sorge, jetzt, nachdem ich auf sie geschossen habe, werden sie sich nicht mehr trauen.»

«Hast du sie umgebracht?»

«Ich habe ihnen mächtig Angst gemacht.»

«Du hättest sie umbringen müssen.»

Merkwürdig, sagte sich Jakob, ich bin Offizier einer Kampfeinheit, schaue zu, wie eine Frau mich und ihre Tochter verteidigt, und beteilige mich nicht am Kampf.

«Hast du noch eine Pistole?»

«Nein, leider nicht.»

«Schade.»

«Die wissen, mit mir ist nicht zu spaßen.» In Magdas Worten lag kein Hochmut. Sie hatte das gesagt, wie sie sonst von den Schädlingen im Obstgarten oder von irgendwelchen Krankheiten sprach, die man bekämpfen musste.

Als der Morgen dämmerte, holte sie einen Kanister Benzin, und sie gingen mit Lappen hinaus, um die Schmierereien vom Gartenzaun zu entfernen. Es dauerte lange, bis es ihnen gelungen war, die Farbe abzubekommen. «Du bist mutig», sagte er ihr, nachdem er endlich die passenden Worte gefunden hatte.

«Ich bin nicht mutig. Die Erfahrung hat mich klüger gemacht.»

Jakobs Hals und Schulter schmerzten noch, aber das war kein bedrückender Schmerz. Er empfand Magdas Nähe mit jedem Moment stärker, und als sie am Tisch saßen, um zu frühstücken, wusste er, dass sein bisheriges Leben vorbei war und sein zukünftiges Leben anders werden würde. Wie anders, das konnte er nicht sagen.

45

Am selben Tag schickte Magda Maria zu ihrer blinden Tante, die am anderen Ende des Dorfes wohnte, und bereitete ein festliches Abendessen: auf Kohlen gegrillte Fische aus dem Fluss. Jakob wusste, dass er am nächsten Tag um diese Zeit schon auf dem Flughafen in Warschau sein würde, auf dem Weg nach Hause.

«Die Tage hier sind im Nu vergangen.»

«Gott sei Dank waren sie schön», sagte Magda.

«Das verdanke ich dir.»

«Wenn Gott es will, läuft alles, wie es soll.»

Magdas Glaube hatte ein festes Fundament, doch sie kehrte ihn nicht besonders heraus. Sie sprach ganz schlicht von Gott. In seiner Torheit hatte Jakob sie ein paarmal gedrängt, ihm ihren Glauben zu erklären. Ihre Antworten hatten die Anmut eines Menschen, dem alles Abstrakte fremd ist. Auch seine Eltern hatten etwas von dieser Religiosität gehabt, doch war ihm die früher primitiv vorgekommen, ganz anders als das, was in seinem Freundeskreis gedacht und gesprochen worden war. Aus irgendeinem Grund fand er es wichtig, jetzt noch einmal zu sagen: «Ich habe meine Eltern nicht verstanden. Die schienen so gar nichts mit meinem Leben zu tun zu haben. Alle späteren Versuche, ihnen nahezukommen, sind fehlgeschlagen. Am Ende haben sie mich vor lauter Kummer aufgegeben.»

Die Sätze der Reue konnten den Abend nicht trüben. Er fühlte sich Magda immer näher. Seine Schmerzen am Hals und in der Schulter brachten sie noch inniger zusammen. Die Nähe entzündete in ihm eine Traurigkeit über sein bisheriges so verworrenes und von so vielen Missverständnissen geprägtes Leben.

Um kein Mitleid zu erwecken, sprach Magda nicht von Trauer oder Schmerz. Sie sagte: «Komm, lass uns tun, was in diesem Moment das Richtige ist.»

Jakob seinerseits steckte fünftausend Dollar in einen Briefumschlag und sagte: «Das ist für dich. Wenn dir das ein bisschen helfen kann, freut es mich.»

«Das ist zu viel.»

«Mir wird es nicht fehlen.»

«Du bist genauso großzügig wie deine Vorfahren.»

«Und hier ist meine Karte, Adresse und Telefon. Wenn du etwas brauchst, zögere nicht. Du bist mir wie eine Schicksalsschwester.» Als sie das hörte, senkte Magda den Kopf. Er wusste ja, dass Geschenke oder Komplimente sie verlegen machten.

Etwas später erneuerte sie seine Pflaster und erzählte, dass sie vor vielen Jahren, noch vor ihrer Hochzeit, einen Sanitäter-Kurs besucht hatte, der drei Monate dauerte. Sie hatte viel über den menschlichen Körper gelernt und wie man Erste Hilfe leistete. «Du bist also in guten Händen», scherzte sie.

«Daran habe ich nie gezweifelt.»

Den ganzen Abend sprachen ihre Körper in einer Sprache, die nur Körper verstehen. Mitunter meldeten sich andere Erinnerungen und Wünsche, doch die wurden von einer großen Nähe gleichsam aufgesogen, die keiner Worte bedurfte. So ging es bis spät in die Nacht. Schließlich sank Jakob in einen tiefen Schlaf und merkte nicht, wie Magda zeitig aufstand, Feuer machte, den Wasserkessel aufsetzte und hinaustrat, um den Wagen anzuspannen.

Sie hatten noch Zeit, zusammen einen Kaffee zu trinken, eine Zigarette zu rauchen und ihre Hände ineinanderzulegen. Draußen lastete das Dunkel auf den Feldern und Obstgärten. Hin und wieder war der Schrei eines Raubvogels zu hören. Die großen, kräftigen Pferde waren schon hellwach und tranken aus der Tränke.

«Ich bin froh, dass ich die Pferde habe und dich zum Zug bringen kann», sagte Magda.

«Die Pferde sind herrlich», erwiderte er und freute sich, dass er in diesem Augenblick einige Worte der Bewunderung gefunden hatte.

«Sie sind nicht mehr jung, aber sie tun alles, was sie müssen. Hast du auch nichts vergessen?»

«Und wennschon?»

«Dann gehört es mir.»

«Ich freue mich, dass alles, was mein ist, dein ist», sagte er, und beide lachten.

Magda ging nachschauen, ob die Mägde erschienen waren, und Jakob stand für einen Moment mit sich allein. Alles, was er während seines Aufenthaltes hier erlebt hatte, war in ihm plötzlich blind und düster, wie dieser Morgen, dessen letztes Dunkel ihn umfing. Ich gehe und Magda bleibt hier, sagte er sich, und dabei kamen ihm die Tränen. Ich hätte ihr mehr dalassen sollen. Wenn die Kühe krank werden, wovon soll sie dann leben?

«Jakob», hörte er sie rufen.

«Ja?»

«Ich bin gleich wieder bei dir.»

«Keine Eile.»

«Ich will dich aber sehen.»

«Ich dich auch.»

«Ich bin vor dem Kuhstall draußen. Siehst du mich?»

«Ich sehe dich.»

«Ich dich auch.»

Mit diesem kurzen Gespräch im faden Dunkel tat sich zu seinen Füßen ein Abgrund auf: das schmerzhafte Wissen, dass er Worte wie die, die er eben gehört hatte, nie wieder hören würde.

46

Die Pferde galoppierten los. «Seit ich die Holzräder durch Gummiräder ersetzt habe, ist das Fahren so viel angenehmer», sagte Magda. In ihrer Sachlichkeit steckten immer auch Staunen oder Freude. In den letzten Tagen hatte er sich jeden Ausdruck und jede ihrer Bewegungen gut eingeprägt. Wenn sie zum Beispiel «meine Pferde» sagte, betonte sie damit nicht, dass sie deren Besitzerin war. Alles, was sie umgab, vor allem Tiere, war ihr lieb, auch der Hund und die beiden Katzen. Wenn sie bei ihnen stand oder sich bückte, um ihr Fell zu streicheln, dann lag darin keine Überlegenheit, sondern es war, als würde sie sagen: Wir sind doch eine Familie.

Am Tag zuvor hatte sie ihm erklärt: «Ich kehre gerne in die Vergangenheit zurück und sehe, was ich in meiner Jugend gesehen habe.»

«Wie machst du das?»

«Ich stelle es mir vor. Dadurch wird das Leben ein bisschen reicher. Findest du nicht?»

«Ich werde dich immer neben mir sitzen sehen», sagte Jakob, angesteckt von ihrem Ton.

«Was bist du so bescheiden? Warum nur unser Zusammensitzen, warum nicht alles, was wir miteinander gemacht haben?», fragte Magda, um ihn zum Lachen zu bringen.

«Alles?»

«Ja, wir geben uns nicht mit weniger zufrieden.»

«Na gut, von jetzt an alles», sagte er, und sie lachten.

Der Nebel löste sich langsam auf; am Horizont brach das Morgenlicht durch. Jakobs Schmerzen erwachten wieder, und er dachte an den roten Kopf des Bauern, der wütend auf ihn geworden war, weil er dem Betrunkenen zu nahe getreten war. Kräftig war er gewesen und hatte fälschlicherweise angenommen, dass Jakob sich nicht wehren würde. Er hatte zugeschlagen, als sei er nüchtern, doch Jakob, schneller als er, war ihm ausgewichen und hatte selbst zugeschlagen.

«Auch ich», hatte Magda ihm zwei Tage vorher offenbart, «habe in schlechten Zeiten getrunken. Auch ich habe in der Gosse gelegen. Doch Gott hat mich in seiner großen Gnade den Fängen des Bösen entrissen und meinem Leben wieder einen Sinn gegeben. Ich weiß, wie es ist, ganz unten zu sein.»

Wenn Magda von ihren schlechten Jahren erzählte, sah man ihr die Not, die sie erlebt hatte, an. Es war nicht leicht, sie sich betrunken in der Gosse vorzustellen, aber sie sagte immer wieder: «Auch ich war in meinen schlechten Zeiten nicht ich selbst. Ich danke Gott, dass er mich aus diesem Sumpf herausgezogen und mir den göttlichen Funken zurückgegeben hat. Den verliert man hier sehr schnell.» Magda redete ganz offen von ihren Schwächen: «Einmal habe ich einen ganzen Tag lang geweint und nicht aufhören können, bis ich gestolpert bin und mir den Knöchel verstaucht habe. Manchmal rettet dich ein Schlag oder ein körperlicher Schmerz aus der Verzweiflung.»

Sie erzählte ihm von einer Zeit, da sei sie diese Straße zwei- und sogar dreimal in der Woche hin- und hergefahren. Das Leben unter kommunistischer Herrschaft sei geordnet und durchorganisiert gewesen. Junge Menschen habe man auf berufliche Fortbildungen und Lehrgänge geschickt. «Jungsein ist doch der pure Leichtsinn. Wenn du jung bist, willst du das Böse und Verbogene nicht sehen. So bin auch ich reingefallen. Bei einer dieser Veranstaltungen habe ich meinen Mann kennengelernt, er leitete damals den Kurs. Er war groß und schön und nett zu den Jugendlichen. Ein starker Baum, aber von innen faul. Ich habe nur den Baum gesehen, nicht die Fäule innen drin.»

In jedem Gespräch offenbarte sie ihm noch etwas aus ihrem Leben. Doch sie beschwerte sich nicht. Sie reihte die Tatsachen aneinander, ohne viele Ausschmückungen. Selbst wenn sie von ihrer Mühsal sprach, schwang eine Melodie in ihrer Stimme.

«Wirst du das Dorf jemals verlassen?»

«Wem soll ich denn Maria anvertrauen?» Magda liebte ihre Tochter nicht, setzte sich aber sehr für sie ein. «Sie ist doch nicht schuld daran, dass sie so ist. Es ist meine Schuld, dass ich das Offensichtliche nicht gesehen habe. Ihr Vater hat ihr seine ganze Krankheit und Verdorbenheit mitgegeben. In ihr wohnt die Sünde anderer, nicht ihre eigene. Es ist wahr, ich schlage sie manchmal, aber nur, um sie zu bändigen. Ich weiß, dass man das nicht darf. Ich wurde zuerst von meinem Vater geschlagen und später von meinem Mann. Jeder dieser Hiebe steckt bis heute in meinem Körper. Ich habe mir geschworen, meine Kinder nicht zu schlagen, aber ich schaffe es nicht immer. Du hast es ja selbst gesehen, sie macht mich wahnsinnig.» Dann fasste Magda sich wieder und sagte: «Warum belaste ich dich mit meinen Sorgen? Du hast eine lange Reise vor dir, da musst du bei Kräften sein.»

«Ich liebe dich, und ich liebe dein Leben», sagte Jakob und schaute ihr in die Augen.

«Ich würde besser zwischen mir und meinem Leben unterscheiden. Mein Leben ist nicht gerade ruhmvoll, und an vielem davon bin ich selbst schuld.»

«Allem, was zu dir gehört, fühle ich mich verbunden.»

«Ich wäre vorsichtig mit solchen allgemeinen Sätzen. Achte auf dich selbst und auf das, was Gott dir gegeben hat.»

Danach sprachen sie nicht mehr. Jakob war wach, doch er hatte in seinem Kopf weder Gedanken noch Bilder. Er gab sich der Bewegung des Wagens hin und wusste, dass er sich schon bald von diesen Rädern verabschieden und in einen Zug umsteigen musste. Die Eisenbahn würde ihn dann wie auf Flügeln nach Krakau tragen.

Magda zügelte die Pferde und sagte: «Damit du mich nicht vergisst, schreib mir lange Briefe.»

«Ich kann nicht auf Polnisch schreiben.»

«Schreib so, wie du mit mir sprichst. Genau so, wie du mit mir sprichst. Ich werde es schon verstehen. Lass ja niemand anderen für dich schreiben.»

«Warum nicht?»

«Es steht einem jüdischen Offizier nicht gut an, dass jemand anders seine Briefe für ihn schreibt», antwortete sie zu seiner Überraschung.

«Aber du darfst nicht über meine Fehler lachen.»

«Ich verspreche dir, nicht zu lachen.»

«Wenn du mir das versprichst, dann werde ich dir schreiben.»

«Für so ein Versprechen kriegst du einen Kuss», sagte sie und küsste ihn.

Seine Wunden schmerzten immer noch, aber der Schmerz war erträglich. Mit jedem Augenblick spürte er stärker, wie sich die Kraft, die Magda ihm gegeben hatte, in den Muskeln seiner Arme sammelte. Wenn jetzt ein Betrunkener käme oder jemand sie überfiele, würde er es ihm gehörig zeigen.

47

Angekommen», sagte Jakob, als Magda den Wagen anhielt. Der Bahnhof war beinahe leer. Ein paar Bauern standen mit ihren Bündeln auf den Bahnsteigen und warteten auf den Zug.

«Hat der Zug Verspätung?», fragte Jakob einen von ihnen.

«Der Zug hat immer Verspätung», sagte der Bauer und steckte seine Pfeife wieder in den Mund.

Feine Nebel krochen den Bahnsteig entlang und an den Toren der Lagerräume empor. Die wenigen Pferde harrten aus in ihrem Geschirr und dämmerten vor sich hin.

«Magda», sagte er, ohne zu wissen, was er ihr sagen wollte.

«Ich warte mit dir.» Sie blieb, um ihm nahe zu sein.

«Du verschwendest zu viel Zeit auf mich.»

«Ich war schon immer verschwenderisch, und jetzt verschwende ich mit Wonne.»

«Gibt es hier kein Café?»

«Hast du vergessen, dass das hier ein Dorfbahnhof ist? Die Leute im Dorf trinken zwar gerne, aber nicht Kaffee.»

Einen Moment lang bedauerte er, dass ausgerechnet diese wertvolle Stunde mit belanglosem Geschwätz vorüberging. Doch hatte er selbst keinen einzigen bedeutenden Gedanken im Kopf. Er fühlte sich nicht wie jemand, der losfuhr, sondern wie einer, der von einer langen Reise voller hinreißender Anblicke zurückkam und aufgrund irgendeines Irrtums dazu verurteilt war, gleich wieder auf Wanderschaft zu gehen.

«Habe ich dir meine Visitenkarte gegeben?»

«Natürlich hast du sie mir gegeben, und ich werde sie gut aufbewahren. Ich komme dich noch eines Tages besuchen.»

«Ich würde mich sehr freuen, wenn du kämst», sagte er und spürte sofort, wie hohl die Worte klangen.

«Pass gut auf den Koffer auf, hier wird überall geklaut.»

«Keine Sorge. Ich passe schon auf.» Er fand, dass Magda mit ihm redete wie mit einem kleinen Bruder, der auf eine weite Reise geht.

Ein paar Augenblicke später war schon das Pfeifen der Lok zu hören.

«Magda, meine Liebe. Behüte dich Gott.»

«Dich auch. Schreib mir.»

Und wie immer in solchen Augenblicken war jedes Wort fehl am Platz. Hätten die Bauern nicht die Türen belagert, er hätte Magda umarmt und geküsst und ihr gegeben, was Worte nicht geben können, aber er stand erstarrt und unbeholfen zwischen den anderen Reisenden und wiederholte nur ein einziges Wort, als stecke darin alles, was er sagen wollte: «Magda.»

«Was ist, mein Lieber?»

«Nichts. Pass gut auf dich auf.»

«Und du, versprich mir, nicht traurig zu sein.»

«Ich stehe fest wie eine Mauer», sagte er und ließ die Arme sinken.

Die Bahn fuhr los, und mit einem Mal war Magdas Gesicht verschwunden. Seinerzeit hatte er seinen Soldaten vorgehalten, dass die halbherzige Ausführung eines Befehls keine wirkliche Befehlserfüllung sei. Ein Befehl gelte nur dann als erfüllt, wenn man auch die Menschen dahinter berücksichtige und wenn man die Großzügigkeit und die Ritterlichkeit nicht vergesse. Er konnte sich nicht mehr erinnern, wann und wo er den Ausdruck «Ritterlichkeit» gelernt hatte und seit wann er ihn verwendete. Das war ein ungewöhnlicher Ausdruck beim Militär, und die Soldaten hatten gekichert, als sie ihn hörten.

Es ärgerte ihn, dass der Abschied von Magda so wenig elegant, durcheinander und ohne jede Ritterlichkeit gewesen war. Auch seine Worte hatte er nicht gerade brillant gewählt. Jetzt würde Magda nach Hause fahren und sich sagen: Schade, dass er nichts vom Adel seiner Vorfahren hat.

Trauer und Müdigkeit vermischten sich, und er schlief ein. Im Traum sah er Wanda, nicht in ihrer tatsächlichen Gestalt, sondern als Hohepriesterin, die in einem Bett an bunten Kissen lehnte. Ihm fiel auf, dass ihr rundes Gesicht länger geworden war.

Zuerst bemerkte sie ihn nicht, doch als sie es tat, sagte sie: «Die Juden sind ein großes Volk, und zwar ein ganz besonderes. Traurig nur, dass sie den Messias leugnen. Der Messias wollte sie doch bloß von ihren überflüssigen Gesetzen, die allein Äußerliches betreffen, befreien und ihnen die Liebe zu allen Geschöpfen einpflanzen. Die Juden sagen: Wir stehen alle füreinander ein. Jesus wollte sie aus ihrer Beschränkung, aus ihrer Selbstliebe herausholen. Leider hat dieses kluge Volk das nicht verstanden. Es wäre ihm dann ein anderes Schicksal zuteil geworden.»

Jakob wusste, dass Wanda aus reinem Herzen sprach, und trotzdem ärgerte er sich. «Mutter Wanda», sagte er, «hättet Ihr dasselbe auch zu meinem Urgroßvater Itsche-Meir gesagt?»

«Ihm gegenüber hätte ich mich nicht getraut. Er stand fest in der Rüstung seines Glaubens, wie ein erfahrener Krieger. Ganz freundlich hat er gesagt: ‹Wanda, vergiss nicht, die Juden sind ein altes Volk, auch ihre Not wird sie nicht verändern. Die Juden und ihr Gott sind eins.›»

«Und ich, bin ich kein Jude?»

«Doch, doch, gewiss bist du ein Jude, mein Lieber, aber du trägst nicht das Kettenhemd des Glaubens, du bist ungeschützt, jeder Windstoß setzt dir zu.»

«Woran siehst du das?»

«An deinem Äußeren natürlich, an deinen Bewegungen und

Gesichtszügen. Du bist ohne Glauben übriggeblieben, und ein Jude ohne Glauben ist sehr anfällig.»

«In Schidowze habe ich etwas gelernt», sagte Jakob und streifte für einen Moment die Rolle des Angeklagten ab.

«Was hast du gelernt, mein Lieber?»

«Dass ich Vorfahren habe.»

«Das wusstest du nicht?»

«Ich wusste es schon, aber es war ein oberflächliches Wissen. Ich hab sie nicht in mir getragen.»

«Ich verstehe dich nicht», sagte sie und kam etwas näher.

«Als ich hierhergefahren bin», Jakob sprach jetzt lauter, «war mir nicht klar, wozu ich diese Reise mache. Ich bin aufgebrochen, weil mein Herz es mir gesagt hat. Ich hätte nicht gedacht, dass ich zur richtigen Zeit an den richtigen Ort gelangen würde.»

Wanda lächelte und sagte: «Die meisten Leute wissen nicht, was sie mit ihrem Leben anfangen sollen. Ich unterstelle meinen Willen jeden Morgen Gott und bitte ihn, dass er ihn leitet, dass er die Aufsicht darüber führt. Der Mensch irrt und lenkt dabei auch noch andere in die Irre. Da ist es besser, wenn er sich von Gott leiten lässt.»

«Ich danke Euch, Mutter Wanda, für diesen Rat.»

«Den hab ich von deinem Urgroßvater Itsche-Meir bekommen.»

«Ich habe den Grabstein von Itsche-Meir nicht ausgelöst», erinnerte sich Jakob und erschrak.

«Mach dir keine Sorgen, dein Urgroßvater ist so viel bedeutender als der Stein, er ist bedeutender als dieses ganze Dorf.»

In ebendiesem Moment hielt die Bahn an. Jakob schlug die Augen auf und fragte: «Wo sind wir?»

«In Krakau angekommen», sagte der Mann, der ihm gegenübersaß.

Die Bauern schleiften ihre Bündel hinaus, doch Jakob hatte

es nicht eilig. Ihre schwerfälligen Bewegungen fesselten seinen Blick. Er stand da und beobachtete sie aufmerksam, als seien es nicht Bauern, die zum Markt fuhren, sondern Menschen, die gemeinsam an einen heiligen Ort gereist waren, um zu beten. Fast hätte er gesagt: Aber ich weiß doch nicht, wie man betet. Es gab einmal einen Moment der Gnade, in dem ich das Beten hätte lernen können, doch den habe ich verpasst, als ich meinen Bar-Mizwa-Lehrer davongejagt habe. Er hätte mir das Beten beibringen können, er und sonst niemand, aber ich war verschlossen. Seine Sprache war so anders als meine, dass nichts davon zu mir durchdrang.

So stand er da und beobachtete die Bauern, bis sie alle ausgestiegen waren.

48

Jetzt blieben ihm noch zweieinhalb Stunden. Die Idee, dass er an die Orte zurückkehren könnte, an denen er bereits gewesen war, riss ihn aus seinen düsteren Gedanken.

«Fahren Sie mich zur alten Synagoge», bat er den Taxifahrer.

«Waren Sie schon mal dort?»

«Ich bin hier wie zu Hause», rutschte es Jakob heraus.

Die Fahrt dauerte nicht lange, er erkannte sogleich die Straße und die wenigen Bäume, die sie überschatteten. Der Vorplatz der Remu-Synagoge war leer, das Gebäude selbst verschlossen. In einiger Entfernung polterten ein paar Touristen durch eine der Gassen. Beinahe wäre er zu ihnen hingegangen und hätte gesagt: «Hier darf man nicht so einen Krach machen.»

Er lief langsam, zog den Koffer hinter sich her und staunte über die alten Gebäude, deren Fassaden die Vergangenheit bewahrt hatten. Aus den Fenstern schauten einige jugendliche Gesichter. Sie erinnerten ihn an die jungen Bäuerinnen, die er in den Maisfeldern hatte arbeiten sehen.

Im Gehen hatte er das Gefühl, dass alles, was er an den Tagen im Dorf in sich aufgenommen hatte, auch all das, was Magda ihm gegeben hatte, aus ihm herausrann. Nicht mehr lange, und er würde wie ein durchlöcherter Sack leer daliegen. Mit diesem Gefühl erreichte er den Kiosk, an dem er bei seinem letzten Besuch ein belegtes Brötchen und eine Limonade erstanden hatte. Er war weder hungrig noch durstig, doch musste er unbedingt dieses Rinnen stoppen, bevor es ihn ganz entleerte.

«Ein Käsebrötchen», rief er.

«Sofort.»

«Und eine Limonade.»

Das Brötchen schmeckte gut, und er aß es im Stehen auf.

Für einen Moment schien es ihm, als lasse das Rinnen nach. Er dachte, er sollte sich nun am besten eine Steinbank suchen und ein wenig den Passanten nachblicken, und so setzte er sich hin.

Obwohl der Morgen schön hell und angenehm war, empfand er eine Unruhe. Das bedrohliche Gefühl hatte zwar abgenommen, aber ganz verflogen war es nicht. Der Bauer fiel ihm ein, der ihn geschlagen hatte, und er spürte, dass seine Hände schwer waren und kraftlose Fäuste bildeten. Wenn sie jetzt zuschlagen müssten, träfen sie daneben.

Aus einer Gasse gegenüber trat eine Gruppe lärmender Touristen; im ersten Augenblick meinte er, sie stritten sich, aber das war ein Irrtum. Sie wetteiferten darin, wer sich am besten erinnerte, was sie über Krakau und die großen Rabbiner der Stadt gelernt hatten. Die ganze Szene kam ihm vor wie ein Wassertraum. Die Leute liefen nicht, sie schwebten über das Pflaster.

Ein Mann in seinem Alter steuerte auf ihn zu und fragte ihn: «Wen suchen Sie?»

«Ich suche gar nicht», antwortete Jakob schnell.

«Ich hatte den Eindruck, dass Sie jemanden verloren haben und suchen.»

«Da täuschen Sie sich.»

«Dann entschuldigen Sie die Störung.»

Erst jetzt fiel ihm auf, dass der Mann die Arme eng am Körper hielt und sich seine Finger, während er sprach, zusammenkrallten. Jakob sah seine weit aufgerissenen Augen, den staunenden und zugleich ängstlichen Blick. Der Mann war ihm sympathisch, doch Misstrauen und Vorsicht hielten ihn davon ab, sich näher auf ihn einzulassen, und er sagte nur: «Sie haben mich nicht gestört. Ich habe noch eineinhalb Stunden und vertreibe mir die Zeit.»

«Wohin fahren Sie?»

«Zurück nach Israel.»

«Dass ein Mensch nach Israel fährt, das bewegt mich.»

«Warum?»

«Weil ich selbst Vierteljude bin. Einer meiner Großväter war Jude. Ich habe ihn im hohen Alter noch gekannt. Er saß die meiste Zeit in seinem Zimmer, las oder hörte Musik. Er gehörte zu uns und war uns trotzdem irgendwie fremd.» Ein feines, etwas schiefes Lächeln spielte auf seinen Lippen und ließ auf einen in sich gekehrten Menschen schließen, dem das Reden schwerfiel.

«Hat er mit Ihnen gesprochen?»

«Nur wenig.»

«Sie haben ihm keine Fragen gestellt?»

«Ich hatte das Gefühl, es sei unhöflich, Fragen zu stellen.»

«Wann ist er gestorben?»

«Vor einem Jahr. Genau vor einem Jahr.»

«Und was ist Ihnen von ihm geblieben?»

«Ein Geheimnis. Ein großes Geheimnis», sagte der Mann, und nun sah man seine schlechten Vorderzähne.

«Merkwürdig», sagte Jakob.

«Warum merkwürdig?», fragte er ängstlich und angespannt.

«Meine beiden Großväter sind ermordet worden, und ich bin ohne Großeltern aufgewachsen. Was ist aus der Familie Ihres Großvaters geworden?»

«Auch die wurden alle ermordet.»

«Hat Ihr Großvater nicht von ihnen erzählt?»

«Ich habe ihn nie über sie reden gehört», sagte er und senkte seinen großen, kahlen Kopf. Für einen Augenblick schien es, dass er jetzt wortlos verschwinden werde. Jakob breitete die Arme aus, als wolle er ihn aufhalten. Indessen wurde die Stille um sie herum noch dichter; alles, auch die lärmenden Touristen waren verstummt. «Früher war dieser Ort voller Juden», sagte Jakob aus irgendeinem Grund.

«Stimmt. Nur wenige haben überlebt, und die sind nicht mehr hier. Sagen Sie, woher stammt Ihr Polnisch?»

«Von meinen Eltern. Das war ihre Geheimsprache.»

Der Mann änderte seinen Ton und sagte: «Hierher kommen öfter Leute aus Israel, aber ich habe es nicht gewagt, sie anzusprechen. Ich hatte so ein Gefühl, dass ich sie nicht stören dürfe.»

«Menschen sind keine Engel. Die darf man ruhig stören.»

«Als Vierteljude ist man ein Invalide. Man gehört weder hierhin noch dorthin», sagte er und erschrak über seine eigenen Worte.

«Da irren Sie sich. Sie sind einer von uns», sagte Jakob. Sein Offizierston war zurückgekehrt.

«Sind Sie sicher?»

«Absolut sicher.»

«Danke», sagte der Mann, und sein Lächeln wurde ein bisschen breiter.

«Sie müssen mir nicht danken. Ich habe nichts getan.»

«Doch, haben Sie durchaus», sagte der Mann, wandte sich um und ging.

Jakob hielt ihn nicht auf. Er zog seinen Koffer in die Gasse, die zur Hauptstraße führte. Er musste nicht warten, gleich bremste ein Taxi, das ihn direkt zum Bahnhof fuhr.

«Angekommen», sagte er, so als sei er stundenlang herumgeirrt, bevor er endlich den richtigen Weg gefunden habe. Er dachte daran, dass Magda ihn erst vor einigen Stunden zum Bahnhof gefahren hatte. Der Morgen war dunkel und neblig gewesen, aber den kräftigen Pferden hatte das nichts ausgemacht. Sie hatten den Wagen mit Leichtigkeit gezogen. Was er gesagt und was Magda geantwortet hatte, daran erinnerte er sich nicht mehr, doch das Gefühl des Schwebens auf dem gummibereiften

Wagen und den Geruch des Parfums an Magdas Hals trug er noch in sich.

Es kam ihm auf einmal so vor, als habe Magda ihm ein sehr wichtiges Geheimnis anvertraut, und er, schusselig, wie er war, habe nicht richt aufgepasst und halte jetzt nicht einmal mehr das Ende eines Fadens in der Hand und ahne nicht, was er verloren habe. Während er noch versuchte, diese Verzweiflung niederzukämpfen, gab die Lautsprecheransage die Abfahrt des Zuges bekannt, und Jakob eilte inmitten der Menschenmenge zu den Wagen.

49

Der Zug fuhr an, und Jakob schloss die Augen. Plötzlich sah er seine Tochter Tamar vor sich. Seit Rivka ihm gesagt hatte, dass sie im Krankenhaus liege, hatte ihr Bild sich wieder in ihm festgesetzt. Anders als ihrer großen Schwester war Tamar die Mathematik schwergefallen. Diese Schwäche hatte alle Jahre des Gymnasiums überschattet. Stundenlang saß Jakob neben ihr und löste Aufgaben. Ab und zu gelang ihr auch alleine eine Rechnung, dann war sie glücklich. Doch meistens blieb sie unzufrieden, ärgerte sich über sich selbst und hatte das Gefühl, dass ihr Leben ein einziges unabwendbares Scheitern war.

In dieser Zeit war er ihr sehr nahe gewesen. Auch nachdem sie die Aufgaben gelöst hatten, saßen sie oft noch zusammen. Insgeheim wusste er, dass sie dieses Unvermögen nicht eben von ihrer Mutter hatte. Rivkas Kopf arbeitete wie ein Computer, eine Veranlagung zum Praktisch-Nüchternen floss in ihren Adern. Auch Jakob fehlte es nicht an praktischer Begabung, doch trug er von Anfang an eine gewisse Schwäche in sich, die er zunächst nicht weiter beachtet hatte. Sie drückte sich vor allem darin aus, dass er jeden Tag ein, zwei Stunden mit sich allein sein wollte. Dieses anhaltende Bedürfnis hatte ihn von seinen Klassenkameraden und den Freunden beim Militär unterschieden. Er war sich sicher, etwas davon an seine Tochter weitergegeben zu haben. Rivka, die beständig seine Schwachpunkte suchte, hatte gesagt: «Tamar kommt nach dir.»

In den letzten beiden, den kritischen Jahren des Gymnasiums hatte er ihr Tag für Tag beigestanden. In dieser Zeit entdeckte er, dass sie gerne Flöte spielte und auch eigene Melodien erfand.

Nicht selten spielte sie ihm, nachdem sie die Rechenaufgaben gelöst hatten, etwas vor. Was für ein jugendliches Staunen lag dann auf ihrem Gesicht, so als sage sie: Ich bin anders als meine Schwester Anat, ich bin zwar nicht gut in Mathematik, aber ich habe eine kleine Begabung, ganz für mich. Vielleicht ist das nichts Besonderes, aber mir macht es viel Vergnügen. Und ich freue mich, Papa, dass dir mein Spielen gefällt.

Jakob hatte gehofft, dass sie aus dieser Begabung im Lauf der Zeit etwas machen würde. Die Vorstellung, dass seine Tochter komponieren und öffentlich auftreten könnte, weckte in seinem Herzen ein leichtes Rachegefühl. Eines Tages würde er zu Rivka noch sagen: Ja, Tamar kommt nach mir, und das nicht nur im Aussehen, sondern auch in ihrem Wesen.

Als sie ihr Abitur bestanden hatte, war er sehr stolz auf sie gewesen. Er hatte geglaubt, dass sich ihr ab sofort kein Hindernis mehr in den Weg stellen würde. Sie würde Musik studieren und Komponistin werden. Beim Militär entwickelte sie ihre Liebe zur Musik weiter, doch dann verliebte sie sich in einen hohlen, eingebildeten Soldaten. Jakob hatte sofort erkannt, was das für einer war, und versucht, sie von ihm abzubringen, doch sie war über beide Ohren verliebt. Keine seiner Warnungen konnte ihr die Augen öffnen.

Zu seinem Leidwesen heirateten die beiden schnell, und Tamar hörte auf zu flöten. Wäre er ein Vater wie andere Väter, wäre er zufrieden gewesen. Doch er konnte den jungen Mann nicht ausstehen und ging auf Distanz. Rivka, wie es ihre Art war, füllte den Raum, der so entstand, aus und band das junge Paar fest an sich. Von da an entfernte sich Jakob von allen. Wenn er ab und zu Sehnsucht empfand, so war es die Sehnsucht nach der kleinen Tamar. Tamar merkte das natürlich nicht. Sie lief blind ihrem Mann hinterher.

Seit Rivka ihm gesagt hatte, dass sie im Krankenhaus liege,

hatte er den jungen Mann ganz aus seiner Vorstellung gelöscht. Er sah nur noch Tamar. Sie löste wie zu ihrer Gymnasialzeit Algebraaufgaben und spielte Flöte, doch inzwischen war ihr Selbstbewusstsein gewachsen, und sie entlockte dem Instrument klare, gefühlvolle Töne.

Jakob erwachte, schlug die Augen auf und fragte den Mann, der ihm gegenübersaß: «Ist es noch weit bis Warschau?»

«Noch eineinhalb Stunden, wenn nichts dazwischenkommt.»

Nur einen Tag zuvor hatte er bei Magda gesessen und mit ihr zusammen gegessen. Magda trug ihr festliches schwarzes Kleid, und ihr Gesicht war so voller Leben, dass sie zu sagen schien: Wir wollen der Verzweiflung keinen Platz in unserer Mitte geben. Alles liegt in Gottes Hand. Wenn er will, wird er uns ein Wiedersehen bringen, so wie er uns vor ein paar Wochen zusammengeführt hat. Das Leben ist hart und grausam, es ist unvollkommen, aber wir dürfen die Sonnenaufgänge und die Sonnenuntergänge nicht übersehen und nicht die blühenden Bäume und ihre Früchte, und auch die Menschen nicht, die wir lieben. Das sind die ganz besonderen Geschenke.

Er verstand ihre Religiosität jetzt besser. Magda unterschied nicht zwischen ihrem Leben und ihrem Glauben. «Gott treibt manchmal seine Späße mit uns, aber wir dürfen nicht vergessen, dass er uns auch liebt», hatte sie ihm eines Abends gesagt. Ein anderes Mal überraschte sie ihn mit dem Satz: «Die Menschen verstehen Gott nicht.»

Er hatte immer wieder bemerkt, dass sie die Worte sehr genau nahm. Wenn ein Wort sich nicht richtig anhörte, schloss sie die Augen und verwahrte sich dagegen. Sie selbst redete nicht viel. Ihre Sätze waren kurz, umfassten oft nur ein, zwei Worte. Doch aus allem, was sie sagte, klang eine Melodie.

Mehr noch als ihren Gesichtsausdruck hatte er die Art, wie sie sich bewegte, gemocht, schlicht und schmucklos. Jede Bewegung hatte einen eigenen Rhythmus, der sich ihm sofort eingeprägt hatte. Wie sie zum Beispiel den Arm ausstreckte, um eine Vase vom Schrank zu holen, wie sie sich hinunterbeugte, um Holzscheite in den Ofen zu legen, oder wie sie mit gesenktem Kopf dastand und versuchte, sich an etwas zu erinnern. Mehr als einmal hatte er sie auch kniend gesehen, wie sie mit einer groben Bürste den Boden schrubbte.

Darin verkörperte sich Magda. Ihre Bewegungen sind ihre innere Sprache, sagte er sich erfreut, denn er hatte den Satz gefunden, der alle Einzelheiten in Einklang brachte.

50

Der Flughafen war menschenleer. Das Abenddunkel drang in die langen Hallen und ließ sie enger wirken. Jakob ging von einem Gang in den nächsten, folgte den Schildern. Schließlich stand er an einem Schalter und zeigte seinen Pass und sein Ticket vor.

«Alles in Ordnung», sagte die Dame, «in einer Stunde finden Sie sich bitte an Gate 10 ein.»

«Gibt es hier ein Café?», fragte er nervös.

«Mehrere sogar», sagte sie.

Seit dem frühen Morgen mit Magda hatte er keinen Kaffee getrunken. Die Mahlzeiten mit ihr erschienen ihm jetzt wie lange Zeremonien. Noch als er bei ihr gewesen war, war ihm bewusst geworden, dass sie ihm Geheimnisse seiner Familie übergab, doch erst jetzt begriff er deren Ordnung sowie die Ausdauer und Liebe, die den Akt der Übergabe begleitet hatten.

Problemlos fand er ein Café, ein ganz einfaches, ähnlich denen in Tel Aviv. Die beiden Kellnerinnen erinnerten ihn an die Bedienung im Café Nurit, nur dass sie hier Polnisch sprachen.

Seit dem Militär mochte er die Verschnaufpausen zwischen den Einsätzen, selbst die Pausen inmitten von Wartezeiten. In Tel Aviv hatte er zwei Cafés, in die er ging – um den Tagesablauf zu unterbrechen, um vor geschäftlichen Entscheidungen Kräfte zu tanken, vor allem aber, um von zu Hause zu fliehen.

Während er den Kaffee trank, sah er eine Frau auf sich zukommen. Ihr Gang erinnerte ihn an Magda. Er stand auf, wollte ihr entgegengehen, doch sie wandte sich um und verschwand.

Er wusste, das es nicht Magda gewesen war. Magda spielte kein Verstecken.

Kurze Zeit später sammelten sich in dem Café einige Israelis, die meisten trugen Käppchen auf dem Kopf, nur wenige sahen aus wie Geschäftsleute. Untereinander sprachen sie Jiddisch und Hebräisch, mit ihren Begleitern jedoch Polnisch.

Sein Blick blieb an einer kleinen, grau gekleideten Frau hängen. Sie erzählte zwei anderen Frauen, die sie wohl auf der Reise nach Polen kennengelernt hatte, von einem Besuch auf dem Friedhof in der Stadt ihrer Eltern. «Die Friedhofsmauer ist eingefallen, die meisten Grabsteine sind umgeworfen, aber die, die übrig sind, stehen aufrecht, und ihre Buchstaben sind noch gut zu erkennen. Ich habe das Grab meiner Mutter gefunden, sie ist ein Jahr vor Ausbruch des Krieges gestorben. Ich war so glücklich, dass ich vor Freude geweint habe. Meine Mutter muss das gespürt haben, denn ich habe mit eigenen Ohren gehört, wie sie zu mir sagte: Gut, dass du gekommen bist, Hanna, ich habe mich nach dir gesehnt. Das habe nicht nur ich gehört, sondern alle anderen, die dabeistanden, auch.»

Die beiden Frauen, zu denen sie gesprochen hatte, blieben ungerührt. Eine von ihnen sagte: «Wir alle hören manchmal Stimmen. Aber das sind Einbildungen. Von dort ist noch keiner zurückgekommen.»

Die kleine Frau zuckte zusammen, als habe man sie ins Gesicht geschlagen, und sagte: «Ich bin aber nicht gläubig.»

«Jeder von uns hat seinen Aberglauben», fuhr die andere fort.

«Ich staune über dich», sagte die kleine Frau und stand auf.

«Was gibt es da zu staunen? Es wird Zeit, sich von dieser Art Glauben zu befreien. Ein Toter, verzeih mir, der redet nicht.»

«Du zweifelst an dem, was ich gehört habe?»

«Ich zweifle nicht an deiner Bereitschaft, Dinge zu hören, die nicht wirklich sind.»

«Danke schön», sagte die kleine Frau.

«Du brauchst dich nicht zu ärgern. Ich habe ja nichts gegen dich, ich will dir nur klarmachen, wo du dich täuschst.»

In diesem Augenblick schien es Jakob, als würde die kleine Frau gleich in Tränen ausbrechen. Nicht nur war sie mit ihrer Offenheit auf Unverständnis gestoßen, sondern man hatte ihre Worte verdreht und lächerlich gemacht.

«Es tut mir leid, dass ich überhaupt etwas gesagt habe.»

«Das braucht dir nicht leidzutun. Der Mensch muss letztlich erkennen, was Wahrheit ist und was Lüge. Einbildungen, mögen sie auch schön sein, sind eine Art von Lüge.»

«Es gibt Dinge, über die man besser nicht spricht», sagte die angegriffene Frau und zog sich in sich zurück.

«Da bin ich anderer Meinung», sagte die Angreiferin kurz.

«Es gibt Dinge, die nur einen selbst etwas angehen und die kein Fremder verstehen kann. Diese Dinge sollte man nicht entweihen. Wer das doch tut, bekommt bald seine Strafe. Ich bin schon gestraft. Ab jetzt halte ich den Mund und sage nichts mehr.»

«Mach, was du willst.» Die andere ließ immer noch nicht von ihr ab.

«Meine Mutter hat mich immer beschworen: ‹Sprich nicht mit fremden Leuten.› Damals dachte ich, dass sie mich in ihren vier Wänden einsperren will. Aber sie hat recht gehabt. Wie sehr, das verstehe ich erst heute.»

«Dazu fällt mir nichts mehr ein», sagte die Angreiferin und beendete den Streit mit einem Knall.

Jakob war dem Schlagabtausch gespannt gefolgt. Er hatte das Gefühl, das Säbelrasseln der beiden Frauen betreffe irgendwo auch ihn. Wie im Traum versuchte er, sich an Details festzuhalten, genauer gesagt: an den Worten, die im Eifer des Gefechts gefallen waren, doch die Wörter lösten sich voneinander, wurden zu Staub und verwehten.

Die kleine Frau machte sich eilig davon. Sie zog ihren Koffer hinter sich her. Jakob hatte den Eindruck, dass das Gepäck ihr zu schwer war und dass sie deshalb alle paar Schritte stehenblieb.

51

Die Stunde war im Nu vergangen, und Jakob saß im Flugzeug. Es war so voll wie auf dem Hinflug. Das Gedränge und das laute Reden ließen die Straßen von Tel Aviv vor ihm erstehen, die kargen Kioske und die Müdigkeit nach einem anstrengenden Sommertag. Doch die vertrauten Bilder machten ihm keine Freude. Die Zeit im Dorf, inmitten der Wiesen, der Maisfelder und in Magdas Nähe, hatte in ihm eine Ruhe wachsen lassen. Das laute Gerede schmerzte ihn in den Ohren.

Die Reise ging ihrem Ende zu. Wenn ich in Lod lande, fahre ich direkt ins Bejlinson-Krankenhaus und setze mich ins Wartezimmer, bis Tamar aufwacht, dachte er. Jetzt war er davon überzeugt, dass Rivka übertrieben und die Krankheit schlimmer dargestellt hatte, als sie war, um ihn von dem Ort wegzureißen, den er so liebte. Langsam krochen die Gedanken durch seinen Kopf, und wie immer nach überwältigenden Erlebnissen hatte er das Gefühl, dass ab jetzt nichts mehr so sein werde wie früher.

Er sank in sich zusammen und wollte die Augen schließen. In diesem Moment setzte sich ein Mann neben ihn. Er sah aus wie ein Geschäftsmann alten Schlags, im gestreiften Anzug, sehr darauf bedacht, niemanden zu stören. Er zog einen kleinen Block aus der Brusttasche und schrieb einige Zahlen auf.

«Woher kommen Sie?», wandte sich Jakob an ihn, als sei er selbst um einiges älter.

«Aus Tel Aviv», antwortete der Mann, leicht überrascht, so angesprochen zu werden.

«Auch ich bin aus Tel Aviv. Und was machen Sie beruflich?», fragte Jakob, obwohl das schon nicht mehr höflich war.

«Ich habe ein Stoffgeschäft.»

«Interessant. Auch meine Eltern hatten ein Stoffgeschäft. Ich habe daraus einen Laden für Damenbekleidung gemacht.»

«Warum das?»

«Heutzutage verkauft man leichter Kleider als Stoff. Wer näht denn heute noch?»

«Da haben Sie recht», sagte der Mann leise und ohne Nachdruck.

«Die alten Kunden meiner Eltern haben diesen Wandel nur schwer verkraftet. Bis heute kommen sie in den Laden und fragen: Wo sind die schönen Stoffe, die früher hier in den Regalen lagen? Einwanderer nähen noch. Aber heute kauft man lieber fertige Kleider.»

«Warum aufwendig, wenn es auch einfach geht», sagte der Mann lächelnd und gab, ohne es zu merken, etwas von seinem Innenleben preis.

«Die Umstellung von Stoffen auf Kleider ist nicht so aufwendig. Das schaffen Sie auch», sagte Jakob. Er wollte dem anderen näherkommen.

«In meinem Alter beginnt man nur schwer noch einmal etwas Neues», sagte der nur.

Je länger Jakob mit ihm sprach, umso verbundener fühlte er sich ihm. Der Mann wirkte zurückhaltend, er redete wenig, er hörte zu und legte keinen Wert darauf, einen besonderen Eindruck zu machen. Das erinnerte Jakob an seinen Vater. Auch der war wegen seiner behutsamen Art beliebt gewesen und weil er den Leuten entgegenkam und gerne half.

«Woher sind Sie ursprünglich, wenn ich fragen darf?»

«Aus Galizien», sagte der Mann und lächelte wieder.

«Auch meine Eltern sind in Galizien geboren, in einem kleinen Ort namens Schidowze.»

«Habe ich nie gehört.»

«Ein Dorf. Neun jüdische Familien haben da gelebt. Ich komme gerade von dort.»

«Und, was haben Sie gefunden?»

«Gar nichts», sagte er.

Die letzten Sätze blieben in der Luft hängen. Der Mann hatte ihn wohl verstanden, aber er reagierte nicht. Auch Jakob erschrak über seine Worte.

Später erzählte ihm der Mann: «Ich komme auch gerade aus dem Dorf meiner Vorfahren. Ich wollte ihre Gräber besuchen, habe aber nichts gefunden. Alles ist umgepflügt, alles ist grün, als sei es immer so gewesen.»

«Was haben Sie dort gemacht?»

«Ich habe mich hingestellt, wo früher der Friedhof war, und gebetet. Die Bauern standen hinter den Zäunen und beobachteten jeden meiner Schritte. Ihre Blicke haben mich sehr gestört, aber was sollte ich machen. Gegen sie angehen? Ich habe mit aller Kraft versucht, mich zu konzentrieren.»

«Haben Sie nicht mit den Bauern geredet?»

«Was hätte ich mit ihnen reden sollen?»

Jetzt wurde Jakob klar: Dieser Mann war sehr streng mit sich. Jakob erzählte ihm, dass man auch in Schidowze den Friedhof umgegraben und mit den zertrümmerten Grabsteinen den Vorplatz des Rathauses gepflastert habe.

Auch diesmal reagierte der Mann nicht. Er senkte nur den Kopf.

«Weshalb sind Sie in das Dorf gereist?», fragte Jakob und merkte sofort, dass auch diese Frage unhöflich war.

«Meine Tochter ist sehr krank. Ich wusste nicht, was ich tun sollte, und so habe ich beschlossen, zu meinen Vorfahren zu fahren und sie um Vergebung zu bitten. Ich hatte das Gefühl, dahin fahren zu müssen.»

«Was hat Ihre Tochter?», fragte er.

«Darüber rede ich lieber nicht», sagte der Mann und zog einen Zaun um diese Ecke seines Schmerzes.

«Auch meine Tochter ist jetzt im Krankenhaus und macht eine Reihe furchtbarer Untersuchungen durch. Das habe ich erst vor ein paar Tagen erfahren», sagte Jakob, ohne aufzuschauen.

«So ist das», sagte der Mann mit einem Seufzen, das Jakob von zu Hause bekannt war.

Jakob kam dem Ton des anderen jetzt sehr nahe. «Mein Vater, Gott habe ihn selig, wollte immer zurück in sein Dorf reisen, aber meine Mutter hat sich geweigert, und so sind sie schließlich nicht gefahren.»

«Ganz Polen ist ein umgepflügter Friedhof. Es ist schwer, an einem solchen Ort zu beten. Dieses satte Grün macht einen verrückt. Ich habe mich sehr bemüht, aber das ging über meine Kräfte.»

«Ich wollte die Grabsteintrümmer auslösen», erzählte Jakob. «Aber sie haben einen völlig übertriebenen Preis verlangt. Das war wirklich Erpressung. Jetzt bin ich mir jedoch nicht mehr sicher, ob ich nicht einen Fehler begangen habe.»

«Wie viel wollten sie denn?»

«Zehntausend Dollar. Das meiste waren nur noch Trümmer von Grabsteinen, auf denen man keine Namen mehr erkennen konnte. Außer auf einem, und das war der von meinem Urgroßvater Itsche-Meir.»

«Sie haben völlig richtig gehandelt», sagte der Mann in einem anderen Tonfall, «dieses Geld gibt man lieber unglücklichen und leidenden Menschen, als Steine dafür zu kaufen. Ich bin mir sicher, Ihr Urgroßvater hätte Ihre Entscheidung unterstützt.»

Auf einmal wusste Jakob, dass seine Tochter Tamar sehr krank war. Die Untersuchungen hatten den Verdacht der Ärzte bestätigt. Dieses Wissen lähmte seine Beine.

«Man darf nur nicht verzweifeln, sage ich mir immer», murmelte der Mann.

«Ich weiß nicht, was ich mir sagen soll», erwiderte Jakob im selben Ton.

«Ich bete zu Gott, dass er den Ärzten die richtige Eingebung schenkt, wie sie den Menschen helfen können.»

«Ein gläubiger Mensch hat es da vermutlich leichter.»

«Auch ein gläubiger Mensch ist aus Fleisch und Blut», überraschte ihn der Mann. «In letzter Zeit verbringe ich die meiste Zeit des Tages im Krankenhaus. Wie kann man zu Hause sitzen, wenn so viele Menschen leiden.»

«Nur ein religiöser Mann kommt zu so einem Schluss.»

«Mein Glaube nützt mir nicht. Schmerz und Verzweiflung hätten mich schon oft beinahe isoliert und einen Egoisten aus mir gemacht; so habe ich beschlossen, mehr unter Leute zu gehen. Wenn man unter Menschen ist, tut man, was man kann, und manchmal sogar ein bisschen mehr.»

«Haben Sie nicht schon immer die Gemeinschaft gesucht?»

«Nein.»

«Was hat Sie dazu gebracht?»

«Die Krankheit meiner Tochter. Seit sie krank geworden ist, bin ich nicht mehr der Alte. Ich habe aufgehört, mir Sorgen um mich selbst zu machen, und keine Lust mehr, mich um mich zu kümmern. Ich kann nicht mehr im Laden stehen und Stoffe verkaufen, und auch zu Hause habe ich keine Ruhe. Die meiste Zeit verbringe ich im Krankenhaus, da übernehme ich alle Botengänge. Das viele Gerenne erschöpft mich, aber ich kann auch nicht mehr ohne. Nicht dass Sie denken, ich sei ein großherziger Mensch, der nur für andere da ist, auf dieser Stufe bin ich noch nicht angelangt, und vielleicht komme ich da nie hin. Ich bin einfach sehr unruhig und kann keine Minute an einem Ort bleiben.»

Jakob war überrascht, dass der Mann so sprach. All die Menschen, die er seit seinem Aufbruch getroffen hatte, erschienen ihm auf einmal wie Verwandte, die ihm im Laufe seines Lebens verlorengegangen waren und nun wieder zu ihm kamen. Nur wer ins Dorf seiner Vorfahren zurückkehrt, hat das Recht, sie um Verzeihung zu bitten, sagte er sich und merkte nicht, dass er diesen Satz noch vor ein paar Minuten von dem Mann gehört hatte, der neben ihm saß.